陶　山

牛兰学　主编

馆陶是千年古县，据《元和郡县志》记载：城西北七里有陶丘。《尔雅》曰：赵时置馆于其侧，因为县名。《大明一统志》载：陶山在镇之西北七里，战国时赵主下降到此地，置馆于其侧，因名馆陶，所以新书定名为《陶山》。

光明日报出版社

图书在版编目（CIP）数据

陶山 / 牛兰学主编 . -- 北京：光明日报出版社，

2020.5

ISBN 978 - 7 - 5194 - 5724 - 2

Ⅰ.①陶… Ⅱ.①牛… Ⅲ.①民间故事—作品集—中

国 Ⅳ.①I277.3

中国版本图书馆 CIP 数据核字（2020）第 072428 号

陶山

TAOSHAN

主　编：牛兰学	
责任编辑：石建峰	责任校对：刘浩平
封面设计：中联学林	责任印制：曹　诤

出版发行：光明日报出版社

地　　址：北京市西城区永安路 106 号，100050

电　　话：010 - 63139890（咨询），010 - 63131930（邮购）

传　　真：010 - 63131930

网　　址：http://book.gmw.cn

E - mail：shijianfeng@gmw.cn

法律顾问：北京德恒律师事务所龚柳方律师

印　　刷：三河市华东印刷有限公司

装　　订：三河市华东印刷有限公司

本书如有破损、缺页、装订错误，请与本社联系调换，电话：010 - 63131930

开　　本：170mm×240mm

字　　数：230 千字　　　　　印　　张：14.5

版　　次：2020 年 5 月第 1 版　　印　　次：2020 年 5 月第 1 次印刷

书　　号：ISBN 978 - 7 - 5194 - 5724 - 2

定　　价：58.00 元

陶山

辛巳 望

陶山

（代序）

牛兰学

我的家乡冀南大平原有一座山——陶山，小到曾经几乎找不到的地步，许多人为了寻到她苦思冥想，踏破铁鞋，以致寻访几百年未果。然而，毫无疑问，她确确实实又是存在的。

据《元和郡县志》记载：城西北七里有陶丘。《尔雅》曰：赵时置馆于其侧，因为县名。《大明一统志》载：陶山在镇之西北七里，战国时赵主下降到此地，置馆于其侧，因名馆陶。陶丘又叫陶山，赵国时，赵王在陶山旁建设了一座驿馆，地名就定名馆陶，至今已有两千多年，任日出月落，名字依然如是。

历经久远，沧海桑田。清初康熙年间馆陶知县郑先民题馆陶八景之一《陶山夕照》，诗曰：兹丘闲且旷，日落见山情。赵馆烟无迹，禹书仅有名。千林归鸟下，半壁彩霞生。牧笛知何处，悠然时一声。"兹丘闲且旷，日落见山情"还说明"陶山"仍在。到了清代晚期，几任县令却寻山不见，书写《陶山考记》也难定其具体位置和踪影，于是叹曰"西邻太行，东望泰岱，陶山唯横胸中罢了"。有的说就在汉代驸马坟附近，有的道原是层层垒叠的黄土已无踪影，有的传山如陶，陶如山，有的则坚持认为兴许在他处，不一而足。《馆陶县志》（1936 年版）载：馆陶枕陶山，襟卫水（指今卫运河）。

陶山虽在典籍，也在这片土地上的人的心中。陶山见证了这片土地的苦难和屈辱，也经历了这片土地的奋斗和辉煌。黄河曾在这里流经，水患恣意肆虐呜咽。兵燹常常光顾此地，妻离子散兵荒马乱。日军曾经烧杀抢掠，运河岸边千里硝烟……但是，奋斗的脚步从没有停息，代代都有业绩灿烂。大禹治水梳理衡漳，汉唐公主封邑陶山。隋代万民开凿运河，唐代魏征千秋金鉴。明代迁民在此定居，宋代杨家保卫江山。抗日战争初期，最大一支游击队司令范筑先是馆陶人，他在山东省政府主席南逃时，通电全国，誓死不南渡黄河，保卫家园，最终殉国，共产党、国民党同时哀悼，全国下半旗志哀。以他的故事为原型的电视连续剧《铁血将军》热播各地。成语典故路不拾遗、国而忘家、兼听则明等曾经发生在陶山。新中国成立后，这里先后走出四位将军、五位大家、五位部长（级）……

馆陶人性质直而好义，有陶山风骨、卫水流韵一说。于是陶山就成为馆陶人的一种精神和乡愁、信仰和寄托。陶山街，是馆陶县城最古老的街道，原长400米，1996年延长到2000米，2009年拓宽西延达4000米，现在长约8000米，街道两旁已经是高楼林立，2015中国十大最美乡村——粮画小镇就在街道与国道连接处，特色小镇星星点点分布在县域。县城老区中心的陶山市场扩建于1999年，集上千家店铺和摊点，成为晋冀鲁豫交界处较大的商品集散中心。酿酒厂建于1958年，注册"陶山"商标，出产陶山酒"聚五谷的精华，升华陶山人的精灵，香透古赵大地"（雁翼语）曾经荣获河北省优质产品、国际博览会金奖，开创中国食金文化新篇章。有幸，我曾在那里服务几年。陶山黑陶陶艺公司，复活了5000年前的龙山文化，培养出中国黑陶界唯一一名中国工艺美术大师，生产有几百种陶艺制品，是河北省非物质文化遗产。陶山中学，建成于2010年，目前在校生达5000余人，拥有邯郸市东部第一条塑胶跑道体育场，教学成绩名列前茅。《陶山》文学季刊，创刊于2013年，曾组织千余名作家走进馆陶，先后荣获河北省优秀期刊奖，中国最佳地方文学期刊金奖。《陶山故事》一书出版发行于2000年，收录了这里的逸闻趣事，成语典故。陶山馆驿建在陶山脚下，宾至如归，常常客满。有一首歌《运河弯弯绕陶山》，2015年被确定为馆陶县县歌。歌词唱到：西邻太行，东望泰山，有一座古老的陶山，神奇的驿馆，一个地名传唱两千年，啊，古陶山，大运河；大运河，新陶山……

从2007年开始，馆陶县历任领导一任接着一任，久久为功，在一处废弃的窑坑基础上，开挖了公主湖，建成了公主湖公园。公园占地约1000

余亩，水面 600 余亩。河、渠、湖、林、山等融合为一体，人工建筑物点缀在自然环境中，环湖道路和水系串联起来各处景点。有博物馆、规划馆、艺术馆、科技馆、时光隧道、魏征雕像、袖舞清风雕塑、文化广场、茶社、码头、溜冰场、桥廊亭榭等，成为百姓游览、健身、学习、休憩的胜地。让人们享受回归自然、返璞归真的同时，成为进行历史文化教育和科普活动的基地，为小城带来了良好的生态、经济和社会效益。

现在，学者们考证出陶山的具体位置，在公主湖公园内复原了陶山。2017 年 5 月在陶山山顶建成了一座精致的陶山亭。当你应数数陶片邀请，穿过簇簇海棠花，挽着风的臂膀，拾阶百年废弃的磨盘，信步登上陶山亭时，凭栏临风，环顾四向，无论春夏秋冬，不管晴阴雨雪，勿论白昼黑夜，不言喜怒哀乐，你都会有一次新的感受、新的洗礼、新的收获、新的升华……

向东望行政区，不忘初心，牢记使命，正在脱贫攻坚、污染防治、新上项目奔向全面小康；向南看居民区，安居乐业，爱国爱党，妇幼间相携亲昵，上班族努力工作，退休族心情舒畅；向西望文卫区，学校传来书声琅琅，孩子们茁壮成长，医院技术高超，保民健康；向北看城中村改造区，十天搬走一个村，如今塔吊旋转，正盖起新楼幢幢。

春天里花香扑鼻，清波涌浪；夏日至柳荫蔽日，荷仙满塘；秋天来芦苇摇曳，百鸟歌唱；冬季到野鸭嬉戏，素裹红装。晴日里游人如织，惠风和畅；阴天中花如处子，鱼标荡漾；细雨罩霏霏我心，情思绵长；雪花舞洁白无瑕，天地灵光。白天看袖舞清风，四季吉祥；天幕降霓虹闪烁，宛如天上；忧愁时我省我身，积攒能量；喜悦时新潮澎湃，放飞理想。

久伫山亭，不觉动情。湖水鼓浪窃窃私语，四周大厦好似飞翔。一种沧桑的情愫充满胸怀，一种历史的责任感油然而生。馆陶之邑，雅名远扬。雄踞冀南，三省眺望。陶山巍巍，运河汤汤。形胜之地，源远流长。曰：古来繁华地，历久文明乡。

穿越时光隧道，阅览变革沧桑。黄河永济润泽斯地，毛州永平名播诸方。三王子萌封晋明，四公主蜚声汉唐。魏征范筑先立先贤典范，宗泽晋调元当家国栋梁。近代百年，风霜备尝。图复兴，御外侮，立民主，谋富强，代有大风决决。

　　今之馆陶，风流荡荡。北达京津，南通郑汴，东联齐鲁，西接晋陕，天赋枢纽之城同襄。花开四季，鸟翔四时。姿色千别，风情万种，宜居宜业宜游共享。故八方人才愿赴其域，四处资本流实其疆。兴百业而得繁荣，富百姓而达小康。诚谓风云际会宝地，立业成功福场。

　　忆往昔，星光璀璨，仰未来，群英堂堂。当以自强不息之精神，博采众长之胸襟，再创新时代新辉煌，实现中国梦之理想。

　　没有陶山，就没有驿馆，就没有馆陶。凡是馆陶人，凡是游子回馆陶的人，凡是来到馆陶的客人，都愿意登一登陶山，感受一下这里的百般精神，万千气象。现在的陶山海拔也不过55米，相对高度仅仅十几米，方圆占地不到两万平方米，但却是我心中最高的山，是馆陶人心中最高大的山、最雄伟的山、最巍峨的山。

目 录
CONTENTS

地名故事

遥远的卫运河 ································· 李春雷 3

黄瓜礼赞 ······································· 辛 火 6

说"彭艾"文化 ································· 辛 火 8

小镇的童话世界 ························· 林锦(新加坡)10

小镇,与春同行 ······························· 张华北 15

粮食会跳舞歌唱 ····························· 牛兰学 18

鹊桥小镇的来历 ····························· 牛兰学 22

你就是个瓜 ································· 宋其涛 24

草厂传奇 ····································· 马月起 26

书香在花瓣间飘荡 ··························· 牛兰学 29

美丽麦田节 ································· 杨文英 33

杂粮小镇的由来 ····························· 闫少龙 36

"艾神"在行动 ······························· 任润刚 38

房儿寨 ······································· 牛兰学 40

叮当庙 ······································· 牛兰学 42

五雷寨 ······································· 牛兰学 45

馆陶县地名与古代战争战乱 ················· 马月起 47

宋辽交战和馆陶村名 ················· 戴敬仁 53

永济河礼赞 ····················· 马月起 56

毛圈村的那棵树 ··················· 乔民英 59

陶山地名趣话 ···················· 牛振山 63

话说老城老街 ···················· 乔延宾 65

馆陶遥远的身世 ··················· 刘文剑 68

人物其事

我的馆陶情缘 ···················· 辛　火 73

忆魏征研究二三事 ·················· 韩吉祥 77

拜谒魏陵 ······················ 牛兰学 79

魏征斩蛟龙 ····················· 魏良浩 82

魏征拒收寿礼 ···················· 魏　刚 83

追寻一面镜子 ···················· 乔民英 84

彭祖和艾的故事 ··················· 任润刚 86

彭祖与艾草 ····················· 马月起 88

我心目中的雁翼先生 ·············· 涂静怡(台湾)91

忆青岛笔会中遇雁翼 ················ 石　英 93

武训逸事二则 ···················· 马月起 96

抗日纪事

寿山先生 ······················ 李春雷 103

日军误把萧城当县城 ················ 牛兰学 107

誓死不渡黄河南 ··············· 刘才干　李奎 109

智端徐村炮楼 ···················· 尹子立 111

日军在馆陶的哗变事件 ··············· 牛兰学 114

聊城曾叫"筑先县" ················· 牛兰学 117

神兵天降北阳堡 ··················· 刘书章 120

血洒赵官寨 ····················· 牛兰学 123

馆陶的地道战 …………………………………… 刘文剑 125

房寨群英会 ……………………………………… 牛兰学 127

对日军的最后一战 ……………………………… 牛兰学 129

抗日地名五个村 ………………………………… 牛兰学 131

真有此事

大槐树下移民来 ………………………………… 牛兰学 135

漂来的北京城 …………………………………… 牛兰学 141

馆陶腊花 ………………………………………… 牛兰学 146

为什么叫"三八路" ……………………………… 刘文剑 148

"七一"大桥的前世今生 ………………………… 刘文剑 149

馆陶一中这些事 ………………………………… 刘文剑 151

馆陶"上河水"与"一定要根治海河" …………… 刘文剑 154

馆陶小了一半的分家事 ………………………… 刘文剑 156

百年学校移屯蔺寨的前前后后 ………………… 李廷朝 160

第一部寻呼机 …………………………………… 牛兰学 167

馆陶与胜利油田的渊源 ………………………… 常贵宁 170

《群书治要》回故乡 ……………………………… 牛兰学 173

芭蕾舞起源于馆陶? …………………………… 牛兰学 175

传奇旧事

二世轮生馆陶情 ………………………………… 刘文剑 181

县令显灵救百姓 ………………………………… 马月起 184

一幅中堂画 ……………………………………… 张广岳 187

雉鸡翎扛大刀 …………………………………… 郝文启 192

义 犬 …………………………………………… 乔延宾 194

亲吻恋人就逃跑 ………………………………… 乔延宾 196

艾情有缘 ………………………………………… 识丁 198

刘老钻 …………………………………………… 牛兰学 201

御猫盗宝 ………………………………………… 牛德涛 204

附录

馆陶县历史大事略记 …………………………………………… 牛兰学 206

馆陶古八景 ……………………………………………… 牛兰君　田青 209

馆陶赋 …………………………………………………………… 牛兰学 211

歌曲

我在小镇等着你 …………………………………… 谢继炯词　戚建波曲 213

运河弯弯绕陶山 …………………………………… 集体词　李爱国曲 214

01

地名故事

遥远的卫运河

李春雷

太行山的主峰余脉缠绕在一起，便构成了晋冀豫三省交会地界数万平方公里的峰峦叠嶂。这浩瀚无际的青青黄黄的崇山峻岭，像一个巨大的胎盘，孕育出两条丰丰盈盈、清清白白的河流——漳河和卫河。

两条河流，一条雄壮一条阴柔，恰似一对青梅竹马、相亲相爱的青春男女。他们虽然走出大山，独自流浪，却又心有灵犀，殊途同归，相约在馆陶城南 6 公里的徐万仓村举办婚礼，合二为一。这便是著名的卫运河。

卫运河静静地蜷卧在小城的东侧，像一个慵懒而娴静的少妇，巧笑倩兮，美目盼兮，甜润且温情……

河床宽约数百米，两岸深厚的黄土紧紧实实地叠压着，固定着一条古老的河道。河水津津地滋润着这一方寂寞的土地，绽开了一朵朵含香带露的民间故事，像春天里河畔上开满的纷纷繁繁的小花，像夏夜里河水中落满的散散乱乱的星星，于是，传说中便多出了一座美若仙苑的陶山，平添了一位倾城倾国的公主……

传说归传说，史载卫运河确也气派异常。隋征高丽时，楼船如云曾取道于此。至百八十年前，卫运河仍然是河漕平满，水清如镜，帆影点点，渔歌袅袅。在馆陶登船，可以直达天津卫。本地的小麦、谷米和棉花，顺流而下，悄悄进入了城市的肠胃，温暖了城里人的冬天。而从下游贩来的海盐和洋油，乘坐着摇摇摆摆的帆船，也无声无息地上岸了。于是，当地人的日子更加有滋有味儿了，家家户户的夜晚也明亮起来了。于是，这片穷乡僻壤的文化氛围渐渐地浑厚了起来。于是，一干人杰范筑先、张维瀚、雁翼、乔十光先后走出来了。只是近几十年来，由于气候变化和工业化、城镇化的发展，才使得河床枯瘦，水位骤减，不胜舟楫了。

卫运河堤坝上遍植柳树，扁扁圆圆、高高低低。春天里，蓬蓬乱乱的柳丝开始泛青和软化，微风吹来，像是一团团浓浓淡淡的青烟。唯在夏日，卫运河才有了当年的风采。太阳朗朗地照着，河水默默地涨满了河床，张网捕鱼的人们又开始忙碌了。橘黄的月亮爬上了柳梢儿，小河更是敞开了皙白的胸脯。这时，在某一个幽暗的河湾里，三五成群的少女把衣裳往柳棵子上一挂，就悄悄地下水游泳了，羞怯的笑声随着落花流水，飘出好远好远。每当这个季节里，县城里搞艺术的牛某、沈某、任某和李某便也日日出动。于是，几天之后，市报和省报的副刊上便出现了几首清丽的小诗和两篇娟秀的散文。

可是好景不长，仲夏以后，水势渐歇，卫运河又露出了干涸的脊梁；重阳甫过，秋风满树，枯草连天，河滩上便有了孩童们点燃的片片野火；及至冬天，细细的河道冰冻如石，蛰居蛇眠。白雪纷纷的时候，萎缩的小河更是无影无踪、无声无息了。

丰腴的卫运河虽然枯萎了，但她千百年来发酵和融通的这一方特殊的文化和风情却完整地留存了下来。每年农历三月十五，河两岸的人们都要举行一次盛大的庙会，恰似南方楚巫文化的风俗，载歌载舞，笙歌飘扬。更有那特殊音调的方言土语，温婉、甜润、尾韵昂扬，好似四月小河里欢畅的桃花水。特别是在遥远的外地，乡音即是亲情，人们往往会在万千人中蓦然回首，惊喜地说："你是卫运河人！"于是，两手相握，四目相视。那一刻，静静听去，仿佛又听到了那种熟悉的沸腾和喧响，他们的血管里都流淌着一条生生不息的卫运河。

小河还是山东、河北两省的界河，襟连燕赵，裾接齐鲁。古来两边交通全靠摆渡，小船在竹篙下来回游动，每棵老柳树的浓荫里都闲栖着几个戴斗笠的船工，摆渡着经济，摆渡着文化，摆渡着婚姻。这些年，河上架了桥梁，铺了铁轨，两岸人的各种交流更加密切了。

我第一次见到卫运河，是在少年时代的1981年9月。那时的景象，约略还是古时模样，河水盈盈，两岸青青，只是没有了货船和帆影。第二次见面是1991年夏天，我大学毕业，刚到报社工作，去那里采访。此时的河道虽然瘦削，但仍不失为一条自然的河流。那天晚上，我和几位好友乘着酒兴浓浓，披着月色朦胧，下河游泳。晚风如纱，月光满河，身心清凉，快哉快哉。我在本文中对卫运河的美丽印象和描述，就是依据以上两次的见闻和感受。

20多年过去了，我再也没有见过卫运河。馆陶的经济社会发展已经地覆天翻，俨然成为冀鲁豫三省交界地带的中心。但关于卫运河的美好信息，我却从未听到过，估计是和全国各地河流一样的命运，正在消失，或正在哭泣吧。我唯一听到的消息是卫运河正在申遗。

哦，遥远的卫运河，一条洋溢着诗意、粘满着传说、沉滤着遗憾、闪耀着憧憬的小河，静默无语地横卧在历史和现实之间，依偎着日渐富庶却又仍然贫穷的小城，在悄悄地流淌着、思考着……

黄瓜礼赞

辛 火

茅盾先生曾写过一篇散文《白杨礼赞》。白杨的高贵给读者留下了深刻的印象，也成为人们学习的品质。而今天，一个不愿再提笔写作的我，要为黄瓜礼赞，而且要放声礼赞！

黄瓜，最早叫胡瓜，是西汉张骞出使西域带回来的种子。为国为民做点好事，人们会永远记得。张骞的贡献已载入史册，刻在老百姓的口碑中。后来因为后赵皇帝石勒忌讳胡字，胡瓜改为黄瓜。掐指算来，黄瓜已伴我们2000多个春秋。哪种蔬菜有她对我们的忠贞和奉献啊！

黄瓜极为普通，家喻户晓，没有享受到上等蔬菜的尊贵。黄瓜又极为伟大。她是大众菜中的大众，又在大众菜中与众不同。黄瓜之美在于色，细腰素妆，头上扎一朵金花，翠嫩婀娜。黄瓜之美在于用，花可入菜，嫩尖也可入菜，瓜可生吃，又可熟食，汁可饮用。美味佳品，清香可口。尤其美容护肤，人人皆知。脸上贴上几片黄瓜，便可达到补水的效果。还有抗肿瘤、抗衰老、降血糖等，不再一一列举。然而，她却从不争名，也不争利，品质高贵，肃然起敬。现在的黄瓜已是一个庞大的家族，据专家介绍，世界上的黄瓜有2000多个品种，110多个大类。这两年，我们建起了一个黄瓜小镇，给了黄瓜一个真正的"家"，让她得到更多的尊重。在这里，110多大类黄瓜俱可看到，堪称黄瓜的联合国。黄瓜酒坊、黄瓜果蔬、黄瓜食府、黄瓜美容体验坊、黄瓜酱菜厂、黄瓜博物馆……一二三产在这里实现高度融合。小黄瓜成为小镇的主人。

日出而作，日落而息。这本是农民祖祖辈辈生存生活之道。然而，瓜农为了保证早市上黄瓜的新鲜，每天却要数着星星到瓜棚打理瓜秧和采摘。日光大棚闷热潮湿，瓜秧划到皮肤上痕迹斑斑，瓜农的手和环卫工人的手同样让人感动，那是一双虽不细嫩，但却无比坚强的劳动者的手。每天当太阳冉冉升起，一担担一筐筐鲜美的黄瓜便送到了市场。然而，年复一年，黄瓜却增产不多收。卖黄瓜要贴外地牌子，规模也不大，更谈不上产业化。作为省级贫困县和传统蔬菜种植县，这是一个大问题。富民必先扶产业。先扶哪个产业？在馆陶，黄瓜已有三十年历史，三十年来从没有出现过风险，收益也相对较高。于是，县里提出用三年时间打造全国优质黄瓜基地县。一场黄瓜扩规模创品牌的攻坚战开始了。三年过去了，汗水没有白流，"馆青牌"黄瓜成为名牌，成为我们的骄傲，全县种植面积也增加了几倍。成了名牌，黄瓜价格也高了，仅此，小镇的黄瓜一年就要多卖二千万元。家家户户当年成了十万元户。小镇不仅没有外出打工的，还用了不少外来务工的。黄瓜小镇也吸引了国内外的眼球，一批批游客纷纷走进小镇，品尝小镇黄瓜的鲜美。

我喜欢上了黄瓜。她让我有了成就感。我常把她比喻成孩子，到处炫耀她的出生。爸爸好，妈妈好，保姆好。爸爸，是国内最权威的黄瓜研究所。妈妈，是我们脚下这块土地。几年前研究所相中了这块土地，结为姻缘，生了孩子。而保姆勤劳而智慧。黄瓜是个精细活儿，她的发展壮大得益于馆陶有大批熟悉黄瓜习性的农民。

我写了一首歌，叫《黄瓜新娘》，刻画了一个刚过门的新媳妇对美好生活的憧憬。当看到婆家温室大棚一排排一行行大大小小的黄瓜充满着生机，心中暗暗私语："娘家放心婆家旺"。黄瓜就是福，就是喜，就是希望，而这正是所有瓜农的心声！黄瓜之美，美在外表；黄瓜之美，美在内心；黄瓜之魅，美在朴实无华。

小小黄瓜，为你礼赞，为你祝福，为你歌唱！

说"彭艾"文化

辛 火

小小艾草，就是要小题"大做"。

文化是一个国家、一个民族的灵魂。艾文化是中国传统文化的重要组成部分，在民间具有广泛的基础。艾灸这一中国古老的技术和文化正在焕发出新的生机与活力。

艾草是我国劳动人民最早认识和临床应用的药物之一。用艾草保健治病在我国历史悠久。孟子有"七年之病，求三年之艾"名言。《五十二病方》《黄帝内经》《神农本草经》等都对艾草应用有记述。战国时期扁鹊用艾做灸，治百病，成神医；汉代张仲景，其《金匮要略》中，有 20 多个方剂用艾；明代李时珍的《本草纲目》中，记述最多的单品药物就是艾草，其流传有 64 个处方用艾。

艾文化由来已久，先人赋予艾诸多美誉，如尊称长老叫"艾"；形容年轻美貌女性叫"少艾"；《诗经》称保养叫"保艾"；《史记》把太平无事也写作"艾安"等，可见先人对艾的厚爱。艾草在民间至今流传着很多文化习俗，最有代表性的就是"清明插柳，端午挂艾"的风俗。人们常在门前挂艾草，驱蚊避邪。现在从餐饮到日化，从治病到养生，处处皆艾。

馆陶作为千年古县，有着种艾、用艾的传统，"艾"亦是"爱"，馆陶一带世代相传这样的习俗，新婚当晚用艾草铺床，以示夫妻恩爱；女儿出嫁携带艾草，以期婆家待见……相传养生鼻祖，八百岁彭祖晚年在古馆陶修行，教化百姓种植艾草，防病济世，历代相传。因此，馆艾又称"彭艾"。鹊桥小镇就有一位"艾草仙人"——87 岁的王西普老人，几十年如一日，用艾灸为乡亲们治病，传为佳话。还有一位艾草奇人，也是用艾几十年，在他家里，保留着十分珍贵的十年之艾。

彭艾具有历史跨度久、适应性强、品质好的特点，发展潜力巨大。我们秉承尊重艾、传承艾的理念，致力建设彭艾小镇，让彭艾产业成为文化旅游的新亮点，成为落实"健康中国"战略的新举措！基本目标是村村种艾、户户知艾、人人用艾。远期目标是利用三年到五年时间，把馆陶打造成邯郸聊城之间最大的艾体验中心，把艾产业打造成防贫产业、文化产业、健康产业，把馆陶建设成为全国最大的古法手工艾绒生产基地和全国最大的艾灸培训基地。

吾采艾兮，避邪康养，百姓悦兮。发展彭艾产业任重道远，使命光荣。知艾、种艾、品艾、用艾、颂艾，让"艾"注满人间。

小镇的童话世界

林锦（新加坡）

小镇是个吸引力磁场

住惯大城市的人，喜欢到古镇和小镇看看。古镇因为古，小镇因为小，古和小与大城市的新和大极大的反差产生了极大的吸引力磁场。邯郸是历史文化古都，有许多古镇。我们这次去参观的是古老的馆陶县内的粮画小镇。

5月17日，大家在大名宾馆用了丰富的午餐，便匆匆出发了。大巴在路上平稳地行驶，不疾不徐。几天下来，两位开车的师傅都非常专业，我坐在车里很舒服，有种车子最好不要停下来一直往前走的感觉。晌午，艳阳高照，宽敞平坦的道路两旁的风景线显得格外亮丽和生机勃勃。帅哥倪洋用一把悦耳的嗓音，扼要地介绍了我们要前往的馆陶县寿东村。他也许要保留一些粮画小镇的神秘感，让我们亲自去探索它迷人的地方，他也许知道我们舟车劳顿，又是饭后，累了，需要休息，所以不多说一些无关紧要的应酬话。

我看着沿途的风光景色，晴空朗朗，回想着今早参观天主大教堂兴化寺。领我们进去教堂参观的那位中年修女非常严肃，除了认真介绍教堂的历史，她不断地强调在教堂内要遵守的规矩。这是她的职责，不过相信她不再三强调，我们也会很规矩。走出教堂，我的思想在邯郸晴朗的蓝天自由飞翔，想到就快到美丽的粮画小镇，我的心更贴近邯郸这片美丽的神州大地。

馆陶县有个粮画小镇

到邯郸之前，我已收到心水秘书长寄来的行程安排。行程表上列了许多景点，都很吸引人，其中馆陶县粮画小镇最吸睛。出发之前，我利用一点时间做了功课，上网了解馆陶县。

我的确有点累了，但又不想休息，便翻看着带来的复印资料。

"馆陶，邯郸东部一个典型的平原县，不临山，不靠水，没古迹，在没有任何旅游资源的情况下，却别出心裁，从美丽乡村建设入手，建成了数个特色小镇，成为城市居民趋之若鹜、争相游览的度假休闲去处。"

没有山山水水，没有历史古迹，而能让游人"趋之若鹜、争相游览"的景点，不是一个充满创意的童话世界吗？馆陶县有许多小镇，鹊桥小镇、黄瓜小镇、羊洋花木小镇、杂粮小镇、粮画小镇等等。旅游局只安排我们去参观粮画小镇，因为它是馆陶县最美丽的小镇，被评选为 2015 年中国十大最美丽的乡村之一。

我感到好奇的是粮画。什么画都知道，就是没听说过粮画。上网一查，原来粮画就是以粮食为材料的画作。

"粮食画是古老的中华绝技，有着悠久的历史。馆陶粮食画相传在清朝末年开始兴起创作，是民间文化的重要组成部分。粮食画是以各类植物种子和五谷杂粮为本体，利用粮食原色，吸取国画、浮雕、装饰等传统工艺的精髓，通过粘、贴、拼、雕等手段，利用其他辅料粘贴而成的山水、人物、花鸟、卡通、抽象图画，既具有北方的粗犷、豪放，更具有南方的细腻、清雅，气势雄伟，精湛绝伦，是原生态和纯绿色的艺术品。"

看了介绍文字，你知道什么是粮画了吧？是不是很特别，很童话？

海增粮画体验吧

约一个小时的车程，在实际与想象的空间交织前进，粮画小镇终于映入眼帘。我们匆匆下车，邯郸作协牛兰学副主席和村第一书记刘振国先生热烈欢迎心水秘书长和一群来自世界各地的客人。

景区入口处，一对数米高的褐色粮仓造型分列两旁，用千根秸秆扎成的圆筒形，从上端垂下一大圈特大的麦穗。这是粮食啊，展示着粮画小镇的主题。广场正中央，是一只帆船。近看，帆船竟是由无数根玉米棒子制成的。风帆上挂着四个大字"海增粮艺"，应该是粮画家张海增的杰作了。

往前走，左侧是一座灰墙脚白墙壁灰瓦的建筑物，是"海增粮画体验吧"。我们掀开遮住窄门的竹帘鱼贯而入。环视，一面墙上安装了一个非常精致的工艺架子，高低错落地摆了数十个形状各异的瓶瓶罐罐，玻璃瓶内的种子和五谷杂粮，黑白红黄绿。讲解员说瓶子里五谷杂粮和种子草籽呈现的都是原色，都经过复杂的防虫防腐加工，是粮画的主要材料。墙上挂的粮画，自然山水、花鸟虫鱼、古今人物、民居街景、古镇风情，什么样的题材都能入画，包括毛主席和习主席的画像，都惟妙惟肖、栩栩如生。以粮料制作的八个大字"以粮作画精艺创新"，说明粮画需要以精巧的艺术手法完成，非一般以笔作画。上面说过，粮画通过粘、拼、贴、雕等技术，利用其他辅料制作而成。这些画以国画、浮雕的风格呈现。站在远处看，跟一般画作无异，近距离观赏，仔细端详，黑芝麻勾勒，黍子填实，草籽点睛，全是由粒粒皆辛苦的种子杂粮草籽粘制而成，呈现很强的立体感和光感。当你闭上眼睛，似乎闻到五谷的香味，听到风吹草叶的声音。

房子墙上的壁画

走出粮画体验吧，温煦的阳光让人欢畅。主人领我们到游客中心。中心去年才落成开放，很新很宽敞，干净明亮。里面有接待室、产品展台。我们进去时，正在播放介绍小镇的微电影，唱着"我在小镇等着你"的歌曲。我们在歌声中欣赏着许多精美的图文，介绍馆陶的各小镇，如李沿村羊洋花木小镇、郭辛庄杂粮小镇等。除了粮画，展台上展示着许多葫芦的雕绘作品、秸秆画和黑陶。

粮画小镇保留了土坯房时期的村容。在骄阳下徜徉在小镇上，我发现房子的墙脚地上都是低矮的花草，树木都不高，叶片稀疏，应该是从别处移植来的。从小镇的新，从小镇的整齐干净，没有果皮纸屑，甚至没有落叶，可以看出那是由原有的村子经过周详规划建设而成。经过整修的古朴老房子，墙壁几乎都漆上白色。墙上镶嵌了许多各式各样题材的精美漫画和粮画。走在静静的巷子里，看着满墙的壁画，我想起去年11月游览马来西亚槟城壁画街的情景。那里的壁画街在市区，马路不宽，摩托车、汽车、脚踏车川流不息。人潮滚滚，许多游客抢着拍照，遮挡了墙上的艺术，不让你尽情观赏壁画。槟城壁画的特色是以实物构成漫画的一部分，如一幅名闻遐迩的脚踏车壁画，在画上镶嵌了部分脚踏车的构件，画与实物融为一体。游客可以倚在画作上，抓住手把，作状骑脚踏车，摆各种姿势入镜，其乐无穷。相对来说，粮画小镇的壁画意境比较深远，适合静静地观赏，完全融入小镇似真似幻的童话世界。

村史馆、老房子和艺术品

讲解员领着我们左弯右拐，我们漫步在小镇上，几乎看不到行人。印象中除了我们一群观光者，并没有其他游人。可能不是周末吧。除了民宅，我们看到许多有特色的房子，茶馆、陶吧、古韵葫芦坊、蛋雕画坊、殷氏陶艺店等。"70 记忆主题餐厅"的名字很标新，"粮画农家餐厅"，土墙、草顶、木门，就像一个旧式农家。路过"天成阁"，那是一家麦秸画创作室，我们没有进去参观。我们倒看到了一幢百年老民房，墙壁底部是砖，上部是土，土砖上的隙缝长了一些杂草，透露了一些沧桑。这栋百年老屋经历了近代战火和大洪水的摧残，还坚挺地屹立着，这是寿东村保留的历史遗迹。

接着，我们到村史馆参观。馆的面积不大，展出了一些农具、纺车。墙上挂了一些寿东村演变的文字和图片，讲解员和牛兰学主席亲切地介绍了寿东村的由来。这个与世无争的南彦寺村，曾经在 1943 年被 500 多名日伪军扫荡，张寿山为保护村民而壮烈牺牲。为了纪念他，南彦寺村后来改名为寿山寺村，也就是现在的寿东村。当年侵略者屠杀、掳掠、奸淫的暴行，居然也发生在这么一个和平宁静的村子里，可以想象，神州大地曾经承受了多大的蹂躏。

粮画小镇的另一特色是街头巷尾突然出现的一些艺术品，在没有心理准备时让人惊喜。一尊雕塑，把十几扇过去村民用的旧磨盘不规则地叠放在一起，弯曲弧度适中的造型，辐射着村民的劳动精神。用粮艺塑造的城堡模型和巨大葫芦，全是用玉米棒子组合而成。城堡有朱红的大门，有城墙垛口。城堡前还设有休闲木椅，犹如公园一角。大葫芦挂着福禄寿三个大字，三个娃娃在葫芦下嬉戏，谱写着淳朴的农家乐。最受欢迎的是老辘轳水井，一口老井，装上走进历史的辘轳，背后的一垛矮墙，漆上白色，上书红色大字"老井故事"，非常抢眼。女士小姐们都不放过机会和老井合影，把自己写进小镇的老井故事里。

作家尽情挥毫作画

我们接着拜访"世界手工画展室"。入口处是两边民宅的一条小巷，用木撑起的一块横匾写着古朴的"世界手工画展欢迎您"。入内，展室相当大，宽敞明亮。三面白墙上挂了几十幅画作，清华美术学院的胡松涛和和胡新亮正在这里举办书画交流展。有两个画家在大长桌上画画，来访的几位作家看了技痒，跃跃欲试。在牛主席邀请下，荷兰池莲子挥毫，写了"粮画艺术扬世界"，马来西亚朵拉、德国谭绿萍、澳洲庄雨同时画画。牛兰学站在她们旁边,聚精会神地观赏她们展示才艺。朵拉和谭绿屏是画家,庄雨学画一年。三人不谋而合,全画了莲花。画完了,书画家与自己的作品合影留念,都露出满足的微笑。我想,我们来粮画小镇,如果能用粮食作画更切题。但用粮食作画,需要专门的技艺,同时,作粮画非常耗时,不可能在短短的半小时内完成佳作。

粮画小镇还有许多设施,如文体广场、竹池运动场、乡村文化站、农家书屋等,由于时间关系,我们没有机会去参观。希望以后有机会再来这个美丽的小镇,尽情游览。

绿化胡同里的美丽乡村之歌

离开小镇之前,导游带我们走进粮画小镇的绿化胡同。几条小镇胡同都搭了亭架,亭架两侧种了紫藤、葫芦、葡萄等植物。这些攀爬类植物缠绕着亭架的柱子往上生长,匍匐在亭架的顶端,成了天然的遮荫屏。小镇精心建设了紫藤长廊、葫芦长廊和葡萄长廊。我们在爬满藤蔓的亭架下漫步,感受自然的诗意,别有一番情趣。

这次到粮画小镇,另一个收获是认识了《陶山》杂志主编牛兰学主席。我一直注意散文创作理论,台湾地区主要研究散文的学者是郑明俐教授,大陆研究现当代散文的学者是林非先生。为表扬林非对散文研究的贡献而设立了林非散文奖,牛兰学以《御河,1943》荣获 2015 年首届林非散文奖。他之前也荣获了第六届冰心散文奖,是著名的散文家。他编著的《美丽乡村之歌》,收集了多篇描写馆陶特色小镇的散文。我这次写这篇小文,他也热心地提供了许多资料。

傍晚时分,我们走出童话世界,告别了粮画小镇,告别了最美丽的寿东村。明天下午,我们便得留下不舍,离开邯郸,坐车到郑州机场回国。什么时候再来粮画小镇?再见童话世界?等那么一天吧。我的答案。

小镇，与春同行

张华北

　　流淌几千年的卫运河与漳河深情相抱，带着两岸年年来去的春光蜿蜒向北，欢欣着汇入南运河。春日的风抚慰着岸边的杨，抚慰着岸边的柳，那些刚刚萌出的叶和树下的新草组合成淡淡的绿，感动着河水映成一弯的翠玉色调。大片的麦田早已被一棵棵麦苗拥挤成最壮观的绿毯，树桠上乌黑的鸟巢期盼着绿色亲和的覆盖，飞上飞下的喜鹊喳喳地呼唤，更有些迫不及待的情调。

　　站在小米粮仓雕塑下，那垂下的粮穗弯曲成一束束舒适的弧形，手摸着那硕大的穗头，心生出最富足的情感。寿山寺村，这小镇之名来自一个深明大义英勇的义士张寿山，七十多年前他倾力支援抗日，为这片古老的土地英勇捐躯，把鲜血深深流进了这片英雄的土地。南彦寺村由此以英雄的名字更名。这个抗日英雄范筑先将军和纵队司令员张维翰的故乡，当以英雄命名最为妥当。

　　像诸多中国农村的小村庄一样，千百年的兵燹与安宁、灾荒与丰稔、悲离与富足，百姓们企盼着丰衣足食平安的日子。故土上的生生不息、一代代人走过荒凉与萧瑟、走过贫穷与落后，走进阳光下的春天。

　　在地图上这个不足 200 户 700 余人的小村庄很难找到，小村虽小却引来了凤凰。几年前一个有着粮艺专利的汉子张海增慧眼看中这个小村，发展粮画产业，搭建起艺术创业平台。几年过去，由平淡无奇焕然变身成为中国十大美丽乡村。海增粮画展厅，一幅幅粮画组成精美的艺术品。长桌藤碗里，木架玻瓶中，是常见的杂粮和蔬菜籽粒，绿豆、黑豆、红豆、黑芝麻、谷子、大米、油菜籽、蔬菜籽，来自天然的色泽闪亮出阳光的晶莹。

　　那幅山水图线条古朴而凝练，近景岩岸，五株棕色树有立有斜，河水潺潺，小船悠悠，隔水相望，远山乌黑至淡灰，简略中透着神韵。那幅梅开五福图，红梅左横后右斜出，白梅交相而上，红与白互衬出彩，枝头一雀垂尾登枝，左顾其首，背景金黄相衬出富贵寓意。那幅粮画《清明上河图》应是作者最得意之作，桥上人流熙熙攘攘，桥下激水湍湍，货船穿行。民舍、树木、市井、百态人物，纷繁密集，再现出张择端原创不朽的艺术魅力。近看每一细处，均匀粮粒组合，如经纬的布绣，每一点跳出立体的亮彩。大厅里，那上山虎的威仪，红冠怒目贴地将跃的雄鸡，画卷方展的枫桥夜泊，荷花飞雀的荷塘图，神采奕奕的领袖图像，你流连之间已陶醉其中。

大条桌对面，四个身着红底牡丹棉袄的小姑娘正在作画，脸上挂满俊气和美丽，蜡染的头巾遮盖着乌黑的长发，眼睛由垂下的刘海处露出稚气。菊梅蜡染的台布上摆放着装满粮粒的青花瓷罐，小瓶盖里是图画的红黄黑白等粮粒。在纸上勾出图案，用胶水涂抹后，小镊子夹起瓶盖中的粮粒粘在图上。一个姑娘手下，一幅图画即将完成，金黄的柿子悬坠在乌褐树枝上，红叶将落未落，一双云雀黄腹黑首，乌尾乌翅，踏枝相对而鸣，呼之欲出。问姑娘：这幅画你几天做完？姑娘略一抬首一笑：三四天呢。又低头聚精会神作画。

一个粮画的艺术，引来了秸秆画、芦苇画、葫芦画、蛋壳画、布糊画、金箔画、银箔画，还有烙画、沙画、羽毛画等诸多艺术画种，齐聚在这个小村。昔日面朝黄土背朝天的农民成了艺术家，艺术让农民焕发出创造的智慧，也把贫穷和落后驱出了乡村。寿东村的粮画走出了乡间，挂上了大江南北、长城内外城市乡村的家庭，挂上了世界各地、欧美海外的大雅之堂、民间居室，美化着新时代的家居环境。

徜徉在小街，昔日普通的农家已是艺术的展示屋，青瓦白墙，修竹花香。转角处小花园幽静雅致，胡同里一幅幅粮画在墙。豆腐坊、酒坊、咖啡馆、老舍茶馆、陶吧、酒吧、粮画体验屋、农家小餐厅，还有皮影舞台、电影苑、邮局、电视台，观光、休闲，胜过城市的繁华，绝无城市的喧嚣。粮画，改变了寿东村，环境的改变，文明的提升，新时代的农民已用灵巧之手改变着自己的命运，开创出一个独特的美丽乡村模式。

自古来，民以食为天，温饱是民众的终身希望。粮画的来源与粮食息息相关。粮画艺术历史悠久，盛唐时，天下太平，百姓丰衣足食。仓廪足而思礼节，仓廪足也带来艺术的兴旺。对于唐代盛世，杜甫曾有诗为证："忆昔开元全盛日，小邑犹藏万家室。稻米流脂粟米白，公私仓廪俱丰实。"民间即有用五谷制作成粮食画，庆贺和象征五谷丰登、国泰民安。唐以后，粮画不绝，至清代盛世的乾隆时期，更一度成为敬献皇帝的贡品。五谷粮食、植物种子敷上阳光的七彩，吸收着土地的营养，有着水分的调和滋润，它们的色彩饱满而莹亮。每一粒都经过精选和技术处理，精选山水、花鸟草虫、人物等题材，在精美的图案设计上粘、贴、拼等，融国画、浮雕等传统工艺为一体，制作出能长久保存的粮画作品。

那眼古井在村中，与旁边那所土屋相挨着。探首下看，古井深幽，外表虽修整一新，但古老的气息由井中升腾而出。老屋保持着原状，陈旧的墙基压着斑驳的青砖，垒墙的土坯散出百年积攒的温暖，屋顶青瓦经历过千百次风雨雷电的摧打，仍然固执地紧贴其上。农民虽然已离开了土屋，似乎还能听见，一家老少在灰暗油灯下围桌喝粥的声音，还能听见土炕上劳累后酣畅的呼噜声。街角，十几片石磨盘码成了一个弯曲的石柱，下有斜倚平躺的五六片。石柱如弓身的老农，磨眼裸露成圆睁的大眼，观望着今日的村庄，透着一股难舍的乡愁。街边，一尊玉米轴一层层塑成的大葫芦斜立在棕红的高粱穗上，粗大饱满，金光灿灿，寄托着村民福禄寿的心愿。

馆陶是块崇尚艺术的沃土，那黄瓜小镇，优质黄瓜不仅是商品，还被勤劳的小镇人做成了极致，成为文化的极品；那羊洋花木小镇，一个花香四溢的小镇；还有教育小镇、杂粮小镇等，生态之美、生活之美、文化之美、创新之美，共同构建出馆陶美丽的乡村。

千年前，宋朝著名宰相、诗人王安石出使辽国路经大名、馆陶一带，曾赋诗有："灯火匆匆出馆陶，回看永济日初高。似闻空舍鸟乌乐，更觉荒陂人马劳。客路光阴真弃置，春风边塞只萧骚。辛夷树下乌塘尾，把手何时得汝曹。"几多流连，几多感叹。千秋岁月，今非昔比。王安石如能回生再到这里，当惊讶这馆陶千年的变迁。

夕阳慢慢由村庄西边树梢上沉下，几抹流云挂树。夜色初起，街灯、房灯一时齐放，大红灯笼、小串彩灯，黄的、蓝的、绿的、晶亮的，小镇又迎来一个彩色的夜晚。"大平原上盛开的鲜花，是我真诚的情意；大运河畔飘香的五谷，是我捧出的甜蜜……我在小镇等着你，让如诗如画的风景，带你走进心旷神怡……"歌声响起，回望夜空，那深蓝的天幕上，闪烁的繁星隐着笑意静静地在听。

粮食会跳舞歌唱

牛兰学

民以食为天，食以粮为先。粮食与吃喝有关，似乎和艺术无缘。初听"粮画"一词，多数人不知所云。什么是"粮食画"？在粮画体验吧，我轻缓移步，全神贯注，久久凝视着一幅幅图画，一幅幅用"粮食"在相框里"种"出的图画。我的视觉、嗅觉、触觉、味觉、听觉顿时活跃起来。他是美国《时代》周刊公布的全球最具影响力人物，我分明闻到领袖笑容上稻菽带着的泥土的芬芳；它是那个叫乌镇的江南水乡，我轻轻触摸着那刚刚搅动世界互联网大会的撸桨；那幅是"种"出来的清明上河图，虹桥旁我正"喝"着靓丽黏稠的胡辣汤；这幅是"拼"出来的乡村老井故事，看着看着，是一阵"吱扭扭"摇辘的声音，忽然那些种子变成水滴打湿了我的衣裳……

乡村让人想起袅袅炊烟，鸡犬相闻，耕读传家，辘轳欢唱……乡村是文明的起点，乡村是文化的根须。几千年的历史风云吹过星星点点的乡村，乡村曾经生生灭灭，胖胖瘦瘦、盛盛衰衰、疏疏密密。曾几何时，乡村被一种莫名其妙的东西冲击的七零八落，似乎走向沦陷与破败。几家院子塌陷，数个村庄空心，青壮年外出打工，仅仅剩下"993861（老人、妇女、儿童代称）部队"留守。于是，乡村让人联想起垃圾满地，牲畜乱跑，道路泥泞，不见乡愁……就在这样的大潮中古老的大地却有许多村庄燃起了新的星火与希望。冀南就有一个村庄被命名为2015"中国十大最美乡村"。她就是馆陶寿山寺东村，是一个大名鼎鼎的"粮画小镇"。

这几年，似乎沉睡的寿东村忽然被"美丽"两个字唤醒。她揉揉蒙眬的眼睛看着变化的世界，抖了抖尘土，扭动着身姿，行动起来，从迷茫到迷恋，从上愁到上瘾，走上了美丽的快车道。在绿意盎然，花香弥漫中一项项创意产生出来，一双双手掌行动起来。街巷硬化、路灯亮化、庭院绿化、四周净化。家家户户厕所革命，污水集中环保排放，垃圾集中无害处理，建立保洁常态机制。就连看似的"腐朽"也变成"神奇"，两处昔日存放垃圾、尘土飞扬的大坑，蝶变成下沉式的篮球场、娱乐广场；土里土气的条条胡同也不甘寂寞的摇身变成了彩虹胡同、葫芦胡同、紫藤胡同，葡萄胡同。乡愁回来了，企业家来了，投资商来了，外地游客来了。斑驳的街巷墙壁蜕变成艺苑，闲置的宅基地被收回绿化，村边的土地通过流转变成了采摘园，空闲的院子被老板承租变成了商店、画坊、饭店、茶馆、咖啡屋、农家乐等。一群家雀从这一棵树枝，扑扑楞楞闪到那一片花丛，"叽叽喳喳"用本土方言交流着情感。一位海增粮艺的企业家来了，于是，村里培养出一批又一批做粮画的姑娘。

"暖风轻，麦浪香，粮画小镇姑娘忙。许下一个愿，巧手绘鸳鸯，五谷走进大殿堂。"此时，耳畔响起村歌《粮画姑娘》的优美旋律。安静优雅的粮画坊里，十几位姑娘穿着统一的服装。她们端坐在窗前，头顶着"蓝天白云"，蓝底的方头巾点缀着白色的碎花，衬托着白里透红的脸庞。那大红大绿的民族时装，就像天地间如火的热情熊熊燃烧。姑娘们长长的睫毛罩着眼光，指向右手纤纤玉指下镊子的前端，镊子指挥着一粒粒"种子"（芝麻、稷子、黍子、绿豆等等），从左手的托盘里跳出来，急速划一道优美的弧线，稳稳地定格在画板上，一幅用"粮食"制作的图画，慢慢呈现在我们面前……那粮食正在说话，那画板正在作响。黍稷一起摇曳着丰收的波浪，绿豆夹炸开了绿色田野的希望，油菜籽凝聚着春天花开乐曲的畅想，芝麻粒蹦出麻锁续写着节节高的篇章。粮画姑娘以镊子为笔，五谷为墨，描绘出人间最美的画卷，成为小镇的明信片，乡村的风景线，粮画的代言人，游客的新偶像。

粮食画就是以粮食颗粒（包括草籽、萝卜籽等植物种子）为载体，经严格地筛选、清洗、浸泡、晾晒、烘干、构图、拼贴、装裱等多项复杂工序制作的图画。粮画的首创者叫张海增。这个叫张海增的年轻人，1998 年从山东美院工艺美术系毕业后，求职屡屡碰壁。打过工、开过车、干过零工。2008 年，在一次晾晒粮食时，他很随意的用粮食摆成了一幅图画，由此创作灵感油然而生，能否把五颜六色的粮食做成画呢？他攻克了粮食处理和粘连剂两大技术难题，使得粮食画具有了天然色彩、长久保存、立体视觉的艺术魅力。经过 7 个多月的试验，他终于把"粮食种在了画板上"。2010 年初，海增粮艺有限公司成立。2012 年春节期间，央视《新闻联播》栏目报道了张海增创作粮画的故事，让他一下子成了名人。当年，海增粮艺公司被评为省级文化产业示范基地。如今，他的公司已形成覆盖北京、天津、山东、新疆等十几个省市区的销售网络，还在美国、加拿大等建立了代理机构。2014 年他带着他的企业落户寿东村。总投资 400 余万元的粮画生产基地，包括粮画研发、产品展示、技术培训等多种功能。直接吸纳就业 200 余人，带动周边村 300 余农户增收致富。来自烟台、新疆的粮艺企业也在这里设立粮画坊，这个小村成了"中国粮画之乡"。几元钱的粮食，在这里可以神奇升值为几千、上万元的粮食画，真可谓点"粒"成金。粮画是有色彩的，粮画是有味道的，粮画是有质感的，粮画是有声音的，粮画有密码，粮画也是有生命的。

漫步寿东村，就如同走进绘画博物馆。墙壁上绘描着充满乡土气息的民俗画，街巷里悬挂着富有异国情调的粮食画，家院中堆砌着展示农耕文化的黄土情，房屋内布置成体现热情友好的迎客图。皮影戏、葫芦画、秸秆画、蛋雕、漆画、咖啡屋、世界手工画展示等等都具有了时尚的元素和艺术情调，它们随着街巷的潺潺细流，跳跃在街巷的每个角落，激荡着年轻人的青春活力。外出打工的青壮年纷纷返乡创业，为乡村注入新的活力。

2015 年的国庆黄金周里有十数万客人到小镇旅游。2016 年春节，新年灯展把寿东村装扮成天上人间，夜晚银河落地，霓虹闪烁中灯影叠叠，白天商贾云集，你呼我唤里人流如潮。每天吸引了慕名而来的各地数万名游客，他们鉴赏粮画艺术展厅，参观粮画姑娘作画过程，亲手体验粮画工艺。无不为粮画特有的魅力惊讶、惊叹、赞美、震撼……粮画销售一空，订单排到了 5 个月以后；农家乐餐厅日销售额近 2 万元；寿东第一户美丽家庭——师献巧家，每天销售粮画等 5000 多元；全村老百姓类似商业摊点有 140 多个，各项收入达上千余万元，带动相关收入近五千万元。馆陶县一无山水，二少资源，三非近郊，四缺金钱，特色小镇拉开了这个小县的旅游大幕。县委、县政府撬动着一根市场的杠杆，以美丽乡村为支点，把数千万、上亿元的民间资本撬动起来参与其中，一幕幕宜居、宜业、宜游的生态、旅游强县的活剧正在紧张上演。

在村里的一座老屋旁，只有那老井的青砖似乎讲述着过去的故事。据说，寿东村在唐朝的时候有一棵大槐树，旁边有一座寺庙。李世民东征曾路过此地，成语"路不拾遗"发生在这里，后衰败于战乱。村史馆里介绍，明代迁民定居于此，希望开始康庄大道，取村名"康庄"。可是，代代依然受穷。后来，有人说，北边有一个"朱庄"，"猪"吃"糠"，遂改名为"南彦寺"（谐音"难咽死"）。遗憾的是村民不但没有富裕，日本侵略者反而来了烧杀抢掠。范筑先将军列入民政部公布的第一批 300 名著名抗日英烈和英雄群体名录。这里就是范筑先和八路军新八旅分区司令员张维翰的故乡。于是，这个村成了抗日堡垒村。邓小平、宋任穷、徐向前等老一辈革命家曾在这里住宿、开会、谋划作战。1943 年 2 月 19 日日军在南彦寺村制造惨案，共杀害村民 53 人。村粮秣员张寿山先生积极捐粮、捐款、筹粮、筹物支持抗日，这一天为了保护八路军，被日军杀害。民主抗日政府遂将村名改为"寿山寺"。60 年代中期又更名为"向阳村"。改革开放后，经宋任穷批示，河北将村名恢复为"寿山寺"。那座百年老屋及其斗、升、秤，连同纺车、织布机、独轮车，讲述着历史的脉络，一直走到今天。这个村不也是一幅由粮食"种"在图版上的"四美（环境美、产业美、精神美、生态美）"图画？一个可以复制的美丽乡村样本？在村头有一幅最美寿东人笑脸墙，那里每一个人都笑成一朵花。这是一个向往富裕的村庄，这是一个保家卫国的村庄，这是一个英雄辈出的村庄，这是一个中国最美的村庄。

不知何时，我们面对绿水青山和金山银山不知所措。从"不管绿水青山，也要金山银山"，到"既要绿水青山，也要金山银山"，再到今天"望见绿水青山，也是金山银山"。一个高亢的声音传来："看得见山，望得见水，记得住乡愁"。"小康不小康，关键看老乡"。"脱贫不脱贫，重点是农民"。只有乡村美丽，才有美丽中国。

远处传来一首动听的歌谣《美丽中国走起来》：北国豪放南国婉约不同的神采，无边无际潮起潮落浪花一排排，古往今来，历史的气概，五千年文明，中华的风采……

小镇是首诗，小镇是幅画，小镇是民谣，小镇是交响。抬望粮画，我仿佛听到中国梦铿锵的脚步声。家庭梦，家乡梦，乡村梦，中国梦正向我们大踏步走来。

鹊桥小镇的来历

牛兰学

　　馆陶的地理版图就像是一撇，在这一撇中部有一个村庄叫"天河"。说起天河，我们都知道，在夏天晴朗的夜晚，当我们抬头仰望的时候，蔚蓝的天空上繁星点点，一条南北的光带呈现天际，那是星星最密集的地方，我们叫天河。在天河的两边，一边是织女星，一边是牛郎星，他们每年七月七日，鹊桥相会一次。那么，馆陶的这个村庄为什么叫天河呢？

　　历史记载馆陶曾是黄河流经的地方，几千年来黄河曾在这里川流不息，奔腾咆哮，因为洪水暴发，造成了在馆陶这块地方的数次改道。既灌溉了农田，同时，也不断出现洪水泛滥，带来祸害。传说，在宋朝初年，黄河从馆陶县境内流过，正好从馆陶县现在的中部的两个村庄即孟庄和热河村中间穿过，孟庄在河西有百十户人家，热河村在河东有六十来户人家。两个村的村民都十分友好，你来我往，走亲串友，两个村的孩子们也都一齐来到水边嬉笑玩耍或听渡口的李爷爷讲故事。孟庄有一户姓孟的人家，有一个女孩叫孟花，生的俊俏水灵。热河村有一户姓王的人家，有一个男孩机智聪明，叫王志勇。两个小孩在一起玩耍、割草、听故事。两个人两小无猜。随着年龄的增长互相有爱慕之情，慢慢地渡口摆船的李爷爷看了出来。有一次，笑着对他们说，我要给你们做月老。两个年轻人喜在心头，爱情就不断地增长，他们相约不愿同年同月同日生，但愿同年同月同日死。

　　不巧的是，那一年六月下旬，连续下了七天七夜的雨，地里的水都浸不下去了，可黄河的水眼看着往上涨。这时，王志勇已经21岁了，孟花也19岁了，都是大人了，他们俩都帮着自己村里的百姓向高高的黄土岗子上转移。人们牵着牛，驮着粮食、锅灶，推着老人，抱着小孩。眼看着热河村的群众转移完了，孟庄的人还有一部分，王志勇就不顾生命危险，带着几个年轻人来到孟庄帮助百姓转移。那水一会儿就有半腰深，许多房屋已被泡塌，只见王志勇淌着水把老人和孩子一个个背到船上，孟花和乡亲们一起拼命地划船把百姓转移。随着水的不断加深，有一个扶着大树的老人情况万分紧急，王志勇用一条带子把老人绑在树上，使劲地喊船。水越来越大，他已经没有力气再游泳了，一个漩涡把他卷走了，他再也没有出来。

老人得救了，洪水也慢慢退却了，孟花来到村址上，除了几堆砖头以外什么都被冲走了，当她得知王志勇被洪水吞噬以后，痛不欲生，也投河而死了。后来，人们把她从河里捞上来就葬在黄河岸边叫孤女坟。人们都祝愿她升天成神，就把孤女坟叫织女坟。经渡口的李爷爷提议，百姓为了悼念他们，就于这年的七月七日把冲毁的孟热二村合并为一村，都搬到了原来的孟庄村的北面，改村名为天河，人们希望牛郎和织女通过鹊桥相会，倾诉衷情，相爱永远。这就是天河村名的来历。明永乐二年（1404 年）由山西省洪洞县迁民来此定居，仍沿用天河为村名。人们传说每年的七月七日，天河村喜鹊就特别的多，来这里为牛郎织女相会祝福。今天，天河村已经是名闻遐迩的鹊桥小镇。

你就是个瓜

宋其涛

　　王维岭任翟庄村村支书那天，恰逢 38 岁生日。选任完毕，他平静如昨，抹一把古铜色的脸颊，咬一口黄瓜，抿一口酒，眯着小眼对妻子改萍说："别想别的，还是种黄瓜吧，能挣钱。"

　　王支书性情憨厚，言寡语少，无论何时何地，与他搭腔，他都憨憨地笑，一个劲点头，一副鸡啄米状。你若说他你说句话呀，他只说一句话："种黄瓜吧，能挣钱。"你若说你咋只会说这一句话呀，他便抽出一根黄瓜，用手抹一下，递给你，说："吃黄瓜吧，脆着呢，爽口。"

　　改萍这时就会挤过来，把他拉到一边，说："别跟他说话，他就是个瓜"。

　　那时粮食作物收入低，村里男劳力都到城里打工，回来时挣回一大把花花绿绿的票子。改萍就想让王维岭也出去打工，可他就认准了黄瓜大棚，死活不出去。改萍说种植温室黄瓜虽然效益好、利润大，可投入也大，技术要求高，没打工挣钱来得快。可平时不爱说话的王维岭这时口若悬河，说种黄瓜大棚长远，发展潜力大。"再说"，他小眼一眯，"还能带领村民致富啊"。改萍急得没法，瞪他两眼，点着他的眉头说："你就是个瓜"。

　　一个个黄瓜温室大棚建起来，一车车黄瓜在村头的黄瓜市场运走，一把把的票子拿到手，村民都露出了幸福的笑脸。

　　这时县里开始打造美丽乡村，给翟庄村起了个好听的名字——黄瓜小镇，王维岭就是打造黄瓜小镇的责任人。

　　没有经验，没有模式，没有经费。王维岭的小眼愁得只剩了一条缝，整天在村里转圈圈，黄瓜大棚也顾不上管理了。他一咬牙，转给别人了三个大棚，自己只剩下两个，且全部委托给改萍管理。改萍忙不过来，要他去，他笑笑不吭声，一转眼又钻进村里改造的工地上。改萍气得没法，用手点着他："放着钱不挣，光知道弄什么小镇、小镇，搭钱搭人搭工夫，你呀，就是个瓜"。

村里却真的大变了样。

几个月时间，路修了，灯亮了，街净了，村子变美了。

村里想建一处黄瓜食府，可村民谁也不干，乡里便点名让王维岭自己投资干。王维岭回家跟改萍一商量，改萍的头摇得像拨浪鼓，说："一个小村，有几人来吃饭，再说，咱也没经验，还是种黄瓜大棚吧。"王维岭一听行不通，干脆也不说了，自己干起来。改萍气得好几天没理他，说："你真是个瓜。"

不久，村里的黄瓜食府、黄瓜大学、黄瓜研究所、黄瓜饮吧、美食林便利店、特色小吃店、酒吧等基础设施完备了，村史馆、县委旧址、艺术家部落、摄影基地、时光记忆等景点建起来了。翟庄村成了远近闻名的产业支撑的旅游小镇、美丽乡村，国庆节的时候，每天游客上万人，黄瓜食府更是天天爆满，改萍的脸也笑成了一朵花。

王维岭披红戴花，受到了表彰，县委书记还亲自与他谈话、握手。更让改萍喜悠悠的是，现在，家庭收入也增了不少呢。

晚上睡觉的时候，改萍用脚丫子轻轻捅捅王维岭，王维岭不知道啥意思，只瞅着改萍傻傻地笑，还打了个哈欠。改萍的脸红酡酡的，脚丫子伸成院里那枝随风摇摆的玫瑰刺，在王维岭的鼻子上痒痒地扎，还念了一声嗔嗔的哝语："你种黄瓜大棚，建黄瓜食府，打造黄瓜小镇，你真是个瓜啊。"

这次王维岭明白了，哧溜一下钻进了改萍的被窝里。

草厂传奇

马月起

今天的河北馆陶北部有几个草厂村，分别叫杨草厂、王草厂、范草厂，村名来历颇具传奇色彩。

话说古时候，已七百多岁的彭祖居住陶丘，醉心研究艾草，收获不断，日子过得惬意。有一次熬了通宵，疲惫的他睁着布满血丝的双眼踱出家门，迎着太阳散步放松。突然身边跑过一群儿童，口里的歌谣吸引了他："神水神，神水神，神水之侧神草神。"

"什么'神'呀'神'呀的？听不懂。"他笑着转头问向身边的邻居，一位白发白眉白须的百岁老人。

百岁老人"呵呵"一笑："你能听清'神'呀'神'呀的就对了！"原来此地向北数十里有一处十分神秘的水池，四季不干涸，饮此水清冽甘甜，用此水浸泡身体可益寿延年，人们称为"神水"；水池四周长满艾草，比其它地方药性都强，人们称为"神草"。

"竟有此事？"彭祖大为好奇，即刻起了寻访之心。

春风拂煦，水波荡漾，杨柳依依，百花盛开，彭祖不觉沉醉于大自然美景之中。但他并没忘记此行目的，很快就把注意力转移到面前的"神水""神草"了。

看这水，与其他地方好像也没什么不同。亲口尝一尝，也不觉有何异味。再看池子周边的艾草，也与其他地方没什么区别。倒是中央"汩汩"涌出的水吸引了他的视线。不用解释，就是因为这一点，这池子才长年不断水。

"哎哟——"少年呼痛的声音从池边不远处传来，原来他走路不小心崴了脚脖子。

一群热心人赶忙向前，有的搀扶，有的慰问，更有一位中年大婶急急忙忙从家里找来陶盆，在池子里舀些水，放进一些艾草，让少年泡脚。

"千万别泡！"一位八十多岁的老爷子忽然大声制止，声如洪钟。中年大婶一脸惊愕："我家男人昨天脚疼，就是用这池子里的水加艾草泡好的。"

老爷子也不解释，问："谁家有大葱？快拿来三棵。"

"我家有。"一位小伙子边答应边小跑着回家取来。老爷子找东西把三棵葱的葱白捣碎，敷在少年疼痛处。少顷，又令人重新用陶盆舀水加艾草，给少年泡脚。

过了好一会儿，少年重新穿上鞋。大婶关切地询问，他轻松地回答说："不疼了"。

彭祖颇为不解：为什么泡脚前先要用捣碎的葱白敷？又禁不住责问："艾草泡脚当然能够治病，虽然已经春天，可这池子里的水多凉呀，先别说有效无效，这孩子受得了吗？"

听了彭祖有些气愤的话，众人开始是一愣，接着便放声大笑，中年大婶笑弯了腰，老爷子连称"笑岔了气"，其他人也笑得前仰后合，直笑得彭祖一脸茫然。

"你是外地来的吧？"好大一会儿，老爷子才止住笑问道。他让彭祖自己到池边用手试试水温。彭祖一试便释然："咦，冒出的水是温热的！怪不得可以用这水泡艾草、泡脚，而且这么有奇效！"

"彭祖——，彭祖——"人群中有人认出了彭祖。大家喜出望外，与这位远近闻名的神医攀谈起来，彭祖渐渐对"神水""神草"有了更多认识。

突然一阵鼓乐传来，原来是有人嫁女。大家纷纷起身，每人带一把艾草和一把双蒂大葱涌向送亲队伍，并送上祝福："咱们的艾草不一样，是神草。带上吧。祝愿姑娘嫁到夫家世世代代男孩女孩都聪明伶俐！""祝愿神草给姑娘婆家带去好运，全家人永远没有七灾八难，小夫妻恩恩爱爱、美满幸福！"

彭祖被这个地方送亲以双蒂大葱和艾草为嫁妆的风俗吸引了，被乡亲们的和睦乡情感动了，便随着大伙也送上一把艾草，并说了些祝福语。送亲的人连连感谢热心的乡亲，特别是这位刚来的神医。

从此，彭祖融入乡亲生活，带着妻子儿女在池边居住下来。他认为，正因周边多年生艾草，池里温热的水已经具有了不少艾草的药性，再加上水里含有的其它不明物质，所以少年才能直接用池水泡艾草、泡脚，而且药效那么好，所以这一带长寿的人多，人们才对这"神水""神草"顶礼膜拜。

随着研究的深入，他越来越感受到大自然的神奇，同时疑问也越来越多：池里为何总是长年涌出神秘的温热水？这地下泉眼通向何处？水质与别的地方究竟有何不一样？因为水质的原因，池边艾草也比别的地方更加药性强、药效好，这种情况在别的地方能不能复制？这种水养草、草养水、水草养人、人爱水草的生态模式在别的地方能不能推广？

彭祖决心在此长期居住，培育出更加优质的艾草，研究出更多更好治病养生的法子。甚至决定：今后培育出来的优质艾草就叫"神草"。一天，几位老乡围住他，央求他给这个村落起个好听的名字。他望着池边茂盛的艾草，随口说出三个字："神草场。"乡亲们十分欢喜。久而久之，简称"草场"。为纪念彭祖，后世的人们称这池子为"彭艾湖"。

光阴似箭，日月如梭，转眼过去了两千年。辽国萧太后与其儿子辽圣宗耶律隆绪率军大举南下攻宋，统帅萧挞凛带领前锋直扑宋都开封的门户澶渊（在今河南濮阳），太后萧绰（小字燕燕）和辽国小皇帝率大部队驻扎萧城。萧太后相中了这里的水和草，不但将士们吃这里的水，饮军马也用这里的水。彭艾湖里的水不够用，他们在此打了七十二眼井，还建了八十三座庙，这里俗称"饮马厂""草料厂"。后来，人们渐渐习惯称这个村为"草厂"。

斗转星移，沧海桑田，又是一个千年过去了，今天的草厂村已分为三个自然村。杨草厂村南的彭艾湖，中央仍然"汩汩"不断涌出温热的"神水"，周边仍然是"神草"萋萋的美景，这一带仍然多健康长寿的老人，儿童至今传唱着这样一首歌谣："神水神，神草好，神水神草都是宝。自打神仙来此住，世代传颂彭艾湖。"

书香在花瓣间飘荡

牛兰学

一树繁英夺眼红，开时先合占东风。在桃花盛开的地方，我们常常听到蜜蜂嗡嗡地吟唱，我说这是桃花开的声音；而在一个小村庄，我却四季分明听到桃花里琅琅的书声，我说这是桃花的歌唱。这个村庄叫王桃园村，属于河北省馆陶县路桥乡，是名闻遐迩的"进士村""状元村""大学生村"，也叫教育小镇。

桃园的春夏秋冬，景色各异，或红或绿或黄或白，不变的是她整齐的街道和干净的院落，还有永远盛开的桃花和弥漫的书香。

春天的王桃园也许是最具诗意的。记得那些诗人说，满树和娇烂漫红，万枝丹彩灼春融。何当结作千年实，将示人间造化工。村里村外，家院路边，四千多棵桃树，花团似锦，姹紫嫣红，整个村庄整日就像藏在朝霞里。在这里可以看到春天的脚步，听到花开的声音。每一名学生、老师、村民的脸庞都变成了一朵朵移动的桃花，被小蜜蜂追赶着。或者他们都像是小蜜蜂在花丛里忙碌着，酿造着蜜，酿造着生活，酿造着蜜一样的生活。仿佛霎时，花朵和蜜蜂填满这个村庄。

桃之夭夭，灼灼其华。书香门第，耕读传家。在学子之家，我移步静静拜读着每一位学子的简介，触摸着他们曾经用过的小人书、课本、物品，欣赏着他们制作的麦秸秆画。一本《王桃园小学生 100 个好习惯》吸引了我的注意，让我久久不肯离去。院子里的东墙上正是小学生 100 个好习惯的剪纸图画，这些就像一百朵桃花深深印记在人们的心灵。

冬天，天上洋洋洒洒飘着雪花，这里依然是桃花盛开。进村道路的每一棵行道树上都绘制了桃花，向我展开红扑扑的脸庞。走进村口是一棵巨大的桃树，既包含其"桃园"村名，也蕴含学子满天下之意。整个牌坊组合古朴典雅，将整个村子的精气神自然地烘托出来。进的村来，是一面面"会说话的墙"。街道两边的瓦房墙壁上，是"凿壁借光""韦编三绝""闻鸡起舞"等画廊。漫步王桃园村，徜徉在院落里，只看得目不暇接，不觉日斜影长。王桃园小学、小学旧址、学子之家、苇笠书画工作室、云霄书法广场、老党员之家、乡村音乐厅、麦场乐园迷宫、昆虫博物馆等。就是那些断壁残垣旁，也写着运河岸边著名诗人雁翼的短诗：我是一堵泥土垒成的墙。

王桃园最美的"桃花"其实四季开在每家每户的大门口，它甚至比真正的桃花还要鲜艳多少倍。这就是桃木的"光荣牌"。在夏秋浓浓树荫下沿着街道、胡同细细看去许多人家的大门口旁，悬挂着一块长方形的原色小木牌，上面镌刻着父母的尊名、考入大学的孩子姓名、学院名称、还有他们的人生格言等。"这是我们村的'光荣牌'，谁家出了大学生就会得到这样一块牌子。"村支书王付庆骄傲地介绍说，"我们村90%以上的人家有大学生，有的一户考上两三个"。这绝对不是一枚普通的小木牌，这是村民对文化的顶礼膜拜。

2015年8月4日上午，全村百姓见证了县领导把一块写有"桃园硕彦"的匾额挂在了一家的门楣上。原来，王桃园的王海旭以理科687分（河北本一线544分）荣获馆陶县2015年度"理科状元"，被北京大学录取，整个小村都沸腾了。她成为村里自20世纪70年代国家恢复高考后，考出的第123名大学生（含大中专生，其中7名硕士、2名海外留学、3名博士；不包括迎娶的大学生媳妇和嫁出去大学生的后代考上学的）。因此，这个只有125户500多口人的小村庄，也因崇文重教蔚然成风，形成独特的"王桃园现象"。

现在村里最吸引眼球的，是在幼儿园旁高高矗立的"桃花墙"。家家户户门口的"光荣牌"，在这里汇聚成"状元榜"。如画轴、像皇榜、似丰碑、是奖章。123名大学生的名字熠熠闪光。他们的名字被铭记在村民们的心中，是各自父母心中的骄傲，也是村里学龄孩子们学习的榜样！书写着这个村子的奇迹，彰显着这个村子的能量。尊师重教的传统让书香在这个村子里散发着愈发浓郁的芬芳。

桃园村地处齐鲁燕赵交界的隋代大运河畔，孔子的弟子子夏曾在这里讲学。历史上有四位皇帝的女儿和三位皇子被封为馆陶公主、馆陶王，孕育了一代名相魏征、民族抗日英雄范筑先。但是，这里也是宋辽交战、"燕王扫碑"的主战场，因之，几度人烟稀少。明永乐二年（1404年）从山西洪洞县走来的迁民，看到这里几片桃林茂盛，紫气弥漫，王高安刘四姓便在桃林旁定居下来。桃园村名由此确定。从此，他们过着"日出而作、日入而息"的农耕生活。直到清代后期这里一连出了三个秀才、一个举人，文气渐浓起来。王秀才办私塾至今让王桃园村民念念不忘。"武训乞学"的故事发生在清末民初的馆陶县。实际上，历史上的王桃园并没有多少人识文断字。真正的"文曲星"下凡还是在20世纪40年代，共产党的"阳光"照亮这个村庄。按照县委意见于1944年年底创办"抗日小学"。当时，党员王好生任教员，十几个孩子，没有固定校舍，鬼子来了就跑，鬼子走了就讲，有时在树下、有时在田野、有时在河湾。文化的大树倔强的增长。1948年开始，村支部带领全村搞土改、建初级社、高级社。村里先后办起了夜校、扫盲班、文化补习班。村民们不再是睁眼瞎，渐渐有了一些文化、见识、眼光……

走进王桃园小学旧址，陪同的同志建议我，先敲敲挂在树杈上的一口小铁钟。小钟不大，斑斑锈迹，我看得是那么熟悉、那么亲切。我拉起钟绳，有节奏的用力敲着，久违的"铛铛"声，一下子震颤了我的心灵，使我泪水盈眶。王桃园小学旧址则是王桃园村保留最为完整、最为原始的小学旧址。一片不大的院子里，两间教室、一间器材室、一间老师宿舍。土地、土墙、高粱秆搭就的屋顶、高矮不同大小不一的小板凳，我仿佛看到这里进进出出一个个优秀教师忙碌的身影。也许和我的经历有关，我随手点着了一盏褐色的棉油灯。这是陶瓷制作的灯，圆圆的灯体伸出一个渐细的灯嘴，向灯体里注满可燃油，用一根棉黏串进灯体连接灯嘴，点着棉黏，那枣一样大小的灯头瞬间照亮屋子。我不知道，这样的灯诞生了几百上千年。我知道，慢慢生长的灯花里，会有母亲做活的脸、父亲上愁的脸、哥哥读书的脸、全家幸福的脸。一会儿火苗激烈、艳丽、彤红、跳动，上面接着线状的黑烟来回摆动着。我仿佛看到王桃园学子苦读的影像。

麦场乐园和迷宫也许是这个村子里最土气的游乐场，那也是农耕文化最幸福的地方。麦草垛、驴拉磨、馒头房引人遐想。夏夜，父辈们坐在麦垛旁给孩子们讲那过去的事情；秋天，老师们在高高的谷堆旁给学生们讲天文地理。老师们土法制作的玩具，像铁环、毽子、石子、手绢，甚至徒手编队的杀羊羔游戏，都会让孩子们神采飞扬。

常常有游客、邻村的孩子们来王桃园旅游、观光、参观、考察，还有文友、摄友、书友在这里体验生活、进行创作、相互交流。每年都有几期夏令营在这里举行。我随着人流走进昆虫博物馆，去探究一翼翼神奇的翅膀。这也许是中国乡村第一家昆虫博物馆，馆内陈列的上千件昆虫标本，有的是购买的，有的则是师生利用废旧物品制作的，为孩子们开阔眼界、增长知识提供了平台。学生既可以辨认昆虫，又可以感受地气、展开想象的翅膀。

2016年春天，站在王桃园小学的校园里，桃花正繁，姹紫嫣红，含露吐英，蝴蝶翻飞；好像朝霞落地、疑似颜料倾淌。在花香弥漫、蜜蜂声响里，教室里传来琅琅的书声。我在想，春天里桃花开放，夏秋里桃子成长、成熟。而每人的笑脸正像是桃花天天开放，那毕业证、通知书，那光荣牌、光荣榜更像是桃花四季飘荡着书香。

忽然，优美的旋律和天真的童声，从桃林里响起：世外桃源，美丽的地方，桃花盛开好风光，好风光。粉的织霓裳，白的飞雪样，孔子传教千古唱，儒学洒在每道巷。世外桃源，神秘的地方，桃花芬芳百里香，百里香。四季勤耕作，朝夕育儿忙，小镇那道进士榜，家家喜出状元郎。这歌声越传越远……

美丽麦田节

杨文英

芒种时节，去馆陶进行"中国·馆陶第二届黑小麦麦田节"采风活动，真是开了眼界。

见过"黑色"家族中的"黑五类"——黑豆、黑米、黑枣、黑芝麻、黑木耳，花卉中的黑牡丹，去馆陶之前，却从未听说过黑小麦。心中臆断，这是从麦穗到麦籽儿全黑的"黑老包"吧。

由邯郸市作协副主席牛兰学老师做向导，出高速口向北，沿县城西环行约五六公里，向东不远，便看到了路南"月青黑小麦农场"的牌坊式标志牌，目的地到了。窗外，成熟的麦穗麦芒交错，微风过处，便飘摇晃荡成轻缓起伏的金色麦浪，一波一波，霎时传遍了整个麦田，形成一道美丽的风景。怎么还不见黑小麦？我忙问牛老师。这就是黑小麦！他指着窗外回答，这里的一千亩麦子全是黑小麦，麦穗麦秆同普通小麦一样，但籽儿是黑色的。原来是这样，我恍然大悟！眼下正值麦收时节，这些黄澄澄的麦穗正待颗粒归仓。

先到黑小麦展厅。我见到了黑小麦的庐山真面目。麦粒儿大小等同普通小麦，烟褐色或黑紫色，不似黑豆、黑米的纯黑，倒有着黑郁金香的神秘。一见就让人感觉不凡。墙上的宣传画介绍，它是小麦家族的一个新品种，富含硒、镁、麦类蛋白、食物纤维及各种微量元素，又称益寿麦，具有预防癌症、降压降脂、延缓衰老等多种保健功效，因此成为"黑色"家族中的佼佼者。

祖国医学研究认为，"逢黑必补"，黑色入肾。"月青农场"所种的黑小麦——冀紫439，则具有更为奇特的功效。据农场主范月清介绍，经过临床实验，这种已种植十一年的黑小麦，是世界上第一个有效控制餐后血糖的神奇品种，所富含的有机铬（铬含量是普通小麦的3倍以上）是机体糖、脂代谢中具有明显降糖效果的微量元素，具有激活胰岛素、有效控制血糖升高的作用。实验证明，冀紫 439 黑小麦制品用作糖尿病患者的主食后，整体血糖水平偏低，尤其是饭后血糖控制较为理想，是糖尿病患者的最佳食品选择。得知这一介良方，我如渔人"忽逢桃花林"之惊异，又有柳暗花明之惊喜。困扰婆婆 20 多年，现在需要每天打胰岛素控制的糖尿病顽疾，终于有了盼头。观赏着展厅的各种黑小麦食品及保健品，我们啧啧赞叹。热情的工作人员送我们每人一兜儿黑小麦种子，作为纪念。

正是它不凡的保健价值，决定了它不凡的经济价值。它每亩比普通小麦增收 1500 多元，加工成各种食品，如面粉、麦仁、馒头、糕点，甚至酒、醋等，收入竟是普通小麦的 10 倍，一个馒头就卖至 2 元。据介绍，在政府的大力支持下，馆陶县黑小麦的种植面积达到 30000 余亩，研发的黑小麦系列产品达到 30 多种，成为当地农民致富的"黑色金矿"！

黑小麦的神奇功效与经济价值令人惊叹，而现场旧式的镰刀收割与老牛拉碾打场等场面，则让我们重温记忆，找回岁月。

麦田边上，随风飘扬的彩旗，飘着祝贺词的红气球，以及橱窗内往年收割打场的一些喜庆大照片，同即将收获的人们一样，都在热烈地庆贺着这丰收的麦田节的到来，迎接着我们这些前来观赏的远方客人。

临时碾轧的麦场上，老农挥鞭催赶一头毛驴碾轧麦子。他沉稳冷静甩出的"嘎——嘎——"清脆鞭哨，嘴里有节奏的"得儿——驾——喔"催赶曲，都在指挥着拉着石磙的毛驴的行进方向，鞭策它循着大圈儿小圈儿碾轧麦子。碾好后，挑开麦秸，然后堆成一道麦糠麦籽的混合"矮墙"。等风来，人站在"矮墙"一侧，手持木锨，铲起一锨，顺势朝斜前方一抛，空中便划出两道美丽的弧线——一道是麦籽，如一弯鼓满风的横帆，朝着上风向的光地上齐刷刷落下来，像天空落下的一阵"紫雨"，在阳光下，闪耀着紫水晶般的炫丽光芒；另一道是随风轻飏的麦糠，它们给无形的风赋予了有形的体，时而如海上翻卷的大浪花，时而平缓如带，被风带到麦堆后面或更远的随便什么地方。麦籽一侧，随着麦籽落下的节奏，那些混在麦籽中的一些碎麦梗或未碾开的带壳麦，被一人弓腰用扫帚轻轻掠扫。扫帚落处，便将麦粒与杂质分离。这一扬一扫，互不干扰，其默契程度宛若相声之逗哏与捧哏。俯仰之间，麦场上便留下一堆清一色珍珠般的黑紫色麦粒，然后装袋、归仓。眼前的一切，正是记忆中的打麦场景，诗意而又艰辛，亲切而又遥远。

于是，放下背包，拿一把熟悉的麦镰，在金色的五月，我走进了熟悉的麦田。左手抓一把金色的麦秆，右手握二尺长的弯柄镰刀，在麦秆根部回拉镰刀，便割获一把把夏季的"金子"。在反复的一握一割一放间，不觉割了两三米长。掂在手的是丰收的喜悦，直起身来却觉腰酸腕累。白居易"足蒸暑土气，背灼炎天光。力尽不知热，但惜夏日长"的诗句便在唇齿间复生。在生产力水平低下的时代，我的父辈祖辈都是在这种笼蒸火烤般的环境中，面朝黄土背朝天，尽一切人力抢收即将到手的麦子。他们哪敢嫌腰酸腕累，分分秒秒都在"虎口夺粮"。怕的是，一场大风磨掉已经干透的麦粒，久雨不晴捂霉麦粒，甚至，燃着的烟头、电线失火等将到口的麦子毁于一旦。几亩麦子，经过复杂的收打环节，待到颗粒归仓，前后得个把月。而如今现代化的联合收割机，几十亩地，一个人，几个小时就能完成。真是不可同日而语！"粒粒皆辛苦"一句诗，写尽了旧式农民生活的辛劳与不易！

如今，那种漫长而繁忙的麦收图景，已经进了"麦收博物馆"，成为低生产力时代的生活记忆，社会发展史的一个重要章节。眼前的千亩黑小麦不可能再用人割牛碾来完成，但重现慢生活时代的麦收场景，为繁忙的现代人释放紧绷的神经提供了一个美丽的桃花源。馆陶县以这种怀旧的方式举办麦田节，是对黑小麦喜获丰收的隆重庆贺，是介绍黑小麦神奇功效的生动课堂，同时，也为人们打造了一场美丽的寻梦之旅。

午饭，吃着黑褐色的黑小麦馒头与面条，感觉似在现代的健康之路上欣赏着曾经的文明。这也是一种文化的寻根。

杂粮小镇的由来

闫少龙

郭辛庄是一个有着悠久历史的村庄，种植杂粮的传统由来已久。

元末明初的一年，此地迁来一户王姓人家。他们携带大量种子而来，垦荒耕田，种下小麦、高粱、谷子、黍子、稷子、豆类、芝麻等。数年过去，日子渐渐殷实。他人渐有登门求教者，皆慷慨赠予种子。后发生多次旱涝等自然灾害，荒年中村民多有病饿而死者，独种植抗灾能力强的杂粮的人家得以存活。故杂粮种植一时兴盛，乃至别村也纷纷效仿。

1402 年（明惠帝建文四年）春正月，燕王率军在馆陶渡河，进攻东阿。时天气尚寒，北风犹劲，加之军中断粮，士兵饮食不济，又连日作战，疲惫不堪，有不少人患上伤寒病。燕王朱棣在行军中见一重病士兵倒卧路边，面色极差，十分动情地说："壮士病至如此，全都是为了我呀！"燕王又亲自扶他上自己的马，并安排手下将伤病士兵一一统计，集中起来好生照料。士兵们皆感动得大哭。此时，因连年战争和自然灾害，百姓生活也很困苦。燕王派人在现郭辛庄一带只搜集到一些高粱、小米、稷米等杂粮，以文火慢熬煮粥，喂养伤病士兵。不几天，伤病士兵竟大有起色。此事一传十，十传百，燕王得知后，颇感惊异，即命属下大量收集各种杂粮，供士兵给养。此后，燕王军队士气更加高涨，连战连胜，郭辛庄杂粮口感好、营养高的美名也传遍四方。

时隔五十余年后的明成化年间，郭辛庄郭姓始祖郭良由陕西朝邑县知县升为光禄寺寺丞，后又升为少卿。明代光禄寺负责的是御膳食材的采买，凡祭飨、宴劳、酒醴、膳羞之事。郭良在位期间，知晓宪宗胃口不佳，光禄寺百般调和饮食，均告无效，联想到故乡各种美味，便以书信托乡亲带来各种食材，将故乡的杂粮美食引入宫廷。宪宗食后果觉美味无比，胃口大开，赞不绝口。从此，郭良每年派人大量采购家乡杂粮专供御膳。此事传出后，权贵们皆慕名品尝，多有赞誉。一时间郭辛庄杂粮美食名满京城，各商铺纷纷效仿，这个小村庄因此声名鹊起，带动了周边百余公里的杂粮种植。

　　而今，郭辛庄进一步扩大了杂粮的种植面积，已建成 1744 亩的杂粮种植区，杂粮种类 11 种，其中大豆种植区 200 亩，高粱种植区 1000 亩，谷子种植区 254 亩，红薯种植区 35 亩，红小豆种植区 35 亩，花生种植区 40 亩，荞麦种植区 30 亩，绿豆种植区 60 亩，黍子种植区 40 亩，油葵种植区 20 亩，芝麻种植区 30 亩。自高处远望，颜色各异，高低起伏，如诗如画，如梦如幻，美不胜收。

"艾神"在行动

任润刚

追溯历史，在我们家乡一带，危及人们生命的疾病主要有霍乱、痢疾、伤寒、瘟疫、疟疾（打摆子）等。我的两个妹妹（小的两岁，大的五岁）就是被瘟疫夺走生命的。

20世纪50年代，新中国刚刚成立，在一个夏天，瘟疫病突然在村里流行开来，其症状上吐下泻，发高烧，小妹妹在病魔的缠绕下，没几天就夭亡了。紧接着，大妹妹的病情愈加严重，一家人束手无策，我在暗暗祈祷，求上天保我妹妹平安，但都无济于事。就在这时村里又发现有两个孩子也患上同样的病疫。这时有人提醒快找医生治疗，我的妹妹被送到北陶（旧县城）医院，经一个姓部的老中医诊断，确诊是瘟疫，但此时已病入膏肓，无回天之力，就这样，五岁的妹妹也离开家人的怀抱含悲而去……

失掉两个闺女，对母亲精神上的打击是可想而知的，她痛哭欲绝，整天泪流满面，把眼睛都哭瞎了。等我长大参加了工作，为了弥补和缓解母亲无女的伤痛，我充当了"闺女"的角色，每逢闺女回娘家的日子，我就早早回家，母亲早站在门口迎接着我。

现在，回顾那个年代，村里人得了病得不到及时有效的治疗，甚至临死也不知到底得了什么病。今天，欣闻中医药材"艾"能防治瘟疫我想，当时患了瘟疫的两个妹妹，如果能用艾与其它中药配方得以及时有效的治疗，也许能够躲过那场灾难的。

艾草是一种在房前屋后、坡上渠边、道路两旁、荒野薄壤生长的生命力极强的中草药材，是防治瘟疫的好药材，老百姓称为"救命草""艾神"。同时，也有结婚时用艾表达恩爱和用以消灾避邪的风俗。在悠久的历史长河中，老百姓积累了种艾和用艾的丰富经验和技巧。如杨草厂村60多岁的农民杨春旭继承传统，种艾十年，自制艾灸盒为百姓治病，并用以消灾避邪。

随着中医文化的发展，艾草的应用得到广泛的推广，总结出艾草泡脚，艾草灰止血，艾叶祛病美容，艾草精油益气活血止痛，艾灸防病保健、温经散寒、引热外行等丰富预防和治疗疾病的经验。

我县为了进一步推动艾产品生产加工企业发展，把艾草打造成馆陶一张新名片，形成南有靳艾、中有宛艾、北有馆艾的发展态势，把艾草做成大健康产业、扶贫产业、文化产业，最近全县新增 1000 亩艾草示范园，在 277 个行政村进行艾草种植示范，并在贫困户庭院种植艾草。同时在粮画小镇、鹊桥小镇天河村、神农大道、永济河新建艾草种植示范基地，

养成良好健康习惯，并将艾文化融入百姓日常生活中。在东方园林苗木基地打造 300 亩林中杂交艾草种植基地，培育"馆艾"新品种，申请国家专利和国家地理标志证明，打造全国知名品牌。

中医药学是祖先留给我们的宝贵财富，是凝聚着深邃的哲学智慧的中华民族几千年的健康养生理念及其实践经验。实践证明，大力挖掘发展艾文化产业是建设健康馆陶的需要，也是脱贫致富的好门路，更是丰富中医文化宝库的最佳选择。

"艾神"在行动，中药文化有着数千年的悠久历史，其底蕴十分丰富，我县正在扩大对艾文化的研究宣传和实践，争取为中药事业的继承、发展与推广做出新的贡献！

房儿寨

牛兰学

　　馆陶县有个房寨镇，还有两个村分别叫孩儿寨、常儿寨。相传宋朝建立以后，辽国便不断同宋发生冲突，馆陶正是宋辽交战的主要战场之一。在馆陶北部到处都是辽兵修建堡垒，安营扎寨，屯粮屯草的地方。

　　相传，辽国出动了大批兵马南犯，这些兵马有多少呢？老百姓说共有"一斗谷"，即每个士兵拿一粒谷粒正好把"一斗谷子"拿完，1004 年前后，辽国的肖银宗带领军队为了躲避宋朝士兵的追击，从现在路桥乡这一片地方每个人撮了一帽壳篓土（头盔）一夜就建起了一座城，至今这座城还在，叫"萧城"，在馆陶县旧县城东南五里，而路桥呢，叫"路桥洼"。由于萧城是我国不多见的没有护城河的城，更不知土从何处来，所以更加证实了传说。你想想，如此多的兵马进犯宋朝，宋朝如何能阻挡呢？不要紧，因为宋朝拥有精忠报国、英勇善战的"杨家将"和"杨门女将"。杨家将的故事在馆陶妇孺皆知。在紧要关头，宋朝军队也来到馆陶，在馆陶南部安营扎寨，修建堡垒，两军对垒，杀气腾腾。多少血战，多少故事，几十年的时间宋辽在馆陶进行了拉锯战，辽兵的每次进犯，都被英勇善战的杨家将杨宗保之妻、巾帼英雄穆桂英率兵杀得损兵折将，望风而逃，不敢南犯。但是，辽国的侵略野心毫无收敛，气焰越发嚣张。这一年穆桂英已有身孕，当辽兵得知作为北宋领兵元帅"混天候"穆桂英临近分娩时，便乘虚而入大举进犯。穆桂英得知这一消息，不顾将士的劝阻，身穿铁甲，手持花枪，稳坐马上，为了收复国土，不顾个人安危，率兵亲临战场，与辽兵展开了浴血奋战。辽兵一看端坐在马上的穆桂英并没有身孕的迹象，心中便有了几分胆怯，再加上穆桂英武艺高强，士兵英勇杀敌，直杀得辽兵节节败退。由于在鏖战中，运动量过大，穆桂英感到肚子隐隐发痛，有分娩的迹象，于是她虚晃一枪来到一片芦苇坑旁，两个女兵紧随过来，她就在芦苇丛中顺利产下一个女孩,她用牙咬断脐带,望着瘦弱的女孩,松了一口气,用衣服裹住孩子。时值深秋,遍地的黄色菊花迎风开放,于是就给女儿取名为杨金花,芦苇坑边安营扎寨的地方便称为孩儿寨,明朝迁民,在此定居沿用此名,一直沿袭至今。

话说当时,穆桂英生产杨金花时,腹中阵阵疼痛,淋漓的淤血从下身滴下来,她用手紧紧地掐着芦苇的叶子,到今天这里的每一片芦苇叶子中间还有她手掐的痕迹。血滴在一种酸菜的叶子上,到今天我们还可见到一种叫"酸不流"的野菜,其绿色的叶片上只有中间有三点是红的,特别像血迹,甚至连它的根茎也是红色的。到了雨季,芦苇坑里积了水。人们看到水中有红色的小鱼在游动,有人说这是穆桂英流出的淤血块变成的。所有这些传说,反映了人们对穆桂英的敬佩、怀念。辽兵并不甘心失败,打听到穆桂英真的分娩了,就趁着她身体虚弱,多次进犯,穆桂英因为带着孩子作战不方便,就把小孩寄养在营寨附近的村庄里一户农民家中,这个村庄便取名为放儿寨,后演变为房儿寨。明迁民住在该寨遗址上仍沿用,现在简化为房寨,是镇驻地。

辽兵为了劝降穆桂英,派人秘密查访,企图掠取杨金花为"人质",穆桂英识破了敌人的奸计,为了婴儿的安全,就把小孩从放儿寨接过来又藏到了另一个村庄,这里的村民因此将村叫藏儿寨,明永乐年间迁民住此寨遗址,盼望常年在这里生儿育女,就起村名常儿寨。(文/牛兰学　任润刚　阎广信等整理)①

----

① 2017 年,该故事在由国务院第二次全国地名普查领导小组办公室主办、光明网承办的"寻找最美地名故事"网络征集活动中入选"中国最美地名故事",并获优秀奖。

叮当庙

牛兰学

柴堡镇要庄村的村东头有一座庙叫叮当庙，闻名遐迩。为什么叫叮当庙呢？传说该庙原来叫玉清观，是道教的圣地。道观的大殿四角，四寸见方的木椽子头上各挂着一个重3斤半的小铁钟，整天叮叮当当地响个不停。风大响声大，无风也嗡嗡，风小响声小，十里听到声。又由于这座庙是附近十八村捐款修建，又叫"十八村叮当庙"，简称叮当庙。

据说，叮当庙始建于唐代，修缮于清朝雍正、乾隆时期。兴盛时整座庙宇占地15亩，坐北朝南，南北成长方形，分南北两部分。街北的北部为庙宇主体建筑，占地10亩。整个建筑群有房屋45间，由三个大殿、一座钟楼、两个廊房和茶坊、戏房等组成。三个大殿与正门串在同一条中轴线上。后殿9间，建筑高大巍峨，外部蓝砖碧瓦，屋顶飞檐走兽，室内富丽堂皇。室内中间塑玉皇大帝一丈八尺高塑像，两旁各色神仙等，墙壁壁画五彩斑斓。殿外东西两侧各立一圆形透雕滚龙石柱，雕工精细，活灵活现。滚龙柱前左右各有两块巨大石碑，立于赑屃之上。中间大殿6间，东西两廊房各5间。里面画着十八层地狱图案，讲着恶有恶报，善有善报的故事。前殿4间，东西两廊是供戏班子居住的戏房和供人们饮水喝茶的茶坊。钟楼坐落在东南角，传说，悬挂的铁钟达1200斤重。钟口有8个翅，一个翅发出一种声音。再往南是山门，号称五朝门。街南为广场，广场旁边一口琉璃井，最南端为戏楼。整座庙宇琉璃彩瓦，雕梁画栋，金碧辉煌，蔚为壮观。每年的农历三月十五和六月十九这里都会有庙会，唱大戏。香火兴盛，客商云集，人流如潮，热闹非凡。直到20世纪50年代庙宇仍然完整如初，远近闻名。

要庄村地处卫运河西岸，古代是交通要道，村南是东汉光武帝刘秀第三女刘红福—馆陶公主所筑黄花故台（今社里堡村）。公元645年深秋，唐太宗李世民亲率十几万大军东征高丽，路过馆陶县安营扎寨，夜里梦见曹妃怀孕生下一个儿子，醒后深悔不已。为盼望曹妃早生贵子，随把营寨旁边的村庄改名叫"要儿庄"，简称要庄。敕造玉清观。传说，建造的石料来源于河南省浚县屯子村（今大伾山风景区）。当时，主持建造的王令官化装成一个道人，顺着卫运河往上游走，寻找石材产地，来到屯子村看见一座山石料不错，向一位老人说明来意，老人说想用多少随便。王令官把袍子一甩，盖了半个山，转眼间去掉了半个山。两个石碑座重1万多斤，从屯子村雇了两条小船想运过来，船主说载不动，没想到两小船顺风稳行，沿运河安全运到目的地。一天傍晚，一个老人在村里挨家挨户问有没有牛借用，也没有人见牵牛，也没有人见送牛，第二天早起各家的牛浑身水淋淋的，像刚干过重活卸了套。到庙上一看，石料一夜之间全运到了现场。建庙用的木材，据说是井口里漂出来的，需要啥木材就从井里捞，庙也建好了，井也没有了。建庙期间，来了一个乞丐，说是帮忙来的，却不干活，整天这边看看，那边量量。到上大梁按门窗时需要木柞时，只见他在木头疙瘩上划了几道印，用斧子一敲，就成木柞了，大小长短用那都正好，活干完人就不见了。雕刻滚龙柱时，两个石匠到场后，光围着石柱比划，临使用的头一天他们把石柱用苇席盖严，在两头各敲了一下，第二天打开一看，两个透雕滚龙石柱就雕刻好了。人们说，是鲁班带领徒弟们来帮忙干的。在全国使用滚龙石柱的古建筑有三处，一是紫禁城，二是孔庙，三是叮当庙，不知为啥？建庙期间做饭的是两个姑娘，供应所有干活的人吃饭，无论吃饭的人多少，她俩做的饭不缺也不剩，正好够吃。建庙时用水多，有一天夜晚村东的砖井里，忽然冒出火来，烧了一夜，第二天人们一看，砖井变成了琉璃井，人们取水更加方便。庙建成后，运河里漂流来两个大钟，一个铁钟，一个铜钟，有人听见两钟一碰发出响声：我是铁钟，你是铜钟，我去要庄，你去临清（今山东省临清市）。结果，铜钟向北漂去，铁钟停靠河边。一位老头用竹竿一挑挑出河岸，被人们抬到叮当庙，悬挂在钟楼里。

1300多年过去了，如今叮当庙仅存遗址和一些残存石碑，近几年村民在遗址上又盖起来一座小庙，搜集了部分遗物保存在一起，尤其是两通透雕滚龙石柱保存完好，成为叮当庙存世的见证和宝贝。目前，已经被确定为县级重点文物保护单位。2012年5月31日，我们一行牛兰学、王恒元、刘玉行、赵继发、徐建平、杲金书、赵甲等在村委会委员王朝贵的陪同下来到叮当庙考察。叮当庙遗址台基保存完好，高约1米。目前，15亩地只有两户宅基占用。前面广场尚存，已经成为小树林。后边和东部成为大坑，也栽满了树木。已经盖好的三间简易小庙里，分别塑着各色神像。两通滚龙石柱立于门前，分外显眼，石龙雕刻精细，形象生动，舞爪腾云，活灵活现，仿佛驾云窜动。这样的透雕龙柱，绝对不应出现一般庙宇，为什么出现在这里，还是一个待解之谜。在院子里是一些残存的石碑和不完整的赑屃，从这些完全可以看出，当时石碑的高大和庙宇的宏伟。现在，村民已经有了保护意识，一些人正在调查谜团、搜集遗物、整理传说、研究历史，酝酿重建等等。

我忽然想起，李世民的曹妃在征高丽途中，不幸病故，李世民忍痛把她葬在渤海唐山弯的一座荒岛上，如今那里已经是举世瞩目的曹妃甸开发区。李世民在馆陶要庄敕造叮当庙，而为他创造"贞观之治"立下汗马功劳的就有一位是馆陶人魏征。面对着滚龙石柱和断壁残垣，我耳边仿佛响起叮叮当当的响声，这叮叮当当，叮叮当当的声音正在为天下苍生祈祷和祝福。

五雷寨

牛兰学

话说春秋战国的时候，在阳城（今河南浚县），有一个地方名叫鬼谷。因其山深林密幽不可测而得名。谷中有一个隐士，自号鬼谷子，学问渊博，有通天彻地之能。由于他测凶吉死生应验如神，便有许多人来投师求学，齐国阿人（今山东阳谷东北）孙宾和魏国人庞涓都是他的学生，两人结为兄弟同学兵法战策。庞涓学习兵法已有三年多，自认为已学成，这时偶然在山下听到魏国招贤，心中大动。鬼谷先生察言观色，早已了解他的心意，便说："你去摘一朵山花，我为你占卜一下。"庞涓答应，到周围去寻找山花。这时正是六月暑天，百花开过，没有山花。庞涓找了半天，只采得一茎草花，因见它又弱又小不成大器，扔在地上，又去寻找，无奈仍未找到山花。庞涓只好拾起草花藏于袖中，拜见先生："山中没有花。"鬼谷先生说："你衣袖中是何物呀？"庞涓只好拿出早已枯萎的草花。鬼谷先生说："这种花叫马兜铃，一开十二朵，是你享受荣华富贵的年数，你在鬼谷采到它，它又被太阳晒得枯萎，"鬼"傍着"委"，你的发迹在魏国。有八字相赠，你该记住"遇羊而荣，遇马而瘁"。庞涓暗暗称奇，跪下谢师。孙宾送他下山，庞涓说；"我与孙兄有八拜之交，此番若能得到重用，定会举荐兄长，同立功业"。孙宾说；"贤弟此话当真？"庞涓发誓道：我若言而无信，就死在万箭之下。于是，两人洒泪而别。后来庞涓在魏国当上了将军，因为嫉妒孙宾的才能超过自己，便多次设诡计陷害孙宾，他诓骗孙宾来到魏国，然后捏造罪名，诬陷孙宾，并施以膑刑（去掉膝盖骨），所以孙宾从此就叫孙膑。以后孙膑看穿了庞涓的诡计便装疯卖傻，被齐国使臣秘密救出到齐国。经过齐国将军田忌的推荐，被齐威王任为军师。孙膑出主意的"田忌赛马"的故事广为流传。从此孙膑和庞涓便各保其主，进行了十几年的斗智斗勇交兵之战。

周显王十六年（前354年），魏国派庞涓率兵8万，由大梁（今河南开封市西北）出发，北上进攻赵国的都城邯郸（今河北邯郸西南），赵国向齐国求救，齐威王于公元前 353 年命田忌为主将，孙膑为军师，率兵 8 万救赵，孙膑提出了"围魏救赵"的主意，在魏军归途予以截击，在桂陵（今河南长垣西北）埋伏歼敌，十一月间庞涓果然退过此地，遭到齐国截击，败回大梁。公元前 340 年，魏国又出兵进攻韩国，韩国弱小，慌忙向齐国求救，于是齐国出兵救韩。当魏国得知齐军攻魏救韩的消息后，立即撤去围韩之军，回到大梁，决心集中主力迎击齐军，以雪桂陵之耻。于是齐国派田忌为主将，孙膑为军师，率兵 10 万迎战魏军，魏王命太子申为上将军，庞涓为将军，也率兵 10 万迎击齐军，寻求决战。两军对垒各自安营扎寨，练兵布阵，在今馆陶县北部各自摆出五雷阵，一时间杀气腾腾，扑土遮天，喊声阵阵，鼓角齐鸣，魏军布阵，齐军攻破；齐军布阵，魏军攻散。五雷阵大摆数月，又各自变了许多阵法，决战数月都不得胜。一天，北风盛起，孙膑根据庞涓取胜心切的心理，提出了退兵减灶，设伏歼敌的计谋。从馆陶节节南退，根据孙膑的意见，退军的第一天挖 10 万人吃饭用的灶，第二天减少到 5 万，第三天减少到 3 万。庞涓志大才疏，骄傲轻敌，误认为齐军畏惧魏军，逃亡严重，于是丢下步兵，只带少数精锐日夜兼程尾追齐军。孙膑估计魏军将于日落后进至马陵（今河北大名东南），便选择了险恶地形，埋伏好弓箭手。黄昏，庞涓率军进入伏地，齐军万箭齐发，魏军大败，庞涓中箭而亡。魏军前后被歼 10 万余人，从此魏国一蹶不振。

明朝永乐二年（1404 年）由山西洪洞县迁民来此定居，听说孙庞交兵曾在此设过五雷阵，便按大户姓氏分别起名孙雷寨、安雷寨、高雷寨、王雷寨、候雷寨。后候雷寨并入安雷寨。现"四雷寨"属邯郸市馆陶县魏僧寨镇管辖。

馆陶县地名与古代战争战乱

马月起

馆陶作为古齐鲁赵魏交界处，作为一个水陆交通都很方便的平原地区，古来多战事。频繁激烈而残酷的战乱给人们带来了很大灾难，同时也给这一带的经济社会带来了很大影响，而这一点完全可以从地名反映出来。

据《河北古代历史编年》（河北省社会科学院地方史编写组，河北教育出版社）：东汉永初年间，原居甘肃的羌人起义，以竹竿为矛，以案板为盾，势力南入益州，东达赵魏。永初五年也就是公元111年，朝廷下令魏郡、赵国、常山、中山缮作坞堡616座以备抵御（馆陶县时属魏郡）。另据《辞海》，堡坞是中国历史上以封建家族为核心建立的庄园组织，有堡、坞、壁、垒、营、寨等名称，首领称坞主、宗主或寨主，一般是农民起义或外族侵扰时豪强地主的自卫组织，宋代以后这种寨、堡又常常作为一些私人武装、农民起义军屯集和活动的地方。目前馆陶县共有20个含"堡"字的村名，其中以方向（如东、西、南、北、前、后等）或姓氏分成若干村的大"堡"共7个，分成的带"堡"字的村名有15个，因此实际上全县共有15个"堡"，另外加上安静村过去叫孝林堡一共有16个"堡"。全县有带"寨"字的村名则比较多，一共有32个（不包括过去曾叫过"寨"后合并到其它村的"寨"。如侯雷寨村就已合并到安雷寨村，车疃村原名叫车固寨，后改名车疃），全县有带"营"字的村名有4个。

据初步掌握，历史上在馆陶一带产生较大影响的主要有：春秋战国时期的战争，宋辽对峙时期的战争，明初为时三年的燕王"靖难"战争，以及二十世纪前期长达八年的抗日战争。

一、"孙庞斗智"在馆陶一带排兵布阵

春秋战国时期的战争对于馆陶地名影响很大，但由于年代久远，有些像冠

氏邑、黄城、曲梁等史书上有很简略的记载，而更多的却连史书上也难以查到，今天只能见到听到一些零零星星的传说。公元前341年，也就是周显王二十八年、齐威王十六年、魏惠王三十一年，魏国以太子申为上将，以庞涓为师，兴兵攻韩，齐国以田忌、田婴为将，孙膑为师，攻魏救韩。馆陶作为齐、魏边界地区，自然是主要战场。今天馆陶、冠县、莘县、大名一带对这次战争中孙庞斗智的传说很多，孙膑在馆陶一带排兵布阵大摆五雷阵打败庞涓的故事就是其中之一。馆陶县魏僧寨镇的孙雷寨、安雷寨、王雷寨、高雷寨、侯雷寨（该村现已并入安雷寨村）五个村据传就分别是一个战阵所在地方。齐、魏两国军队最后决定胜负的一战即是马陵（今大名县马陵村一带）之战，结果魏兵大败，庞涓自杀，太子申被俘。后太子申被杀，首、身分别葬在今冠县谷子头村东南和孙史村西，历来有两个太子墓。谷子头原名孤子头，因孤单单的一颗太子头葬在此处而得名。史村初名"尸村"，因太子申尸体葬在此处而得名。后人以为"孤"和"尸"两字不祥，故改为今名。

二、宋辽对峙在馆陶一带拉锯作战

宋辽对峙时期的战争对馆陶后世地名的影响最大。馆陶当时正处在宋与辽的边境不远处，一有边事，馆陶一带遭受的骚扰往往也最多最巨。而且辽兵常常打到馆陶一带，在馆陶一带安营扎寨，与宋朝军队长时间打拉锯战，馆陶的不少村名与此有关。

最典型的就是萧城。萧城又叫盔按城、歇马城，南北2.5里，东西2.5里，呈正方形，内有南、北两个点将台，据传系辽萧后燕燕在此所筑，指挥军事，故以萧字为名。宋朝皇帝曾派大将曹利用来大名与辽统帅讲谈和的条件，十有八九是要到萧城谈判。可惜的是那位曹利用大人怯懦不堪，到大名之后，虽然只剩下几十里的路程，但他再也不敢继续向北前进了，所以并未能完成使命，实在丢了大宋朝的脸。后来萧城终于成了一个居民村落，今属山东省冠县北馆陶镇。

此外，馆陶县以萧后命名的村还有南萧寨（今属寿山寺乡）、北萧寨（今属柴堡镇）、萧屯。相传南萧寨村旧有石磨、石碾与一古井，为南萧寨村"三宝"，均为辽兵在此驻扎时所用。尤其是古井，为一十分奇异的无缝琉璃井，泉水清冽甘甜，过去即使天旱之时其它井水枯竭它也不枯竭。只是近年来地下水位下降太多，此井才渐渐不能见水。

与宋辽战争有关的村还有很多。如刘黄营、郑黄营两个村，是因为曾经有辽兵的"皇营"驻扎，后以谐音改名为"黄营"。范草厂、王草厂、杨草厂则是辽兵的草料厂，东马栏、西马栏为辽兵在此设栏圈养战马，武张屯、邢张屯、阎张屯、马张屯、牛张屯等村据传是因为一位姓张的辽将在此屯兵聚草而得名。在柴堡镇北部有三个马堡村即：郭马堡、宋马堡、韩马堡。之所以叫马堡，是因为这里在宋辽交战时曾是辽兵养马的坞堡。明初"靖难之役"后山西省迁民来此，一分为三，另开辟两个村落而成为今天的三个马堡村。南徐村乡前、后两个李八寨，是因为辽兵在此有八个营寨，故而村名为"八寨"。明初山西省以李姓为主的迁民来此，分开两个村居住，故又取名为前、后李八寨。房寨镇北、南两个拐渠村，原来叫"屈亡镇"，是因为宋、辽两国打仗不少百姓无辜惨死，故而取名为"屈亡镇"，又叫"屈亡阵"。后来，明初山西省迁民来此，因为这里曾经是古黄河与漳河的拐弯处，于是起名为"拐渠"并分为北、南两个拐渠村。

三、"靖难之役"馆陶一带惨遭巨祸

明初朱元璋死后，其孙文帝继位，皇室内部争夺权力的斗争日渐加剧，终于酿成一场长达三年的"靖难之役"。地处冀鲁豫交界地区的馆陶一带遭祸惨烈，尤其朱元璋三过馆陶，引起的血雨腥风难以表述。一场仗打了下来，馆陶一带已十室九空。战争结束，今全县251个自然村中，从山西省迁民而来的村庄就达248个，其它几个村则是从山东省、江西省迁移而来。至今，在馆陶多数人们的印象和记忆中，山西省大槐树还是永远忘不掉的故乡。

刘齐固村今天虽然大部分人是本籍，但也有少部分人的祖先是从山西迁来的（今天少部分刘姓人实际姓柳，后改为刘）。

路桥乡油寨村的冀姓人是该村唯一不是祖先从外地迁来的（其他姓均为从山西省迁来）。据传明初发生了一场瘟疫，正赶上冀姓祖先在偏房牛棚为母牛接生，因而侥幸躲过了这一劫。实际上这是不可能的，因为不可能在发生瘟疫全村人都死绝的情况下，而只有一家因为为小牛犊接生而不被传染上疫病侥幸存活。恐怕这只是一种隐语，其真正含义应该是，当时在馆陶油寨村一带遇到了一场非常惨烈的杀戮，全村人几乎都被杀死，而只有这位幸运的为小牛犊接生者在牛棚里躲过了这一场灭顶之灾。

　　路桥乡马寨村，当时从山西省洪桐县迁来居住后马姓占了多数，故而取名"马二寨"或"马尔寨"。

　　路桥乡自新寨村，当时从山西省迁民并非一姓，因为欲齐心协力共建一新村，故而取名为自新寨。

　　前时玉村居民的祖先是从山东省益都县时村镇前家口胡同迁来的，故而取名为"前时益"，后演变为"前时玉"。后时玉村建村较晚，因在前时玉之后（西偏北）而取名为后时玉。

　　魏僧寨镇山材村南有碑记载，明永乐年间陆续由山东省登州福山县菜村迁民来此定居，故村名为山菜，后演变为山材，清光绪年间版《馆陶县乡土志》称此村为"山材"。

　　路桥乡宋尔庄村，传说明初有三个姓谭的兄弟奉诏由山西省洪洞县迁来，因他们年龄幼小父母不放心亲自送来，故取名"送儿庄"，后演变为"宋尔庄"。路桥乡本司寨村原名叫"本四寨"，意谓山西省迁民来此居住本在四个村寨居住，不久以后搬到了一起，为纪念此事故取名为"本四寨"，后渐渐演变为今名。

　　路桥乡的太平庄原来因在潘庄村之北而叫"后潘庄"，山西省迁民来此后，害怕明末的这次"靖难之祸"重演，盼望从此以后能过上太平日子，故而取名为"太平庄"，反映了一种美好的愿望。

　　徐村乡郭新庄村，山西省来此的迁民中多数为郭姓，这些人在此建立一座新村，故取名为"郭新庄"，后演变为"郭辛庄"。

　　寿山寺乡南辛头村，来此的山西省迁民打了两眼新井，从而立庄，故名"新井头"，后两庄分开，以南、北相区别，简称"南新头""北新头"，后演变为"南辛头""北辛头"。今北辛头村属邱县。

　　王桥乡有南、北二留庄村，原因是山西省迁民对故土留恋不已，故取此名以示纪念。

　　房寨镇有四个徘徊头村，有关资料载其村名所由为宋辽战争时宋、辽双方军队在此徘徊驻扎，道理上是说得通的。但笔者更倾向于是因为明初迁民在此不断引领回望，徘徊踟蹰。

四、抗日战争对馆陶地名的影响

抗日战争虽然距离今天并不久远，但对馆陶地名也产生了很大影响。最为直接的影响就是使馆陶减少了大量的村庄，因而也自然减少了很多地名。1943年是抗日战争最为艰苦的时期，也是日本侵略者丧心病狂地在中国作恶的时期。这一年，山东省的日军为对付卫运河以西的解放区抗日军民，竟然在鲁西地区以山东省馆陶县、临清县为中心发动了灭绝人性的"731"细菌作战。秋天8月至9月间，日军利用航空兵、骑兵在山东省馆陶（按即今天的北馆陶镇）、南馆陶、临清市等地多处散布霍乱细菌。8月，鲁西一带普降大雨，卫运河暴涨，日军第二中队长福田武志率部在南馆陶以北5公里的拐弯处（社里堡村附近），将卫河北堤决开4米长的口子，使洪水淹没了南馆陶方向长16公里、宽4公里的地方，有488名老百姓患病，因霍乱、水淹、饥饿死亡4500多人。同时，日军还在尖塚、小焦庄等地扒堤决口，洪水波及到今天从馆陶县城到北部的馆陶县大片地区。日军以洪水的漫延四处传播霍乱细菌，顿时卫运河西岸抗日解放区内（包括馆陶县）霍乱病疫散布开来，在馆陶一带造成了惨重的灾难。据一位后来被俘虏的日兵回忆，日军曾专门做过调查："临清、馆陶、武城、邱县等县成为一片汪洋，遭灾总面积达960平方公里，被淹没农作物达40万亩，被冲倒房屋达6000户，因霍乱、水淹、饥饿死亡的百姓达32300多人。"当时馆陶一带尤其是中北部地区的情况就是，很多人因为贫、病、水灾、霍乱等因素而死去，人口迅速减少，不少村本来村子规模就不大，经过这么一下子，村子已经不能再称为一个村子，只能合并到其他临近的村子。从此，馆陶的村名大大减少。据统计，馆陶县抗日战争以来合并到其他村的村名（其中大多数是在20世纪四五十年代合并的）有：傅庄（合并到今馆陶镇后刘庄）、西阎寨（合并到东阎寨即今魏僧寨镇阎寨）、西马寨（合并到今路桥乡马寨村）、马庄（合并入今柴堡镇柴庄）、侯雷寨（合并到今魏僧寨镇安雷寨村）、蔺寨（原有前蔺寨、后蔺寨两个村）、陈沿村（合并入今馆陶镇阎沿村）、张沿村（合并入今馆陶镇姜沿村）、岳沿村（合并入今馆陶镇郑沿村）、金沿村（合并入今馆陶镇刘沿村），共十个村，另有王孟良寨与梁孟良寨并为东孟良寨村、靖孟良寨与苏孟良寨并为中孟良寨村、胡孟良寨为西孟良寨村。蔺寨村民国8年（1919）曾在村周围修筑围寨，周围360丈，基厚1丈，顶宽7尺，墙高1丈3尺，上又有小墙

5 尺，到民国 25 年（1936）仍保存完好。只是 1943 年之后，两村人口减少，只得合并为一个村。西阎寨村经过一场霍乱后，只剩下 14 户几十口人，不得不合并入东阎寨村，村子既无东、西之分，村名也只得只叫阎寨了。

此外，抗日战争对于馆陶县的地名影响还有很多，如寿山寺（今属寿山寺乡）、八义庄（今属柴堡镇）、林北（今属馆陶镇）、洪飞店、息元村等村名及永智县名的来历也均与抗日战争有关。

宋辽交战和馆陶村名

戴敬仁

公元 907 年，契丹族耶律阿保机建立政权，938 年（又说 947 年）改国号为辽，在 1125 年被金所灭。公元 960 年宋朝建立到 1297 年被金所灭亡，由于辽怀有雄霸中原汉族的勃勃野心，多次南犯，而宋王朝又倾向谈谈打打，馆陶县正是宋辽交战的古战场，因此很多村庄地名都同宋辽交战有关。

1. 社里堡村。原来叫黄花台村，汉光武帝女被封为馆陶公主，筑台于此，因台临卫河，秋风萧瑟，碧草萋萋，黄花映日，所以叫黄花台。后来由于卫水汛涨，搬到堤外重建家园，起名设立堡（即设立堡垒的意思）。1908 年按其谐音改称社里堡。我们这一带传说现在的社里堡村是原来南国（宋）和北国（辽）的分界线（也有说王二庄村的），因为这个村中间有一条大街，街南的人把一种瓜叫南瓜，街北的人把同一种瓜都叫北瓜。今天在馆陶县对于这种像枕头一样的绿色瓜有称北瓜的，有称南瓜的，叫北瓜的人把圆形白皮的称南瓜，这是不是同宋辽长期的拉锯战有关呢，因为分界线肯定不是这里。

2. 满谷营村。据传宋辽交战时，这里曾设屯粮仓多处，而且有辽兵的营地在此周围，可见这里是辽兵安营扎寨的地方。明朝永乐二年（1404 年）由山西洪洞县迁民来此定居，人们盼望五谷丰登，故起名为满谷营。

3. 范草厂、王草厂、杨草厂。据传，宋辽交战时，此处曾是辽兵的多处草厂之一，后迁民按大户姓氏分别起名（也有说同艾草有关）。

4. 魏僧寨、任门寨、赵官寨、张官寨、前李八寨、后李八寨、蔺寨。据传宋辽交战时，辽兵在此地分别安营扎寨，后迁民为魏姓僧人、任姓、赵姓、张姓、李姓、蔺姓故分别起名魏僧寨、任门寨、赵官寨、张官寨、前李八寨、后李八寨、蔺寨。蔺寨，也传说是蔺相如的故里，蔺相如是战国时期著名的政治家、外交家、军事家，为赵国上卿，生平最重要的事迹有完璧归赵、渑池之会、回车巷与负荆请罪等事件。蔺寨民国时曾为蔺寨乡政府驻地，村修有完整土城墙。

5. 马栏厂。据传宋辽交战时，辽兵在此驻扎，设有用栏杆圈起的喂马厂（场）。马为六畜之首，人们盼望六畜兴旺，后来迁民仍沿用此名。

6. 平堡、铁佛堡、樊堡、郭马堡、宋马堡、韩马堡、后刘堡、前刘堡、西孔堡、东孔堡、齐堡、西苏堡、东苏堡、前胡堡、后胡堡、前曹堡、后曹堡、柴堡等村名。这些所有以堡字命名的村庄，据传，都是宋辽交战时，辽兵在这些地方修过碉堡，或很多寨堡，构成了一个个的堡垒，当然有的喂养战马，有的为了防守，有的为了屯兵等。基本上在明朝迁民时都以大户人的姓氏而命名。

7. 营盘。据传宋辽交战时，辽兵曾在此地安营和盘桓，故迁民定名营盘。

8. 北阳堡。据传以前有凤凰坑、金碾、金磨、金豆子、金马、金马驹子等很多有名的奇珍异宝，故曾叫过"百样宝"。后来，这些宝物被江南人破坏和盗走，宝物不复存在，故根据"百样宝"的谐音，逐渐演变为北阳堡。

9. 武张屯、邢张屯、闫张屯、马张屯、牛张屯。据传，宋辽交战时，辽兵有一姓张的将领把这一带作为屯兵和屯粮聚草的地方，因此称为张官屯，明朝迁民以大户姓氏分别命名。这一带地区在社里堡以北。

10. 王二庄。相传，宋辽交战时，此处为宋营最前沿的驿站，以探听辽营的军情，传递消息，成为宋营的耳目。迁民后以姓王氏为主户，定居在该站遗址，遂起名王耳庄，后演变为王二庄。

11. 肖屯、南肖寨、麻呼寨。据传，宋辽交战时，肖银宗曾在此屯兵，故称肖屯。宋景德六年（1004年），辽主肖后之弟率兵曾在南肖寨一带安营故名。因宋辽交战时，辽主萧太后的兵马曾在麻呼寨一带安营扎寨，并摆过"迷魂阵"，因借用"马虎"（迷魂）之意，起名为马虎寨，后演变为麻呼寨。

12. 北拐渠、南拐渠。据传，宋辽交战时，此地曾是战场之一，在这一带宋辽兵卒和黎民百姓都伤亡许多人，人们称这里为屈亡镇（阵），明永乐二年（1404年）由山西洪洞县迁民来此定居时，看到这里是古黄河和漳河拐弯处，就起名为拐渠，由于各居南北故名。

13. 罗徘徊头、王徘徊头、郭徘徊头、韩徘徊头。据传，这一带是宋辽交战时的主战场，宋辽兵马各驻扎徘徊于此，故有徘徊头之称。有迁民故名。

14. 西孟良寨、中孟良寨、东孟良寨。孟良和焦赞是宋朝的将领。相传，宋辽交战时，宋朝将领曾率兵在这一带安营扎寨，后迁民后逐渐演变成今名。

15. 董井寨、李井寨、张井寨、冯井寨。据传，宋辽交战时，宋兵曾在这一带安营扎寨，为了解决士兵的饮水问题，曾在此打水井多眼，称为井寨，因迁民按姓氏起村名故名。

16. 房寨、孩寨、常儿寨。这也是宋辽交战时因为宋朝女将穆桂英放儿、藏儿而命名的村寨。

17. 和尚寨。相传，宋辽交战时，宋朝将领率兵曾在此安营扎寨，杨家将领杨五郎在此削发当和尚，所以称为和尚寨。（摘编自戴敬仁《馆陶帮》）

永济河礼赞

马月起

春天到，弯弯的永济河显得分外美丽，分外典雅，分外亮眼。

我爱你永济河的美丽！"草长莺飞二月天，拂堤杨柳醉春烟。"春风像跳跃的小姑娘那样轻柔可心，你像百里长的绿色飘带那样蜿蜒劲舞。晨曦闪闪中，波光粼粼下，小鱼儿时而在你那延宕的水草捉迷藏，时而在你那宽阔的怀里嬉戏追逐。蓝天上雁阵飞掠而过，空中传来清新悦耳的鸽哨，引得滨河公园的小燕子、小黄鹂、小鹦鹉等高声欢唱、软语温存，引得五颜六色的黄素馨、蝴蝶兰、红蔷薇等次第开放、争奇斗艳。眼前广场，晨练的老大爷静若处子，动如脱兔；远处花丛，拍摄婚纱照的一对年轻人缱绻缠绵，一脸灿烂；旁侧草地，顽皮的小小子把气泡吹向冲他娇嗔笑闹的小妹妹，气泡一串串，笑声一串串；而这时的我，正沿着水边一路分花拂柳，曲径通幽，兴冲冲追踪欣赏一对蝴蝶那曼妙的舞姿。——春日的永济河，是一个生机勃发的美好世界，呼吸着这空气中氤氤氲氲的芳香，谁能不沉醉其中、难以自拔？

我爱你永济河的典雅！这一园蝴蝶翻动多少次五彩的翅膀，你背后就蕴藏着多少个优雅迷人的故事。你原是西汉时期黄河从馆陶南部向北冲出的支流，因为你"屯氏河""屯氏别河"的名字，后来某权臣曾错认"屯"字为"毛"字，在馆陶设置"毛州"，因而留下了"屯毛不辨"的笑话和成语。你又是曹操开挖的淇水、白沟，隋唐以来又称"永济渠""御河"，路桥村旁"唐宋永济渠遗址碑"在静静地向世人述说着古永济渠、永济县、永济城缥缈动人的过往传奇。站立在公主湖景区时光隧道，仰望"袖舞清风"雕塑浮想联翩，它象征的就是汉唐被封为馆陶公主的四位皇帝的女儿，今天 800 亩公主湖湿地公园名字的缘由即此，"馆陶园""金屋藏娇""千金买赋""公主求郎"等有趣的成语典故故事流传至今。肃立在馆陶魏征博物馆内心波动，隋末魏征隐居家乡馆陶寺庙，在永济渠畔一边静待时局变化，一边联络尉迟恭、秦琼、徐茂公、武阳郡元宝藏等豪杰之士，待机举义，那《道观内柏树赋》"贵不移于本性，方有俪乎君子"之语句体现了何等高远的情怀！面对刻板的古石碑久久不能平静，北宋政治家、诗人王安石是怎样骑马渡过这条边关御河水，写下《发馆陶》《永济道中寄诸舅弟》等诗篇，那"灯火匆匆出馆陶，回看永济日初高"等名句表达了什么样的为国为民的风采？移步河堤，眺望远方，想象着北宋后期宗泽在馆陶任职时，不顾长子新丧之痛毅然遵命亲自带人巡查御河堤防，上司是以多么嘉许的心情称赞他"国而忘家"。今日高耸的大型奇石上原中纪委副书记侯宗宾亲笔题写这遒劲有力的四个大字，曾激励了历代多少为官者，更成了今天多少共产党干部的座右铭！现当代才华横溢、闻名世界的诗人、剧作家雁翼也曾在卫西干渠边赋诗抒情："我又来了，又来了，过万里风云，从遥远的开花的南方……"新的春天到了，称呼了几十年的"卫西干渠"改名为"永济河"，既充满新意，又富于古韵。——春日的永济河，面对你皇室贵胄典雅雍容的汉唐风韵，面对你政治家尽情挥洒的经世方略，面对你名流雅士蕴藉风流的才俊飘逸，谁能不高山仰止、魂绕梦萦？

我爱你永济河的亮眼！"五里桃花，十里麦浪，百里鸡唱，千年驸马古渡旁，楼阁拔地起，湖泊闪银光。""黑陶名声响，五谷入画廊，四弦木偶声悠扬。"歌词描述的是当代社会城市化潮中何等美丽的乡村景色。在你的北部，身处你浇灌成方连片的果园菜园中，自然而然为那香气馥郁的桃源美景而陶醉，为"人在画中"的景象而爽心，为上了全国光荣榜的"黄瓜小镇"而喝彩。在你的中部，徜徉在"黑小麦农场"一望无际的麦田碧浪中，沉浸在沁心入脾的美好青香中，不知不觉为你滋润的富硒黑小麦营养高、抗癌症、更健康而欢心愉悦。在你流经的百里范围，到处能看到生态养鸡场，漫步在农田林下、鸡声悦耳的大自然中，尽情体验"狗吠深巷中，鸡鸣桑树颠"的原生态风光，怀想着晋代"闻鸡起舞"的励志故事，对于经常置身于喧嚣闹市区的现代人而言，那是一种什么样的享受？"粮画小镇"寿东村古朴清新，30 余位农民工艺师成立粮食画坊，以各类植物种子和五谷杂粮为原料，制作的粮食画既具有北方的粗犷、豪放，更具有南方的细腻、清雅，天南地北到这里来的观光客真是"车如流水马如龙"！"教育小镇"王桃园村只有 125 户，但村风朴实，重视教育，自 20 世纪 70 年代国家恢复高考制度以来，已先后走出 115 名本科、硕士、博士人才，村内书画文化长廊、麦场文化游乐园、乡间昆虫博物馆、土房子故事坊、农耕文化体验场等吸引了众多游客慕名游乐、体验，"进士村"和"桃花源"的名气不胫而走，飞向了天南海北。"黑陶文化创意园"的工艺品，集陶艺、漆艺、镶艺、彩艺于一身，黑如漆、明如镜、薄如纸、硬如瓷，远销东南亚和欧、美等地区。——春日的永济河，你是一张亮丽的名片，在你身边尽情感受美丽乡村的风采，尽情感受"中国黄瓜之乡""中国蛋鸡之乡""中国黑陶艺术之乡""中国民间文化艺术之乡"的风采，谁能不由衷歌颂、击节赞叹？

"只缘感君一回顾，使我思君朝与暮。"我爱你，永济河！春天到，我惊艳你永济河的妆容，更祝福你永济河的明天！我相信，经过春天的生发、夏天的激情，不久之后你一定捧出秋天的丰硕彩虹！

毛圈村的那棵树

乔民英

　　树是一个村庄的衣服和灵魂，有村庄的地方就有树。树龄有大有小，像毛圈村那棵跨越六七百年时光的老槐树还不多见。

　　坐落在卫运河西岸的毛圈村是个不到千人的小村庄。卫运河是黄河故道，优质淤泥使毛圈这一带成为"紫禁城""长城"用砖产地，"先有馆陶砖，后有北京城"的传说就起源于此，毛圈应处于"七十二皇窑"的核心区域。卫运河曾是"京杭大运河"一段，漕运、商运一度发达，不难想象那段水光潋滟、百舟穿梭、人丁沸腾的历史。卫河秋涨，曾是馆陶八大盛景之一。

　　那棵老槐树位于毛圈村中央一户肖姓人家。他们自明初移居这里，就依水而居，与毛、刘、赵三个家族和睦相处，如今占全村人口七成许。

　　卫运河曾是"御河"，槐树也被称作"国槐"。枝多叶密的槐树普通而高贵、随和而不屈，从不挑剔土地，随处可以扎根。肖家那棵国槐的根脉或许来自黄河故道飘来的一粒种子，或许来自山西大槐树下一株幼小的树苗，或许就是主人随手采摘就地安放的一个小小心愿。黄土给它营养，卫水给它魂魄，战争离乱、洪水泛滥和一次次的改朝换代没有撼动它的根基。慢慢地，它长成一棵树高三十五六米、树冠六七间房大小、树干三四个大汉才能抱住的"巨树"。树干上有个像门子一样的"树洞"，孩子们就在里面捉迷藏，主人或许还把它当仓库。槐花开了，满院遍村都是它的清香，引来蝴蝶和蜜蜂们翩翩起舞，也引来邻居家的妇人和孩子采撷、嬉戏。槐角熟了，这是上好的茶叶和药材，拾掇起来，晒干，上火了，有炎症了，自会派上用场。遇到荒年，大槐树就拼命多生些叶子，接济一下它的主人和邻居。孩子"闹夜"了，谁得了治不好的"虚病"，老人就会来树前祷告。渐渐地，它就成了一棵被人敬奉的"神树"，一代又一代，生生不息，香火绵绵。

传说老槐树上住着两个狐仙，一个叫老黑，一个叫老白，不知是夫妻、姐妹还是兄弟。它们无处不在却难寻其形，只闻其声而不见踪影。如果主人起床发现面前放着一顶草帽，那就是要下雨了，如果主人打不开门栓，就说明今天不宜远行。冷不丁会有一些瓜果现身家里，那当然是狐仙偷运来的。一年，树干被雷电击中，树冠落了一地，都以为老槐树要就此升天了，没多久，树皮里面的韧皮和形成层居然生出一簇新枝，并以蓬勃的长势把原来的枯干抱在中间。1966 年前后，那棵饱经沧桑的老槐树突然间就死掉了，它的主人也好像失踪了。过了六七个年头，人们惊喜地发现，那棵枯树又慢慢复活。

谁会想到，这棵历尽千辛万苦、千难万险的树，会在三十年前轰然倒下，连根刨除。刘官申是见证者之一。

刘官申与老槐树沾亲。老槐树最后一任主人肖丕奇，就是他岳父的爷爷肖丕龄亲弟弟。说起肖丕奇励志出走的故事，村里上年纪的老人都知道。少爷出身的肖丕奇成家生子后依然好吃懒做。一天睡懒觉时，被他爹一盆滚水浇下去，他抛下老婆孩子远走他乡，再也没回来。关于他的去向，一说在天津解放军部队当了连长，一说做了国民党师长去了台湾岛。肖丕奇的儿子也像父亲一样选择了外出谋生，突然有一天回家把老宅子一分为二，转让给两户同宗本家，再也没有回来。老槐树就长在两家交界处。

刘官申预感老槐树的末日降临了，建议村里以土地置换的方式把树保护起来，又通过他认识的县文化馆馆长张广岳反映到县里，都没得到回应。于是，在某天，那棵与肖氏先祖一起入住毛圈的老槐树，在一位肖氏后人的手里倒了下去。然后，长树的地方，成了一座房子。

"大概是 1989 年的样子，或许更早点。"刘官申记不清刨树的具体时间了。刘官申是个经历复杂、感情丰富的人，当过生产队长，学过绘画，收过废铁，培养了三个大学生，有商人、收藏家、居士等诸多身份。他说自己最大的遗憾就是没把那棵老槐树"收藏"保护下来。

按刘官申提供的线索，我找到长过大槐树的两户人家。居南的这户没有街门，挡着几根木栏算是门户，院子堆满了杂物，长着七八棵树。我睁大眼睛，试图发现一棵槐树，却只有榆树、枣树和梧桐树，还有两棵刚刚发芽的桃树。来到室内，家具物什有点简陋，女主人指了一下房西北角："以前，老槐树就在那个地方。"

我问了一个迷信的问题："老槐树不在了，住这里遇过稀罕事没有？有没有做什么梦?"

"没有啊,什么也没有。"她回答得很平静。

北边这户当院是杂货棚,空间很拥挤,看不见树的影子。

78 岁的肖老汉挺健谈,性格比较乐观。他告诉我:他花 6000 元买下旧宅子时还能住,前面那户的空地花了 1000 元;原先老槐树的院子不是分成两户而是四户,他这座院子原来是过厅。老槐树就在院西南角,因为影响前面盖房,就刨掉了。不管怎样,一棵横跨六七百年、见证了一个村庄荣辱兴亡的老树消失了,就像那块代表着肖氏荣耀的匾牌的命运一样。

历史上馆陶县多属山东管辖,得地利之便,许多历史牛人都留下过踪迹。传说,清朝初年,康王下江南时,曾在毛圈肖家大院入住或歇脚饮茶,赏赐一块写有"位列瀛洲"的楠木匾牌。刘官申告诉我,肖家大户建有两座"蔷薇苑"(谐音),前后苑各有三座气派的小院,那棵大槐树就长在南苑一个院落。20 世纪 60 年代时,牌匾被当作"四旧",用于合作社缝纫组的裁衣板。1968 年,县里修建卫河合闸时,又被用作闸板,一说用作工地上的切菜板。再后来,就不知所终了。一棵南方的树,把躯体变成木料,用三四百年时间完成了从匾额到裁衣板、闸板或切菜板的跳跃,它会不会为自己的生命落差而感叹?!

我查了一下资料,倒是有一位叫杰书的康亲王是清代六大亲王之一,康熙十五年也就是 1676 年曾前往浙江统兵平叛。他会不会乘水路南下?会不会即兴题字?我无从得知,也有一种可能,题字的人不是康王,而是康熙。康熙曾六次南巡,每经一地都喜欢题写匾额。毛圈村北边三四里的丁圈村是肖家祖坟所在地,那里发生过康熙舟阻河滩、好汉李珍救驾的故事。从"位列瀛洲"词义来看,好像只是称赞这里的景色之美。当时肖家大院一定是亭台楼阁、莺歌燕舞的盛况吧!

康熙也罢,康王也罢,他们该看见过肖家南苑的那棵老槐树吧。他们可能不会想到,那棵树不是以枯死而是以人力挖掘的方式消失,那块匾牌会以裁衣板或切菜板的方式抚慰民生,或者以闸板的方式完成了一次"中流砥柱"。也许,他们什么都想到了!

沿毛圈村东的卫河大堤往南,不远就是连接河北山东两省的十八墩大桥,一座修建于 60 年前,早已标注危桥却依然有车辆通行的残桥。跨过桥,就是老馆陶县城所在地,今属山东冠县管辖的北馆陶镇了。

　　我一次次站在大桥上，看渐渐北去的卫河由急到缓、由浊变清、由近到远，仿佛流淌不尽、绵绵不绝的人间岁月；看大堤两侧的护堤林从夏到秋、从冬到春、从黄到绿，那是一株株苗一棵棵树一片片绿一茬茬林交织演绎的生命交响。

陶山地名趣话

牛振山

那是旧社会的一个灾荒年，我们这里的人们都没吃没喝，只有出去逃荒活命，哪里年景好就到哪里去，老人和妇女、小孩以要饭为生，青年壮年就扛活打工。

我们邻村的一个人李二，到南方扛活打工。他走到河南地界，来到一个村，正巧村里的一个地主老财在招人，于是讲好价钱，就在这个地主家干活。时间一长，地主老财和长工李二彼此熟悉了，相互间说话就方便了，不再那么犯计较了。

有一天，地主老财挺高兴，洋洋得意地对李二说："我这辈子也不冤枉了，好地方看遍啦，名胜古迹看得多啦，大城小市、大山大庙、江河湖海我也都走到了、看过了！"干活的长工李二听了，不以为然地说；"当家的，你说你把好地方、大地方都逛遍啦，那我说个地方，你肯定没有去过！"地主说："你说说是哪里，还有啥好地方，我没有去过？""俺的家乡河北省馆陶县，有很多好古景，名胜古迹，你逛一个月，也逛不完！"地主好奇地说："你们河北馆陶有啥稀奇地方，你给我说一说。""好嘞，当家的，你听我给你道来：东厂、西厂、佛头（符渡）、滩上，丁圈、薛圈、毛（圈）刘圈，旅顺大堤往正南，来到马头四下看，往东看，馆陶县，南北卫河在下边，来回漂的是运粮船；回头转身往南看，三个颜窝（颜窝头、马窝头、窝头乡）长在河西岸；回过头来往西南，东西马栏（东马兰、西马兰）到营盘；出来营盘往西看，走不多远到花园，还有古迹没看完；往北一看青阳城，接连神灵高庄、十里店；走到十里店，天时已将晚，吃点饭，打打尖，泡泡脚，洗洗脸，十里大店住一晚。第二天，上西南，西南景致更好看，路过两孔琉璃桥（刘路桥、李路桥），陈路大桥在南边；站在桥头往南看，一尊铁佛（铁佛堡）真灵仙，围着大佛转一圈，来到路头、天河边；跳进天河洗洗澡，好像天上活神仙；上来天河往西看，百样之宝（北阳堡）放光环；百样之宝看个遍，天河北边再看看；北边有个木家寨（木官庄），龙王大庙真威严，往北前后蔺寨一万街，平堡、张寨还在北边呐，看看够你逛半年！"长工李二说一遍，地主老财开了言："你要领我看一遍，我一年开你三年钱！""当家的，你说的话，算不算？""君子说话，咋能失言！"话说这位李二云里雾里说了一通，没想到却引得当家的真想去看看，李二就说："当家的，你可得多带些银钱，因为少说也得逛个半年！"

第二天，当家的和李二就起身来河北馆陶观看美景。一路上，当家的很是高兴。简要说，他们二人来到馆陶，李二就领着地主老财从一个村逛到另一个村。没有逛几个村，地主老财就发觉这所谓的名胜古迹都是一个个的村名了。他知道上当了，想到一个堂堂的大财主竟被一个小做活的给骗了，越想越生气。尽管如此，他还是很佩服李二的顺口溜，把那么多的村名串联起来，合辙押韵，简单有趣，还真就是一个旅游路线图，那些有趣的村名，听起来真像名胜古迹，也就没有太责怪长工李二。但是因为要付给李二三年工钱，地主老财闷生窝囊气，把自己气出一场大病。直到现在，还有很多人知道这个故事呢。（牛振山原稿，牛文芳整理）

话说老城老街

乔延宾

　　馆陶县原辖区内有两个馆陶，南边的那个叫南馆陶，北边的一个叫北馆陶，两个馆陶相距 35 华里，有人说，南关到北关，三十五里宽，这其实是说笑话，当趣谈，如果是那样，比北京、南京的城池都大。

　　其实，馆陶城在历史上曾三移其位，最早的一个是春秋时期的冠氏邑古城，即现今的东古城，之后又迁移到北馆陶，1955 年再次迁移到南馆陶，即与东古城隔卫运河而相望的现在的县城。东古城的城墙逾两千多年早已不见踪影，北馆陶的城墙，几年前还有残留，现在也已拆光，而南馆陶的围墙也不见了踪影。南馆陶的"墙"之所以叫"围子墙"而不叫城墙，是因为 1955 年县委、县政府迁来后，才可称之为城，在这之前，它只是一个镇级政权所在地。

　　然而，南馆陶在历史上的地位却非常重要。它东联齐鲁，西通赵晋，南达河洛，北望幽燕，陆上有车马之便，水上有舟楫之利，春秋时期冠氏邑古城东北，大约在马固村的周边，战国时期赵王在陶山之侧设馆驿，成就两千余年"馆陶"一名的历史，汉代馆陶公主随驸马丈夫东渡堂邑，从南馆陶过河，便有了"驸马古渡"的来历。明代作为重要的军事要塞，明朝政府又在此设立"南馆陶卫"的卫所，所以，南馆陶虽然没有城墙，但却有围子墙，凸显它在军事、地理位置的重要。

　　我出生于新中国诞生的第二年，虽没有见过完整的南馆陶围子墙，但在我幼时的记忆中，它的完整轮廓依然存在。在记忆中，它的周长约 5 华里，东至卫运河河沿，西至陶山老街大石桥，北至政府街东段路南，南至南环路路北。这座围子墙有大小五座城门，东门在驸马古渡渡口即老街东端，西门在大石桥东端，南门在唐代古棚所在的丁字路口往南至南环路的北侧，北门则偏于东北，造纸厂南侧，胡家过道的北出口。除了这四座城门之外，还有一座小西门，即馆陶老街西南街，也叫张家街的西头，基本与民国壮威上将军王占元的老祠堂相对。有一说，原本没有小西门，是王上将军发迹后，修建了新老两座家祠，为方便祭祖，把西围子墙打开一个豁口，并修建了小西门，此说较为可信。

近日上网，看到馆陶方面有人在博客里发帖，说老祠堂是王上将军的宗祠，说老祠堂西侧坐北朝南"一进三"的豪华大院是王占元的宅子，此言错矣！那个大院，大门是一座气派的青石牌坊，入院一边一幢六棱体的功德碑，二门是完全仿照北京故宫午门以里东西两个通道的宫阙式门楼，二进院是一座仿太和殿的巨大宫殿式建筑，跨越这座大殿进入三进大院，北端是高可逾丈的青石底座，上边也有宫殿式建筑一座，据说打走日本人，这座大殿被拆，而这座大殿，才是王占元供奉王氏宗族牌位的地方。这个大院，全部仿造于北京明、清两朝的故宫，只是屋顶上的琉璃瓦是绿色、而非黄色，规模小于北京故宫而已，新中国成立后，县人民政府在第三进大院高大的青石台基上又建一红瓦灰砖问宏伟建筑，将县烈士祠设在里面。

真正的王占元旧居，在老街毛家过道对面，现存一座两层青砖灰瓦的小楼及以里的"一进三"的大院里，这座大院的建筑十分精致，全部是水磨青色小砖，糯米石灰对缝，小楼的街门是厚厚的硬木门板，里侧东西边墙上，各有一个青石，凿有石洞，关门时，粗大的门闩插入两侧石洞，十分结实，一般人砸不开。一进院各有东西厢房一座，高大气派，一进院与二进院之间，有一大型过厅，柱廊带抱厦，建于高高的青石与青砖混建的高台之上。王占元的督军府，也叫王占元的新宅，位于古棚南与张家街（西南街）交集处，占地约十四亩，四周有城堞式围墙，四角角楼与故宫紫禁城角楼相似，每一角楼均为二层，每层屋檐装有铜铃，风一吹，叮叮作响，督军府里各座房屋高大宏伟，屋内以彩色水泥地板砖铺地，陈设极尽豪华，这地砖至今仍有流落于民间。

老街的正街，除了60年代仍存在的唐代古棚外，王上将的大牌坊是老街标志性建筑，它与河东"小街子"上王占元舅父的大牌坊一模一样，隔驸马渡而遥遥相望，尽显南馆陶古镇之雄姿。据说，老街上共有17座大小牌坊，古棚北有"一处七座庙"，儒、道、佛三家和谐相处，各行其是又互不干预，为古镇一大奇观。西南街被人称作锯齿街，街道由东北而西南，民居错落有致，为老街第二大奇观，小西门则为第三大奇观，因为一座普通县城，一般只有东、西、南、北四座城门，而南馆陶的围子墙却有五座城门，这五座城门的名字，我仅知其一，即北门名曰"拱辰"门，现存石质匾额，在孙会林老先生的曾孙处。

老街北大街陶北与陶西交界处张家老宅大瓦房北，有两口古井，是为第四大奇观，两口古井相距丈余，却水质各异，一口甘甜，一口绵厚，古人称这两口井为两只凤眼，是南馆陶风水之一。儿时祖父常讲，现在的两井，填住一口，等于凤凰瞎了一只眼。除了这两井，还有北大街一东一西两口井，东边的那口井水甘甜清冽，在孙家老宅南，一座古庙西，适合做饭沏茶，人们说它与卫运河相通；西边那口井在北大街西出口，井水适合做豆腐，用这口井里的水做豆腐不仅口味绝佳，而且出豆腐多。这是馆陶老街第五大奇观。

就在那两口被称作"凤凰之眼"的古井以北，有一棵巨大的古柳树，它的生长年代，我的曾祖父都不知道，在我儿时，五个人都抱不拢，每天天不亮，有勤快人在树下捡鸟粪，据说能捡半牛车，可见树大鸟多。北围子墙外，在县政府没迁来之前，是自西向东逶迤而来的长长的高土台，儿时以为是河堤，后来才知道这是邯济铁路的路基，旧时它的上面长满繁茂的野草与野花，每年春夏两季，花草茂盛，成为一道靓丽的风景。

围子墙的东南角外，如今的七一大桥桥头以南，是一个方圆数十亩的大土坑，那是旧社会的义地，一些外地人或本地无地的人，家中死了人，就埋在这里，被称作义冢，在抗日战争快要胜利的1944年秋，驻南馆陶的日军战死的鬼子尸体，在这里架起木柴放上尸体，浇上汽油火化。老街百姓把这块义地叫万人坑。

围子墙的西南角外，王占元的新祠堂的西邻，是山西会馆。这座山西会馆，小时常去游玩，它也是一座宫殿式建筑，与山东聊城的山陕会馆不同，它虽不是雕梁画栋，但建筑体量要大得多，绿色的琉璃瓦顶，五六华里之外就能瞅见它的雄姿，大殿前，一东一西两个巨大的荷花池，每逢夏季，映日荷花别样红，水中游鱼，成群结队，嬉戏池中，溅起的水花落在荷叶上，犹如大珠小珠，滚落玉盘，砖砌的池边，一只只青蛙，鼓眼凸肚，高鸣夏曲。

儿少时，我常常站在已残缺不全的古围墙上，眺望滚滚北流的卫运河水和围墙内外的风景，一幅优美绝伦的故乡画图。

馆陶遥远的身世

刘文剑

45 亿年前，馆陶还淹没在浩瀚无边的大海之中，别担心，还没人呢。

24 亿年前，藻类和细菌开始在馆陶繁盛，无脊椎动物偶有发现。

5 亿年前，馆陶地块被抬升成陆地。鱼类、两栖类和爬行类动物开始出现。地表覆盖着茂密的森林。

3 亿多年前，馆陶地块再次下沉，形成滨海沼泽。当时的气候温暖潮湿，植物茂盛，海洋生物丰富。以前地表的森林则形成煤炭层。

2.5 亿多年前，馆陶全境又上升为陆地。气候由温暖潮湿变成干旱炎热，植物逐渐稀少。

1 亿多年前，馆陶未出现侏罗纪恐龙，但侏罗纪蚊子十分繁盛。最早的蛇类、蛾、和蜜蜂以及许多新的小型哺乳动物也出现了。

2 千万年前，馆陶气温寒冷干旱，到处是冰川，猛犸象、四不像等哺乳动物兴起和繁荣。

200 万年前，中国出现人类祖先，不过没来馆陶串门，最早的人类还要再等 150 万年。

1.5 万年前，冰期结束，馆陶气温终于回暖，但还是一片湖沼地，不适合人类在此生活。

七八千年前，馆陶水草丰美，气候温暖湿润，开始有人类聚居，来的可能是北京猿人、沂源猿人和金牛山猿人。他们以农业为主，渔猎为辅，在馆陶住下了，所以这几位可能就是馆陶土著人的祖先。

馆陶先民早期被发文身，后期着兽皮、麻服。喜欢吃熟食，煮小米饭、蒸河鱼、猎物，有饮酒之风。

五千年前，馆陶古人逐水草而居。馆陶的部落成员参加了"涿鹿之战"，这是黄帝和蚩尤集团在今天的河南、河北、山东交界地带进行了大规模的战斗，是远古历史上最大的一次战役。最后黄帝胜了。

公元前 21 世纪——公元前 770 年，夏禹王把中国划为九州，馆陶属冀州。此时禹王治水曾经过馆陶。夏王启曾把他的儿子放逐到馆陶县西河寨村一带。中国烹饪鼻祖、气功祖师、房中始祖、长寿始祖彭祖生于夏朝，活到商朝，死后葬在馆陶县彭祖店村（今属临清）。商汤与夏军在馆陶打过仗。

公元前 770 年——公元前 476 年（春秋时期），黄河在宿胥口改道，流经馆陶。

公元前 475 年——公元前 221 年（战国时期），赵国置驿馆于陶丘侧，得名"馆陶"。孔子弟子子夏在馆陶县西河寨村讲学。战国名儒段干木得到魏文侯的赏识，在馆陶留下了"干木富义"的成语。

公元前 221 年——公元前 206 年（秦），秦始皇统一六国后，馆陶属邯郸郡，修的驰道有一条经馆陶。项羽攻打秦军时经过馆陶，在附近留下了"破釜沉舟"的故事。

公元前 206 年——公元 23 年（西汉），馆陶可能在秦朝或者于西汉初成为县级行政区，属魏郡。今天的清阳城村被置为清渊县。文帝长女刘嫖、宣帝长女刘施施先后被封为馆陶公主。黄河在馆陶冲出一条新河道"屯氏河"。王延世在馆陶成功堵住了黄河决口，汉成帝为此专门改了年号为"河平"。此后几十年黄河反复决口，给馆陶人民造成了深重苦难。公元 24 年，刘秀在馆陶与铜马军进行了馆陶之战，打败并收编了铜马军，攒够了争夺皇帝的资本……噢，剩下的就是公元纪年以后的故事了，这里不再赘述。（刘文剑网络整理）

02

人物其事

我的馆陶情缘

辛火

我的老家地处太行山与华北大平原的过渡丘陵地带，是个有山有水的好地方，连接山东、山西的一条省道从村外穿过。由于村子在低洼处，省道在这里呈现出一个很大的坡度，大约有 1 公里左右。入秋后，会有很多拉煤的人力排子车从这里经过，三五成群，形成一道断断续续的长龙。由于这里坡度大，他们先把车子集中停在坡底下，然后再一个车一个车地往上走。一个人在前边驾辕，其他人在后边弯着腰用力地推。我们把这些人称为"山东的"。他们大都光着膀子，搭一条毛巾在肩上，绳套套在毛巾上，像纤夫一样，哼呦哼呦，一点一点挪动着车轮……

秋天的阳光很暴晒，汗水从他们的肩上、脖子上顺流而下，明晃晃的一片。那时我只知道山东人很穷很苦，至少我们这里没有那么穷那么苦。每个车子的煤都尽可能装得满满的，车上一般都压着几块石头。拉几块石头回去是为了磨镰杠锄，有的却是出于一种稀罕。后来才知道，这些被称为山东的人，大多是馆陶、大名这些东部县的。能吃苦，不容易，留给我很深的印象。偶尔去马路上帮他们推车，那是因为要学雷锋做好事。推一次车，一篇作文就有了。那时写作文是有"格式"的，第一段一般是："东风吹，战鼓擂，这个世界上谁怕谁"等口号类的。然后进入正题，写道：某月某天，我在马路边帮老大爷推煤车……就这样我与东边的人结了缘。

其实，我很小的时候，就知道在东边很远的地方有个馆陶。那是一个早晨，父亲匆匆地把几个馒头塞到一个破旧的黑色提包里，推开门就往外走。我问他干什么去，他说要去馆陶看一个县委书记，名叫李纯心。那时很艰苦，交通不方便，出门都是要自带干粮的。从那时起，我就记住了馆陶，这个名字始终留在我的记忆里。

后来，我在复兴区当了区长。邯郸市的化工区就坐落在复兴区。这些化工企业，为邯郸经济发展曾做出了巨大贡献。滏阳化工、橡胶厂、磷肥厂，这些企业家喻户晓。但到90年代末，因环保和市场原因，企业进入低谷期，也不再进行新的投资，企业安全风险逐步加大，每年都有事故发生。化工区的安全监管成了最头疼的事情。当时我向市政府建议，搬迁化工园区。正赶上三年大变样，化工园区开始了搬迁，当最后一个企业拆掉时，一下轻松了很多，压在心口上的一块石头也似乎搬走了。没想到若干年后又到馆陶任职，而复兴区的化工企业有的又搬到了馆陶化工园区，心中别有一番滋味。当然，他们已不再是在复兴的企业，通过搬迁都上升了一个档次，安全系数也大大提高了，但不能不说是一种不解之缘。化工企业毕竟是化工企业，这几年，我们采取了最严厉的环保措施，特别是管住了地下水污染。同时果断砍掉了一半化工区用地，用于发展拖拉机产业。有人跟我开玩笑：是不是知道要到这里任职，先把企业搬来，再来做官呀？哈哈，真是说不清，哭笑不得。

2011年12月26日（毛主席生日）晚8点，因特殊原因，我被组织送到馆陶上任。很多年没有来馆陶了，下了高速，灯光很美，似乎用一种语言在接受我。虽在冬天，但心里充满了一丝暖意。说实话，从政20多年，从来没想过要到东部县，也不愿意到东部县，一个重要的原因就是太"土"。后来我在多种场合讲过这种"土"，讲"土"不是贬低，而是为了改变。几年过去了，馆陶在人们心目中已不再土气。很多人讲，县城像城市了，甚至有了大城市的味道。初到馆陶，我感觉很快就融入了这里，突然感觉不陌生，也没有什么不舒服的感觉。原先不愿意听的馆陶土话，现在听着是那么亲切。我几次建议我们的讲解员在介绍馆陶时可用馆陶普通话，因为我感觉很好听，也希望我们的乡音传播得更远。

我们馆陶是个穷地方、小地方，黑龙港流域的盐碱地，连个像样的宾馆也没有。怎么发展？项目少，工业底子薄，是我们的主要矛盾，但怎么破解这个主要矛盾？凭什么外地人来这里投资，来这里消费，来给我们支持？因此我们思考，必须有切入点，必须有突破口。这几年，我们抓美丽乡村特色小镇，带活了全局，就是选准了突破口。作为一个农民的儿子，过上城里人的生活是我的梦想，也是更多农民的梦想。我们带着让农民过上城里人的生活，过上让城里人羡慕的生活的梦想，实事求是，淡定求索，在馆陶演绎了一场以美丽乡村特色小镇建设为情景剧的激情燃烧的岁月。美丽乡村特色小镇成了馆陶的代名词和一张名片，先后有数以百万计的人走进馆陶。投资商多了，来考察支持的人多了，四海朋友、国外友人多了。一任接着一任的县委、县政府一班人带领全县人民用智慧和汗水滋养着陶山卫水，现在已硕果芳香。我们馆陶人从来没有像现在这么自豪！

天帮忙，地给力。最近我们馆陶有两大发现：一是低速风能。低速风能发电不仅可形成可观的税收，而且一个个高大的风叶将成为一道美丽的景观；二是以"馆陶组"命名的干热岩地热资源，据说在全国这一类型中，我们是最好的。在地下 1000～3000 米之间，有 150～250 度的岩石层。这些热能可用于发电，也可用于温泉。我越来越感受到馆陶这块土地的神奇。馆陶在近代很少有水灾，也没有风患。这一点，要比周边一些县幸运得多。汉唐时期还封过四位美丽的馆陶公主。作为封地，当是富饶之地。另外，据史料记载，最繁华的时候，每天穿梭古运河上的船只多达三万艘，那是何等的繁华！著名文学家王安石路过馆陶时有诗云："灯火匆匆出馆陶，回看永济日初高……"。馆陶的版图还像一块吉祥的"如意"，这难道不是上苍的恩赐吗？

人才兴县、生态保障、城乡一体是我们这几年的发展战略，建设健康生态旅游强县是我们的目标。馆陶以更加开放的姿态在招揽人才，让人尽其才、地尽其力。在生态方面，我们大兴水利，提出水已经成为最稀缺的战略资源。常年失修的永济渠变成了一条美丽的永济河，成为贯穿全县的一条景观带。城乡一体是城镇化的必然选择，我们探索了特色小镇的模式。我们将把粮画小镇和黄瓜小镇打造成国际化小镇；教育小镇（王桃园），我们要收藏 100 年；羊洋花木小镇将打造成生态主题公园——南城公园。

馆陶这片土地需要我们每个馆陶人深情地去爱，去拥抱。南宋名将宗泽，在馆陶任县尉期间，留下了"国而忘家"的历史典故。乔十光先生故土情深，1988 年在馆陶创办了"乔十光漆画研究所"，培养青年艺术人才，这些人中有的已成长为国家、省级艺术大师。汪易扬先生在馆陶生活工作了 17 年，把馆陶视为第二故乡，在他的推动下，断代的黑陶在馆陶重新烧制成功，同时也为馆陶培养了大批艺术人才。著名诗人雁翼 13 岁就离开了家乡，但对家乡情深义厚，在《馆陶人心里的河》中写道："满腹难理难顺的感情，离别馆陶才明白，全是卫河神奇的浪影。美丽的卫河水，并没有断流，都潜藏在馆陶人的心中……怀揣着母亲的恋情，设计再回来的日程。"还有人民警察郭秋峰牺牲在工作岗位上，用生命抒写了对家乡的热爱。

　　陶山卫水，刚柔绝配。我们有陶山的刚强，有卫水的柔美。纯朴、厚道、开放、包容的馆陶人正在为美好的明天辛勤付出。我们这代人有责任、有信心找回她往日的辉煌，重现大运河千年的繁华。

忆魏征研究二三事

韩吉祥

1998 年 10 月 23 日，馆陶县城魏征路旁的陶山花园内，黑色大理石贴面的底座上，一尊高 2.28 米的魏征汉白玉石雕像，出现在人们的面前。下午 3 点，馆陶县在这里举行了魏征汉白玉石雕像揭幕仪式。揭幕仪式之后，馆陶县领导与专程前来参加揭幕仪式的陕西魏征研究会和台湾魏氏宗亲代表，在魏征像前合影留念。

看着眼前的魏征汉白玉石雕像，我的思绪回到了陕西礼泉魏征陵墓之前。应陕西魏征研究会之邀请，馆陶魏征研究会一行六人，参加了魏徵陵墓整修竣工暨追思祭奠仪式。10 月 15 日早 8 点，馆陶魏征研究会一行离开家乡，踏上了奔赴西安的路程。这六人的名字是韩吉祥、赵树恩、刘清月、王学增、杨章岭、朱晓林。他们带着家乡人民的寄托，一路上越太行，过黄河，直奔古都西安。

10 月 18 日上午，整修一新的礼泉魏征陵墓前，魏陵整修竣工暨追思祭奠仪式正在进行。公元 643 年，一代名相魏征病死，陪葬昭陵。1961 年，国务院公布魏陵为第一批全国重点文物保护单位。唐昭陵西南三公里处的凤凰山巅，就是魏陵所在地。陵墓位于山岭南端，依山凿石而建，是唐代所有陪葬墓中级别最高的。墓葬坐北朝南，史书载"帝亲制碑文，并为书石"。后唐太宗李世民听信谗言，推碑磨字，魏陵不见了往日的风采。现在，通往魏陵的山路修通了，卧倒千年的石碑竖起来了，被荒草淹没的陵墓整修一新了。尽管竖起来的蟠桃纹首碑，碑身通体无一字，但丝毫挡不住人们对这位先贤的思念和敬仰，挡不住人们不远千里万里，到此虔诚地拜谒。海内外魏氏宗亲来了，馆陶故乡的人来了。您，魏征公，德音在耳，形神依旧。家乡的人民永远记着您，祖国人民永远记着您。

规模雄壮的昭陵，整修一新的魏陵，坐落在相距不远的两座山上。一君一臣，似乎在畅谈着"贞观之治"的繁荣，议论着"载舟覆舟"的哲理。人民，特别是家乡的人民，不但没有忘记诤谏为民，廉洁奉公，为"贞观之治"做出了杰出贡献一代名相，而且正在用多种方式纪念他。有的地方建成了魏征纪念馆，修建了魏征公园。舞台上，演出了京剧大戏《贞观长歌》，荧屏上，播出了电视连续剧《大唐名相》。魏征故里，研究魏征的组织成立了，文章问世了，著作出版了。命名了道路，立起了塑像，建起了学校。魏征的精神正在发扬光大，魏征的形象越来越鲜明。

我是 2003 年 7 月 12 日离开馆陶的。这一天是星期六。我在日记里写道，一夜的雨点，敲打着后窗上的雨罩，也敲打着我不眠的心灵。天亮了，雨仍在淅淅沥沥地下着。屋门前的石榴树，白花青果绿叶，一副招人喜欢的样子。后院的垂柳，长长的柳丝，随风摇曳，像是少女优美的舞姿。几年来，看着花开花落，草荣草枯，心里很坦然。那花、那树、那青翠碧绿的竹子，美化了院落。无言的它们，默默地奉献着自己的一切。就要离开了，陪我生活了近六年的小院、房舍、小草、红花、绿树、翠竹。还有许许多多的朋友、同志、老乡，说真的，感情上真有点割舍不下。过去了，这一段难忘的岁月。离别了，这一片难舍的沃土。

一些生活的片段，在我的眼前出现了。早晨，卫运河人堤上。温柔的阳光透过密密的树叶，把光斑洒在长着野草的地上。县委书记刘晓军和我，漫步在大堤上。我们谈工作、谈历史、谈文化、谈未来，爽朗的笑声不时在大堤上空回荡。天下雨了。县长杨华云和我在雨中漫步，谈峰峰，说矿区，讲馆陶。"三讲"期间，全体班子成员，搬到了西沙河基地。大家吃在一起，住在一起，过起了集体生活。同志们一起听讲课，一起出早操，日程安排得挺紧。太阳还没露头，大家就起床了。"起步走"，随着一声令下，穿着军装的我们，排着整齐的队列，在"一二一"的口令声中向前跑去。

拜谒魏陵

牛兰学

正是石榴咧嘴笑的季节，我们一行 4 人去西安考察，我们的目的是为魏征研究会的成立做些准备工作。这一天，昭陵博物馆的陈志谦先生作为向导，带我们去拜谒魏陵，出发前他告诉我们魏征墓地在九宗山脉的凤凰山。

车出礼泉县城，汽车从柏油路走上沙石路，又钻进玉米地里，在窄窄的土路上飞驰。脚下似乎是干渴的黄土，身边是即将成熟的玉米。我们的视野不断被玉米地所阻挡，偶尔前边能看到几株繁茂的大树，车后则是扬起的滚滚黄尘。那黄尘像是沧桑的渭北平原被我们触动又一次扬起历史的烟云。是啊，人们说："江南的才子，山东的将，陕西的黄土埋皇上。"。十个王朝一千多年以西安为都，西安是迄今建都累计时间最长、朝代最多的都市，在这里一锹掘下去就是千年文物。

车子弯弯曲曲地爬上坡来，我们面前出现一片青色的山峰，忽儿山峰又不见了，小汽车晃晃悠悠地在满是小石子的土路上艰难地爬行。豁然开朗，陈向导让我们停下。车子停在一道山沟的左侧，一块稍稍开阔的地方。我们下车向北望去，群峰巍巍。陈先生用手指向东北最高的山峰告诉我们，那就是九宗山唐太宗的墓，因这里九峰耸立故为九宗山。接着，又指向西北方向那稍低一点的山头说，那就是凤凰山，即魏征的墓。因为没有山路，我们只好把汽车停在这里，步行前往。我们边走边看。在这山谷旁零零散散地坐落着几户人家。眼前的一间砖房的房山头用白灰写着两个特大的字"魏陵"。陈先生说，这个村叫魏陵村，这里的村民世世代代称魏征的墓为"魏陵"。实际上在人们的习惯中只有皇帝的墓才叫陵，而这里的村民把魏征墓地叫作陵，足以说明魏征在人们心目中的位置。那些史书上写作陵的在人们的心目中未必是陵，那些史书上记载墓的在人们心中也一样是陵。

我们沿着渭北这黄土高原上一道道梁坎、一片片梯田的埂沿向前走去。土岗上一片片的桃树上挂着零星的桃子，弯弯曲曲的小路边则长满了沙棘，偶尔有一棵柳树。走了一会儿我们向下走去，慢慢走下一道山谷。其他的山头都不见了，唯有魏征墓在我们面前越发高大起来。可我们越走那凤凰山越发远起来，真有点"望山跑死马"的感觉。但我们都不觉得累，走着走着，我们被历史所感动。我高声喊起来："魏大人，家乡人来看你来了！——"，这喊声在山谷间回响，也带来一个问——拿什么做见面礼呢？因为那青青红红的酸枣实在好看，我便想用沙棘编一个花圈。于是，在小路边我折下一枝枝沙棘编织花圈，我的胳膊因此被圪针划出一道道血印，隐隐作痛。而同行的保岭、清月、洪太则用柳条编织了一个花圈，我们拿着两个花圈向前走去，终于走到谷底。

我们开始向上爬，根本没有一条上山的路，我们在杂草、沙棘中沿着60多度的高坡艰难地上山，不时还要用两只手扒起来，还不断被沙棘划伤胳膊腿。尽管一会儿大家就汗流浃背，但仍然劲头十足。我走在最前头，经过1个多小时的攀爬，终于登上了山巅。环顾四周群峰竞秀，田野金黄，秦川八百里，五陵汉唐风。

我们5人全部来到山顶，踏着丛丛衰草向前走去，我们来到一头横卧着的石碑旁。陈先生说，这就是魏陵的墓道口，墓室在北面的凤凰山头。我们毕恭毕敬地把两个花圈放在石碑旁，默哀三分钟。陈先生为我们按下了快门。这块碑有2米长，60厘米宽，十几厘米厚，一半埋在土里。碑冠呈半圆形，十分清晰地刻着蟠桃的图案，这完全不同于唐代任何一块石碑，那时的碑冠都是六螭盘龙纠结下垂。我们猜测是不是他是馆陶人，才把碑冠用冠（馆）桃（陶），没有人提出不是的证据。也有人说蟠桃千年一结果，比喻魏征人才难得。我们蹲下仔细地观察着石碑，因为早年埋于地下，保存尚好。但上面光溜溜的，一个字也没有。史载：魏征643年正月病逝，唐太宗李世民说：征死我失一镜。命陪葬昭陵，西苑楼上目送灵柩，亲书碑文制于其上。可不久，因魏征曾推荐的杜正伦、候君集犯上作乱，被巫为"阿党"，太宗听信谗言，一怒之下，命人推倒墓碑，把字迹全部磨光，一字不留。645年太宗征高丽无功而返，怅然叹道：征在会阻止我。念及魏征一生衷心后悔不已，命人又在推倒的石碑旁立了一个小碑，以示纪念。而今小碑已不知去向，可大碑仍在，一字全无地躺在这里望着衰草千年枯荣。一簇簇的衰草在秋风中一阵阵地摇晃着脑袋。实际上中国最著名的无字碑——武则天石碑上早已经被更多扬名的人刻上了斑斑字迹，而这个原来是有字的碑却早已是无字碑躺在这里千年了，没有人为他做点什么，甚至一千年里也没有人再把它立起来，或是在它旁边立下石碑来记录下这一切以告后人。我想，魏征从唐太宗的政敌变为良臣，又从良臣误解为叛逆，复又得到平反，人心难测，世事多变，创造"贞观之治"的伟人尚且如此，平民们又将奈何。

站在石碑旁陈先生告诉我们，昭陵以九宗山唐太宗墓为中心，向南扇形展开，纵横200里30万亩，陪葬墓800余座。最亲近的人在最近处陪葬，大臣中只有魏征墓最近，在昭陵西南约3公里处凤凰山颠南端，可见其在太宗心中的位置。魏征少孤贫困，出家为道，辅佐太宗官至侍中，封郑国公，谏事二百，为贞观名臣，一代明相，有天地山河为证。

下得山来，我们又累又渴。在路旁一棵柳树下的小小山缝里涌出一洼泥水，我们实在渴得不行，便一个个趴下争先恐后地喝起来。我想，就是一洼毒水，喝了便死掉，我们也许也控制不住欲望。陈先生说，这里原来是一股山泉，在泉旁住着一个村落几十户人家，因为泉没有水了，人们便迁往他处，这里便也荒凉了。那泉如今像晶莹的泪珠一样一滴滴落下，不知在泣诉着什么。

由此，我想，大唐盛世的时候，成千上万的人在这里守着昭陵，看着魏陵，而今沧海桑田，连那些亭堂楼阁，茅屋草房都去了，只留下孤零零的山头和衰败的野草加上这点点滴滴的山泉和满天飞舞的黄尘。历史是多么无情呀，不管你是什么人都会被冲刷得无影无踪。不！历史又是多么有情呀，它总会在人们的心目中树起一座座丰碑。

魏征斩蛟龙

魏良浩

每年的农历五月初五，是中国的传统节日——端午节。

这端午习俗，也与魏征有关。看端午的对联：手持艾旗招百福，门悬蒲剑斩千邪。这门悬蒲剑的习俗，就与魏征一梦斩蛟龙的故事有关。

"端午节天一亮，家家户户的门窗上，都要插两棵艾草和两棵菖蒲。艾草能避各种邪气，菖蒲（多年生草本植物，生在水边，地下有淡红色根茎，叶子形状像剑）就是"斩妖剑"，传说唐代的魏征梦中斩蛟龙，用的就是菖蒲剑。从此以后，各种瘟神恶鬼妖魔邪怪，见了菖蒲就害怕。"

菖蒲剑用的是菖蒲，民间还流传着一个小故事，说的是在唐朝太宗年间，天下大治，人民安居乐业。这一天唐太宗散朝后，回到内殿，召当时的丞相魏征与他下棋。在弈棋过程中，日当正午，魏征打起瞌睡，不知不觉伏案睡去。唐太宗一看，很高兴，心想丞相终日为国家大事操劳，心神疲倦，当时不忍心叫醒他，有意让他休息一下。而魏征做了一梦，梦中巡游到一处，遇见有一条性情残暴、动辄发怒的蛟龙，平日里不是洪水泛滥，就是百日大旱。这次在水中戏耍，不但把水搅浑，而且任意毁坏民间庄稼，魏征看了心中大怒，可是身边没有带武器，恰巧路旁有菖蒲一丛，魏征随手摘下菖蒲一叶，迎风一晃变成一把宝剑，上前斩了蛟龙为民除了一害。从梦中醒来，一抬头看见唐太宗正在笑眯眯地看着他，魏征十分尴尬，意识到下棋打盹对皇上不恭，连忙伏地请罪。唐太宗急忙把他扶起，并说："爱卿为国家日夜操劳，替朕分忧，心力疲倦，伏案小憩有何不可"。这就是所谓"魏征一梦斩蛟龙"的故事。后来人们在端午节家家插上菖蒲，含义是菖蒲可以斩妖辟邪。插上蒲艾目的是为了辟邪驱虫，免疫抗灾。

魏征拒收寿礼

魏 刚

魏征60岁时，唐太宗李世民说他德高望重，要为他做寿，但魏征提出一概不收礼，并指派儿子魏叙玉具体操办；执意要送的，一定要说明理由。

不料，当寿辰一到，首先遇到的就是皇后前来送礼，并附有诗一首，诗曰：德高望重魏爱卿，治国安邦立大功。今日皇室把礼送，拒礼门外理不通。

魏征见了，灵机一动，在诗下边又续了四句：保唐扶李丹心忠，魏征最怕念前功。尽忠本是分内事，拒礼为开廉洁风。

皇后看了魏征的诗，只好携礼回宫去了。

皇后携礼刚走，军师徐茂公带着礼物就赶来了。说来凑巧，徐茂公的礼品上也有一首诗：你我都是老盟兄，一起布阵杀敌兵。天长日久情意深，送礼祝寿为友情。

魏征一见，随即提笔续诗：徐魏本为文殿臣，情长意深一条心。良辰淡饭吟诗赋，通宵达旦论古今。

徐茂公看了魏征的诗，无话可言，立即携礼回府去了。

徐茂公刚走，好友程咬金来了。程咬金说："别人的礼物不收我不管，老程的不收不行"。他的礼品上也有一首诗：贾家楼中结兄弟，瓦岗山岭杀隋兵。无话不谈心肝照，寿礼不收为何情？

魏征一见，随即提笔续诗：你我本是一家人，肝胆相照心相印。寿日薄酒促膝叙，胜似送礼染俗尘。

为魏征祝寿送礼的人接连不断，但所送礼品都被他一一婉拒。

追寻一面镜子

乔民英

我见识过多种形态的镜子，没发现哪面镜子能超越魏征这面"人镜"。我参观过不少地方性博物馆，没发现像"魏征博物馆"这样以一个人的名字来命名。

我与魏征有1400多年的时空距离，但我们的足迹不止一处交集在古赵大地。我老家邯郸永年的广府古城曾做过乱世英雄窦建德的都城，身为窦建德"起居舍人"的魏征，一次次站在城头瞭望，一次次在弘济桥上徘徊。他多次毛遂自荐的传奇人生与首任"广府城主"毛遂先生何其相似！只是，毛先生从"毛遂自荐"到"毛遂自刎"不过一年时间；靠"三寸不烂之舌"赢得威名的一介书生，怎堪军事将领的重任？而魏征几乎是一位经天纬地的全才，不然他去世之后一代雄主李世民不会鼻涕横流地痛呼："我的镜子！我的镜子！"

这是一面有高度的"镜子"。一个家境窘结、做过"道士"的底层知识分子，能够成为"一代名相"并被后人称为政治家、思想家、文学家、史学家，可谓凤毛麟角。群雄争霸，沧海横流，历史没有因他先后在李密、王世充、窦建德、李建成等多个敌对"阵营"任职而抹杀他的英名，反增加了他的精神高度。越是在关键时刻，他越能发挥无以替代的作用。当李密归降李唐而其仍控制大片领土的部属徐懋功不知何去何从时，魏征主动请缨，说服徐懋功归唐，使其成了大唐开疆拓土的主要战将。受命安抚因玄武门事件而人人自危的李氏兄弟李建成、李元吉部下，更显示了他高超的政治才干。代理尚书省侍中，并不熟悉法律的魏征抓住法律根本原则，快刀斩乱麻地处理了大量历史积案，让人心悦诚服。可以设想，如果没有魏征的辅佐与力谏，"贞观之治"就可能大大缩水，就算唐太宗这样的"明君"也会犯更大的错误。正如唐太宗亲征高句丽遭挫后的痛切反思："如果魏征活着，定会阻止我的行动。"

这是一面有硬度的"镜子"。古代制作镜子的材料是贵金属青铜，魏征就是铸就大唐盛世的那块最硬最有分量的"青铜"。李世民除掉"太子"李建成后，质问辅佐"太子"的魏征："你为什么要离间我们兄弟？"魏征没有跪地求饶和承认错误，没有直接评判他屠兄灭弟的是是非非，更没有像后世那位连"灭十族"也不在乎、死在明成祖朱棣淫威之下的方孝孺，而是选择了不卑不亢的应答："贵兄要是早听我老魏的，就不会有今日之祸。"他一次次献言进谏，甚至超越权限犯颜直谏，注定是个让君主红脸出汗、爱恨交加又难于完全放心的主儿，以致去世不久就被疑心驱使的李世民亲手砸毁了墓碑。虽然后来又重建墓碑，但与其说是为魏征平反，不如说李世民为讨回明君的名声。

这是一面有温度的"镜子"。魏征饱学诗书，洞察世事，却没有像前朝"采菊东篱下，悠然见南山"的大隐士陶渊明那样消极无为，没有像后世"安能摧眉折腰事权贵，使我不得开心颜"的大诗人李白那样洒脱放任，他有的是"人生感意气，功名谁复论"（魏征《述怀》）这般的慷慨激昂。他心系苍生，情牵百姓，不论在哪个"阵营"做事，都把安抚民生当作第一要务。他布衣粗食，生活简朴，家里连个客厅也没有，死后拒绝皇帝赐予的优厚待遇，只用一辆小车载着灵柩上路。一位公仆的远行本来就该轻车简从，一颗伟大的灵魂何须装饰与铺张？

魏征，一位顺势而不逐流、忠诚而不迂腐、有节而不拘泥的百姓公仆，一位正直而不狂傲、权重而不矜持、秉公而不做作的铮铮硬汉。他是千年历史长河中那面又清又明的"镜子"，为我们辨识着忠与奸、贤与愚、勤与懒、廉与贪；他是黄河故道上那座取之不尽、用之不竭的思想"富矿"，为古赵大地和华夏民族输送着源源不断的精神动能。

2017 年一个春暖花开的日子，我第三次来到魏征博物馆。站在八米高的魏征塑像前，我举目仰望，深思良久。从他那紧蹙的眉宇间，我仿佛读懂了这位巨哲大师空前的孤独和深深的忧虑。魏征自顾手持笏板，凝视前方，随时准备进谏。

几只蝴蝶自公主湖飞来，追寻魏征的目光翩翩而去。

彭祖和艾的故事

任润刚

　　相传，在尧舜禹时期，颛顼帝之玄孙（陆终氏第三子）钱铿，被尧封之于彭城，因其道可祖，故称彭祖。彭祖商时为守藏典史，托病不问政事。到了晚年，浮游四方，潜心养生之道。

　　处在彭祖那个年代，民间常常流行传染病，大都采用中草药防御和治疗，于是彭祖对花草树木关乎养生有了研究。一个偶然的机会，他发现民间用艾叶可做止血剂，又可用以炙法治疗不同的疾病。在此基础上，彭祖又进一步总结出不同花草树木所释放的香味对养生的影响。诸如：白兰花、玉兰花、栀子花、水仙花、蜡梅花等，虽然香气不四溢，也不扑鼻，却能愉悦人们身心，使人神清气爽；九里香、木本夜来香、白丁香、夜香草桂以及麝香百合等，香味扑鼻，对人们的嗅觉器官有强烈的刺激性；檀树、松树、月桂等所释放出来的气味，可诱发鼻腔、支气管部位的过敏反应；扶桑、木芙蓉、漆树、紫荆花等的花粉或挥发物，会诱发鼻炎、支气管炎和哮喘病的发生……

　　彭祖是舜的臣子，而作为臣子的彭祖在舜王的面前却有自己的政治远见。

　　大禹治水，三过家门而不入。全国都知道了大禹的这一无私事迹，大舜命人把大禹事迹传播四海，打出口号：学习大禹好榜样，忠于治水忠于舜。

　　舜的臣子彭祖噘嘴摇头，对舜说，大禹治水真就这么刻不容缓？三次路过家门而不进去？

　　舜说，他太忠于祖国了，太无私了，他是伟人。

　　彭祖说，我看他是个伪人。人爱自己，爱亲人，天经地义。他却不爱，这人要么是白痴，要么是大奸大恶，要么是他老婆太难看。

　　舜不同意。

　　几年后，大禹凭着治水的威望和三过家门而不入的无私口碑，硬把舜逼下台，成为华夏之主。

彭祖在其主面前所显示的至亲至爱的情怀令世人敬佩，同样，他的医道理念更被世人叹服。有一次舜远征归来，患了瘟病，部下向他推荐了彭祖，舜王为试其才，写了一首中药名的谜语让彭祖猜谜底："胸中荷花兮，西湖秋英；晴空夜明兮，警惕家人；三十除五兮，函悉母病；芒种降雪兮，军营难混；接骨妙医兮，老实忠诚；黑发未白兮，大鹏凌空。"

此诗言辞风雅，壮然隽永，彭祖看后，提笔写下了"穿心莲、杭菊花、满天星、生地、万年青、千年健、益母草、防己、商陆、当归、麦冬、苦参、续断、厚朴、首乌、远志"十六味中药。舜见其确有才华，留下作为御医。

到了晚年，彭祖定居涿州，因游吴楚四方，用草药防病治病已有建树，称祝万寿，但彭祖并不满足现状，在武阳郡（即现馆陶）一带继续行养生之道，但他毕竟感到老了，还得培养接班人，于是收了许多徒弟，有一次他出了一四味中药名谜语，让徒弟猜："五月将尽六月初，二八佳人把窗糊，丈夫外出三年整，捎封书信半字无。"徒弟异口同声答到："半夏、防风、当归、白芷。"彭祖欣然"哈哈"大笑起来。

彭祖有一个徒弟叫长春，到了结婚的年龄，一家人为其愁烦，彭祖也为他着急，正好当地有一高姓人家，家有幼女，名叫玉兰，温柔沉静，很多公子王孙前来求亲，玉兰都不同意。因为她有一老母前几天头部被撞，一直血流不止，无奈之下，玉兰背着老母，张榜求医："谁能止老母血流者，小女以身相许。"长春揭榜献方，果然奏效。玉兰不负前约，与长春结为百年之好。洞房花烛之夜，玉兰询问什么神方如此灵验，长春回答说："艾草，艾草，神妙，神妙。"（原来是用艾草灰涂抹于伤处而止血愈合）玉兰又问："你怎知如此妙方？"长春笑着说："此乃彭祖师傅所赐教！"从此，彭祖的名望伴着他俩的结拜故事传遍天下，彭祖被冠以"神医""寿星"之称。

馆陶县中医卫生事业历史悠久，源远流长，北魏便有"通歧黄术者"行医于城乡，其中不乏医术高超，妙手回春者。北魏李修针灸、授药，罔不奏效，《著药方》百卷行于后世。明代王克正监视馆陶县惠民药局，有《惠民医案》。清顺治以来，名医辈出，全县行医有名者27人之多，其中有"手到病除，活人甚众的柳希圣"；有"精于外科，拾药治疗，着手即愈的王万岭等。而彭祖的出现，从此之后使馆陶民间中医宝库更加丰厚，中医文化更加绚丽多彩。

彭祖与艾草

马月起

当年尧帝带领黎民百姓治水十分辛苦，积劳成疾，一连几天水米不打牙。彭祖凭借其养生之道，下厨做了一道野鸡汤（雉羹），尧帝饮后容光焕发，从此百病不生。彭祖是谁？彭祖，姓篯，名铿，是陆终氏之子。舜时受封于大彭，寿八百余岁，后人称"彭祖"，善于"导引、养生、烹饪"，是中国长寿始祖，相传曾在今馆陶一带研究艾草养生治病。

古时候，浑浊的黄河水在今馆陶一带奔流不息，今天民间俗称的"东沙河""西沙河"就是那时的黄河河道。相传彭祖经常四处游历，晚年为实现观看"黄河八百年一澄清"奇景的夙愿，不远几千里回到曾经跟尧、舜一起工作和生活过的古陶丘，在今铁佛堡村一带居住了下来。

夜里研究养生之道，白天观赏黄河奇景，游览黄帝、尧、舜、禹的遗迹，七百多岁的彭祖过得十分惬意逍遥。陶丘风光美，民风又纯朴，他感到这真是个好地方，竟然从此再也不舍得离开。

但一件事总是让他愁眉不展。

原来，彭祖是个长寿的奇人，可他先后娶的很多任妻子却一个个都是寿命一般的凡人，来到馆陶后，新娶没几年的年轻夫人产后落下了腹中冷痛的毛病。尽管彭祖是个养生大家，想了不少办法，可总是不见好。

有一天，看着媳妇痛苦的表情，心里特别不是滋味。于是，烦躁地走出家门。

走过一片绿绿的艾草地，又转过一方浅浅的池塘，歇息在一棵树荫亩广的老槐树下，遇见一对百余岁的白发翁婆，便像往常一样攀谈起来。

看彭祖脸色不好，还不时唉声叹气，白发老翁打趣他："何事能难倒你这位神医？"因为早已彼此熟悉，所以唠起话来很是随便。

彭祖苦着脸实言相告。不想白发老婆热情地说："妇女之事，有我你就放心吧！快请你如夫人来，咱们说说话，中午到我家吃饭，我自有办法。"

面对着挺实在的老两口不忍拒绝，也为了让媳妇走出家门散散心，彭祖不再客气，连忙返回家把夫人请了来。只见白发老婆口里念叨着："贵客至，今天多吃点儿鸡蛋。"往陶罐里放了水，把刚刚从地里扯来的艾草叶清洗后扔在陶罐里，然后找出平日积攒舍不得吃的鸡蛋洗洗放进去煮。

过了好一会儿，主人喊开饭。饭很简单，每人一碗鸡蛋艾叶汤，然后是干粮咸菜。

众人围坐吃着，有说有笑，气氛很是融洽。突然彭祖夫人惊叫出声："奇怪，我肚里感觉疼痛减轻了，也觉着有点热乎劲儿了！"激动之下抖了抖手，不觉把碗里的汤水泼了出来。可巧这会儿邻居家幼童口里喊着"爷爷，奶奶"一蹦三跳走进门里，正好洒在了他长满红疙瘩的腿上。

幸亏汤水温度不高，可也把彭祖夫妇吓了一跳。一番手忙脚乱和软声安慰之后，彭祖竟然惊喜地得到了两大发现：一是这汤竟有温经、止痛、散寒的功效。二是这汤竟能治疗小孩腿上的红疙瘩。那小孩腿上的红疙瘩不大一会儿竟然有痊愈的迹象，明显减轻了许多。

百岁老翁告诉他："此地到处长满艾草，这艾草可是好东西，俗称'医草'！河水加艾草，村里人都健康长寿。"他指指大门外走过的三个白发老翁："仅百岁以上老人就有十几个。"

之后，彭祖夫人每天喝艾叶鸡蛋汤，彭祖又加上其它几味药材，身体很快痊愈。全村人都来道贺，欢声笑语不断。

彭祖更不舍得离开黄河边的陶丘了。他专心研究艾草。越研究得深，就越感到这种池塘边、村口、桥旁到处生长的艾草真是个宝物，就越理解这里的人为什么比别地方长寿。

后来，他总结发明了"用艾四法"。一用艾草治病。通过熬汤、泡脚、洗澡、熏蒸、艾灸等回阳、理气血、逐湿寒、止血安胎，治疗湿疹、面瘫、不孕症等。二用艾草配食。制作成"艾叶茶""艾叶汤""艾叶粥""艾蒿馍""艾蒿肉丸"等，具有养生健体的功能。三用艾草杀菌。艾秆枯后的株体泡水熏蒸以达消毒止痒之效。四用艾草辟邪。端午节时候，他教人们以菖蒲、艾条插于门楣、堂中以防蚊虫；用菖蒲、艾叶、蒜头制成人形或虎形，称为艾人、艾虎，或制成花环、佩饰，用以辟邪驱鬼。

彭祖一直在陶丘专心研究艾草和其它中药草，乐此不疲，并培育药效好的优良艾草品种（今天"彭艾""馆艾"已远近闻名），竟终生未离开陶丘，死后葬在这里（战国时期赵国在陶丘侧置驿馆，地名"馆陶"便由此而来）。

彭祖之后，人们越来越重视艾草的养生之用，彭祖的艾草养生之道不断发扬光大。《孟子》说："七年之病，求三年之艾。"历代医学养生专家的著作对艾草养生治病也多有论述。到了元末明初，馆陶一带战乱频仍，天灾不断，瘟疫流行，百姓生活苦不堪言。突然一天，有人看见永济河上空祥光照耀，一位神僧手托药葫芦踏波而来。这位神僧自称愿用彭祖之法，以艾草等中药材行医治病。他整天手托葫芦走街串巷，田间地头也常见他的身影，解除了许多人的病症，解救了不少人的性命，终于彻底消灭了流行的瘟疫。他还把不少偏方教给乡邻，至今馆陶一带民间还流传着许多关于艾草治病、艾草驱邪的土方子。流传的民谚也很多："艾草是个宝，辟邪去秽不能少。""家有三年艾，郎中不用来。""清明插柳，端午插艾。""菖蒲驱恶迎喜庆，艾叶辟邪保平安。"为纪念这位神僧，百姓们建一寺庙，并铸一尊大铁佛，世代烧香叩拜，祈求佑护祛灾。这寺庙后来俗称"铁佛寺"，村名也渐渐被人忘记，方圆百里只知道这里是灵验的"铁佛寺"，于是干脆改名"铁佛堡"。

彭祖死后葬在今馆陶一带确有史籍依据。清光绪《馆陶县乡土志》载："彭祖墓在城东三十里彭祖店村西南。"民国二十五年《馆陶县志》载有照片，并说："彭祖墓，在县治（今北馆陶镇）东北三十里彭祖店村西南，高六七尺，占地二丈余。"北宋政和年间成书、欧阳忞编写的《舆地广记》："彭祖自唐历夏殷，封于大彭，号彭川。周末浮游四方，入蜀有宅在象耳山下，一名彭龄，字幼朔，曾寓蜀、游楚、居涿，终于武阳郡彭祖店村，村即以此得名。"其中"武阳郡"，隋代改魏州置，那时辖境包括馆陶县彭祖店村。彭祖是历史名人，其墓葬有多种说法：江苏徐州（彭城）、浙江临安、河南鄢陵、陕西宜君县彭镇彭村、四川彭山区。但北宋典籍关于馆陶彭祖店村（今属山东省临清市）彭祖墓的记载，在现存各种文献中是最早、最明确、最具体的。彭祖的故事和精神已经深深扎根在这片热土上。

我心目中的雁翼先生

涂静怡（台湾）

1991 年 12 月，应大陆雁翼先生之邀，第一次访问大陆，其内心是恐惧和不安。因早期所受的教育，一直以来也只灌输我们一种负面和敌对的观念。我不敢一个人贸然应约前往，于是，便邀约《秋水》社长雪柔和东北荒岛、张真作保护。雁翼陪伴我们武汉三天之行，亲切而自然。上海愉快活动之后，我们在苏州结拜为义兄妹。雁翼成了我们敬爱的大哥，我是大姐，荒岛是老三，雪柔排行第四，张真最年轻成了我们的小弟。我们还买了五件同款枣红色棉夹克在杭州拍下此行最经典的合影。

十天多彩多姿的大陆行，让我大开眼界，不但看的多，感受也深。而最最令我感动的，不单单是大陆美丽的山河以及名胜古迹，也不是与每一位初次见面的大陆诗友，那种互动的真诚和感觉到他们满满的热情。而是，通信三年，时时刻刻都不忘对我呼唤，催促我，快快来大陆，说"美好的山河，等你来写诗"，激励我踏上中国土地的雁翼先生。

没有他暗中的推荐，我的诗集《秋笺》不会在广州著名的花城出版社出版，让我有机会第一次拿到一大笔（那个年代的好几千元）人民币的版税，尽管《秋笺》在台北也有再版，但不如花城出版社的总编辑杨光治先生亲口对我说的，第一版就印了 14000 册，一年内连续再版十多次，曾一度造成读者疯狂抢购的热潮，听说还出现了盗版，真的不可思议。

一切的一切，如果没有雁翼先生默默地提携，1993 年我的另一本诗集《画梦》，雪柔的《春天在旅行》以及《秋水诗选——盈盈秋水》，也不会在大陆出版社出版，也不会被出版社邀请到学校去参加"现场售书签名"活动，与二百多位排队购买我们书的学生近距离的接触，像歌星的签唱会那样，受到欢迎。

在我的心目中，雁翼先生是一位胸襟宽广，喜欢帮助朋友，才情洋溢的诗人。他虽不是学院派出身，但他勤于阅读，勤于创作，诗、散文、小说、剧本、评论，都难不倒他。他的生活经验丰富，思路敏捷，什么样的题材都可以入诗，因而一直受到读者的喜爱。大陆诗评家执笔为他写过评论的有艾青、公木、钱光培、柯岗、匡汉等三十多位，台湾地区的墨人、文晓村、蓝云、麦穗，香港的丁平、张诗剑。新加坡的原甸，澳洲的黄雍廉，泰国的岑南人等，都评过他的作品。由于他在创作上的杰出表现，英国剑桥国际名人传记中心还特别颁发"世界卓有成就的文学家"证书给他。

其实，雁翼先生并不富有，相反地，还很穷。但他肯提携晚辈，时时不忘付出爱心，对谁都很友善，从不摆架子。他曾为了使爱诗的人多一个园地发表作品，不惜倾其所有，不断地办刊物。《黄河春秋》《世界华文》《黄河诗刊》，都让他投入了许多的心血。他对《秋水》的好，直接促成了1993年我和同仁们在北京大学和西安统计学院为《秋水》的创刊二十周年庆，打开到大陆去举办"诗友会"的大门。

岁月缓缓在向前推移，属于雁翼先生的"文学辉煌记事"，绝非我这支笨拙的笔，所能描述于万一。

生命的拼图，在时光不留情的奔流中，也已渐渐褪色，甚至一块块剥落，再也找不到二十年前的模样和感觉。而对《秋水》和我都照顾有加的雁翼大可，已于2009年10月3日病逝于成都寓所，离开他最爱的诗。追忆他生前（2009年6月8日），因已得知《秋水》办到160期就要停刊的讯息，还特别写信来劝说，希望我能找到接班人，让秋水长流。

然而，五个因诗结缘为义兄妹的人，此刻分散各方，张真因健康出了问题，不再写诗了；雪柔滞留大陆继续追逐她的梦想，已经很少回到台湾。而荒岛有了梦夕和飞白，仿佛早就忘了他曾经那么爱过诗，很少会主动和我联络。

一切都在改变中，包括大陆的经济，包括爱诗人的心。回首过往，走笔至此，抬头仰望窗外，冬日灰蒙蒙的天空，我心怅然。（选自涂静怡著《秋水四十年》台湾2015年5月4日增订版）

忆青岛笔会中遇雁翼

石 英

1981 年六七月间，由山东作协主席刘知侠和常务副主席苗得雨发起主办青岛笔会，在距离著名的八大关路不远的荣成路 5 号一所宽敞的别墅院落活动了五天。在那个年月里，五天的活动并不算很长的。

被邀请与会作家都是山东籍的，他们是：于寄愚、曲波、峻青、雁翼、严阵、石英，加上东道主刘知侠、苗得雨，还有青岛市作协主席、以写渔岛生活著称的姜树茂。应该说，笔会的人数并不多，而且雁翼的出生地馆陶县此时已划至河北省，但诗人苗得雨调侃地解释说："馆陶原来就是属于山东省，我们从来就把雁翼看作是山东的诗人，或者是河北和山东共有的诗人。"这时刘知侠更逗，他插嘴说："其实我也不是地道的山东人，我的老家在河南，我是只在山东工作，现在也算是山东作家了。一进一出，我和雁翼同志扯平了。"他们这番话，说得雁翼只是笑不拢嘴，连说："对对，我对山东一点也不生分。"

其实，从道理上也说得过去。外地人也许并不详知，我还是在记事儿时就听大人说过。那时在故乡夏日村附近纳凉时，听曾在青岛经商多年的三胖哥讲述有关青岛的一个掌故：原来远在青岛建市时，有关方就把当时山东省的 108 个县名都做了街道名。适巧，笔会的第二天我们乘大巴游览市容，正好经过了黄县路和龙口路。黄县是我的老家所在县，而龙口当时是黄县的一个港口，但第一次世界大战期间，日寇就是在此抢滩登陆，大肆烧杀抢劫，并从此自腹背攻占德站之青岛。我幼年时便听老师说：龙口也是国耻纪念地之一。当时只记得我们所经过的黄县路，虽然不长，却很幽雅，在 20 世纪 80 年代，就仿佛有了冷餐馆和咖啡厅之类出现。但那天不知怎么车没有从馆陶路经过，因之前我来过青岛多次，依稀记得馆陶路相比之下并不算小，我作为小弟安慰雁翼兄：日后专门再来看。我相信，他后来肯定是去过了的。

在我的印象中，雁翼兄长少年时期就参加了革命，但在 20 世纪 60 年代，中国作家协会主持出版的五位"青年诗人"选集中，他就名列其中（其余四位是张永枚、李瑛、严阵和梁上泉），实际上他在当时正属于年轻的"老革命"。总之，我本人对一起与会的"老作家"们都心怀敬意。其中于寄愚同志可能知之者不多，但他的革命资历很老，抗战刚爆发时就参加了鲁中徂徕山武装起义。后来一直担任山东革命根据地文化战线的领导工作。我记得抗战胜利后在小学宣传队演的剧本中，有非止一种是"于寄愚"编剧的。他解放战争后期随大军南下，现在安徽省文化系统担负领导工作。战争年代以至建国初期，我常见到有的老同志资历很长，笔耕不辍，在文艺方面做了许多有益的贡献，但平时不事张扬，并不以"大家"自居，在一般文人圈内名不响震。我觉得寄愚同志就是此种类型。所幸主办方的知侠、得雨同志能够不忘耆宿，邀之回乡，共议文艺大业，亦不失为一种风格。

而曲波、峻青则都是抗战初期参加革命的老干部。曲波以长篇小说《林海雪原》影响之大自不必说，峻青作为战争年代的随军记者，写了不少震撼人心、正气昂扬的血泪文字。我自少年时期就在胶东《大众报》上读过他的《马石山上》《血衣》等"文艺通讯"（当时对文艺速写、小报告文学等的俗称）。开国后他的著名短篇《黎明的河边》《老水牛爷爷》等多年选于中学语文课本，凡为过来人是耳熟能详的。

在这之前，我们听到的多是青岛也是避暑胜地的美誉，但在这次笔会期间，我们感受到的却是奇热难当：每天早晨六点就汗流浃背。当年只有简单的电风扇，没有现在这样的空调设备。会方为了照顾我们，研讨的内容没有安排得很紧。譬如第三天上午，就在海边沙滩上伞形凉棚下，请大家喝冷饮或品茶：东南西北，随意聊天。雁翼不知在哪里听说我会唱两口京剧，便提出："咱们也别总是干聊，活跃一下嘛。"雁大哥发话了，我好赖都得依从，因为我在《梅兰芳舞台艺术》看到梅大师从汉剧名家陈伯华那里移植而来的《宇宙锋》，便模拟唱盘唱了一段《西皮原板》——

老爹爹发恩德将本修上，明早朝上金殿面奏吾皇

倘若是有道君皇恩浩荡，观此本免了儿一门祸殃

没想到一段京剧学唱引发出一场关于宦官的话题。忘记是谁表示质疑说：赵高是个宦官，而宦官是不能传宗接代的，那他的女儿是抱养的还是认的干女儿？这一问竟使几天来一直沉默少语的于老打开了话匣子。他说中国在秦朝是

不阉割的，而到汉朝以后才实施了所谓的"净身"措施。所以赵高是可以有女儿的。他的一席话便使大家你一言我一语，丰富了这一影响中国两千多年封建朝政跌宕的"畸男"话题。

正当大家话音未落，苗得雨同志带来了山东籍老诗人臧克家给笔会寄来的贺信。以他特有的热情和风趣使海滩夏日的气氛更加和谐。与此同时，上海《文学报》的编辑、记者而且同是诗人的黎焕颐也赶到了，除了报道笔会，还向各位作家热诚地约稿。那年代这类活动有一种发自肺腑的认真态度。

当时我还在天津百花出版社工作。在谈到编辑工作时，引发了雁翼兄对近二十年前我在天津作协《新港》月刊向他约稿的往事。他说有一次给寄来一组六首诗，他心里估计至多能用四首，却不料六首全发了。对此我说："关键还是稿子有质量，合乎刊物的要求；再说，当时我一个人说了也不算，还要执行主编万力同志批准。"（那时主编是方纪）。这时我的黄县老乡曲波也开口了："干编辑工作既要严要求又不能抠抠索索地点浆水，要有一种大气大方的气派。"

时间自那时至今，又过了三十年，雁翼兄与当时青岛笔会的参加者中，于寄愚、曲波、刘知侠、苗得雨、姜树茂，乃至当时笔会的采访记者、诗人黎焕颐先后逝世，而寿翁俊青已是 96 岁高龄，居上海，虽辗转于病榻仍毅恋人生。记得青岛笔会结束我与他告别时，他正用大毛巾擦着肩背上的热汗，说："青岛虽也不算凉快，但上海更热得多。"我觉得他的言外之意是：再热也还要回到来的地方去。

武训逸事二则

马月起

"千古奇丐"武训是清末行乞兴学的著名人物，其资助千佛寺和尚了证兴学事迹广为流传，这里再讲两则趣事。

给馆陶"二姑娘"说媒

说媒也是武七挣钱办义学的一个途径。民间传说武七说媒还是从给馆陶卖酒的"二姑娘"说婆家开始的。

馆陶街上有家人，老两口守着一个闺女，开了家小酒铺过日子。后来，老头死了，老太太说："妮儿！如今你爹没了，谁守铺子啊？咱家的酒铺就关张了吧！"姑娘说："娘啊，关了酒铺子以后咱吃啥？没人守铺子，我守！"娘说："那哪儿行啊？你个大闺女家，抛头露面的可不行！"闺女说："怕啥？不信有人敢吃了俺！"于是，酒铺就照常开，从此二姑娘站柜台卖酒。

二姑娘人长得漂亮，街上一些不三不四的年轻人就常常借口打酒，想和她说几句话，搭讪调笑几句。哪知这二姑娘性子又冷又烈，整天耷拉着小脸儿，从来不对谁笑一笑。碰到来套近乎的，一句话能噎死你。从此城里的年轻人就常常拿她打赌，说："谁要能逗二姑娘一笑，我请他喝酒。"

这一天，武七乞讨要小钱要到了二姑娘酒铺："姑姑，给个钱吧。我要钱，你行善，攒钱办个义学院！"二姑娘说："没钱，喝酒给你一两！"武七说："那就先在你这存着吧！"说罢扭头就走。后来，武七每次来，二姑娘都是那句话，武训回的也都是那句话。

过了些日子，武七又来了，进门说："姑姑，你给俺的酒攒够一斤了，该取走了!"二姑娘瞪起大眼:"啥一斤了?"武七说:"我每回要钱,你都说'给你一两酒',到今儿个十六回了,正好一斤!"说着拿出个瓷瓶来要酒。二姑娘说:"哪儿就十六回了?早着呢!"武七说:"你说一回,俺就在你门外墙上划一道,不信你来数数,正好十六道!"二姑娘到门外一看,墙上果然画了好多道道,不由得笑了:"你这个武七!——给你!"就给武七打了一斤酒。武七说:"姑娘,你一笑这么好看,给你说个婆家吧!"二姑娘说:"这事,跟俺娘说去!"

武七跟老太太一说,老太太高兴坏了。原来,因为家里没男人,又穷,闺女脾气又坏得出了名,都二十了也没个说婆家的。一见武七说媒,忙问:"有好茬吗?"武七说:"还真有一个!"

原来,武七在甘屯认识一个小伙子。没爹没娘小光棍一个。虽说穷,可小伙子挺机灵,农忙干活,闲了就炸个花生米、煮个面蚕豆什么的沿街卖。由于两个人经常在四乡的集上碰面,就熟了。老太太一听可以上门当女婿,立马就答应了。小伙子一听是馆陶有名的"二姑娘",见过,知道人长得漂亮,便满口应了下来,并爽快地给了武七谢媒钱。过门后,两口子的小酒铺开得越来越兴旺。

人们听说了这事,都觉得挺稀罕,见了武七就问:"武七,你个要饭的还能说成媒?"武七仰起头骄傲地说:"保媒的是我'义学症',婚事雷打不能动!"

时间一长,托武七给儿子姑娘说媒的还就多了起来。说媒还真成了武七的一项重要收入。

"求求馆陶的娄进士"

1868 年武七 31 岁,母亲崔氏去世了,他便和两个哥哥分了家,分得三亩地,转手卖了一百二十串钱,加上手里的一百多吊钱,他有了不小的积蓄。

怎样更多更快地积聚办义学的资金?当时放债利息很高,相比买地出租更合算。武七决定用这些钱放债生息。一个讨饭为生的乞丐放债,肯定没人上门借贷。他不识字,更难以办这样的事。于是,他决心求别人代行其事。

有钱放债,肯定要选富家。可是哪一个富家肯为一个叫花子办事呢?武七找到馆陶县刘塔头村富豪刘某,在他家门口跪了几天,刘某说什么都不答应武七的要求。后来,终究有个富人答应了他,可那人却欺负武七贫穷憨直又不识字，结算利息时总是不给或少给他。武七难与分辩，只能气愤地说道：

"人凭良心树凭根，

各人只凭各人心。

你有钱，我受贫，

防备上天有真神"。

据说，武七存钱放贷时因托人不当而吃亏的教训不止一次。他既怕只存钱不生息或利息太少，又怕贪图高息落个本息皆无。后来，他决定将存钱放贷的事托付给正直可靠、热心公益的人。他瞄准了一个人——馆陶县娄塔头村武进士出身的娄峻岭。但人家怎么会看上他这个乞丐呢？更不用说替他存钱放贷了。

武七走到塔头村娄进士家大门口，站着不走还不断念诵道：

"兴义学，没心烦，

现在已有二百一十串。

存本钱，生利钱，

求求馆陶的娄进士。"

娄家的人起初不明白他的意思，看他疯疯癫癫的不放他进门，要撵他走。他坚决不肯离开，跪在门口不动，直跪了一天一夜。又念着说：

"不求米，不求面，

只求进士见一见。"

后来终于感动了娄峻岭。见面后交谈几句，娄峻岭十分看重他，说："武七能成大事。"于是答应帮他存钱放债生息："行！我替你办！保证连本带利一文钱都不少你的！"从这以后，有娄进士经手，武训的债才算放开了。武七一有钱，就到娄家存放。后来娄峻岭的同宗弟弟娄松岭、娄瑞岭也帮助武七存钱生息。武七有了钱就买地，也让娄氏兄弟代为经营，为其出租收租。有了娄进士做靠山，借了不还的人不能说没有，却是大为减少了。

武七积攒的钱财越来越多，这中间他曾屡次请娄氏兄弟代为筹备办义学，娄峻岭则苦口婆心劝他先娶妻成家立业，武七却毫无所动。他唱道：

"不娶妻，不生子，

修个义学才无私。"

其兄长亲友多次求取资助，他毫不理顾，唱道：

"不顾亲，不顾故，

义学我修好几处。"

后来，娄氏兄弟把武七的田契、银钱账目都交还给武七，让他另找别的人帮他管理财产和办义学。

武七无可奈何，只得另外去找堂邑本县大乡绅、进士杨树坊。他听说柳林镇贡生杨树坊家中有田数顷，为人正派，急公好义。柳林镇与武家庄同属于堂邑县，相距只有五里地，往来甚为方便，武七觉得这又是一个存钱的好地方。他跑到杨府求见，杨家的门人认为叫花子求见主人必无好事，不肯通报。武七一直在杨家门前跪了两天，门人觉得有些奇怪，终于让他进了门。杨树坊初见武七，以为他来要钱。武七说，我不是向您来要钱的，而是来恳求您替我存钱的。听了他讲述存钱的原因之后，杨树坊惊诧不已，急忙把他拉起来，答应替他存钱生息，并同意帮助兴修义学。从此，武七赚的钱，只要积满一串，就去交给杨树坊。（注：武训原山东馆陶县人，今属山东省冠县柳林镇）

03

抗日纪事

寿山先生

李春雷

寿山先生去世 62 年后的一个暮春的中午，我来到他的故里——河北省馆陶县寿山寺乡寿山寺村采访。谈及当年惨烈的一幕幕，他的孙子张子成老泪纵横，泣不成声。

张子成是爷爷遇害全过程的目击人。

73 岁的张子成步履蹒跚，带我来到村中心庙前的一个大土坑边，颤颤巍巍地说，当时，这里全是红糊糊的血浆，冒着白气，坑沿下滚动着几十颗人头，像一片砸烂的西瓜。

他又指着坑上沿西北角的一片空地说，这里原有一棵老槐树，爷爷就是被吊在树上活活烧死的……

当年的寿山寺村，原名南彦寺。由于距离县城（编者注：指旧县城，今山东冠县北陶镇）45 里，日本人鞭长莫及，这里的抗日气氛格外浓烈。

涂红小村的原因还有一个，著名抗日将领——国民党鲁西游击总司令、聊城行署专员范筑先和八路军著名将领——129 师新九旅旅长张维翰，都出生在这里。一个小村同时诞生两个抗日名将，这在全国也是独一无二的吧。

小村有一个民兵队，40 个人，24 条枪，每天早晨以铜锣为号，在村外的打麦场上进行军事操练。晚上，队员们则聚在一起，学唱抗日歌曲。唱歌、口号、喊杀声，队列、投弹加冲锋。老百姓的热情也被鼓动起来了，每当训练时，老太太们纷纷出来观看，树上的孩子们也迎合着喊，仿佛整个小村都在喊。

更让小村人有底气的是开明财主张寿山。

寿山先生 1893 年出生，少年从军，曾在湖北督军王占元部下任连长、营长，后来升任湖北煤建局局长。1926 年，王占元败散后，寿山先生隐退老家，置办庄田，课教子孙。日本人进占冀南，一些士绅充任伪职，送粮送钱送女人，而他却与八路军交好，不仅自己带头捐献，还担任村粮秣委员，秘密为八路军筹粮筹款。由于他的特殊影响，八路军冀南军区的不少高级将领常常登门拜访。

张子成清楚地记得，宋任穷、陈再道曾几次到家里做客。村里村外、房前屋后遍布岗哨，宋、陈与爷爷在屋里吃饭喝酒，高声谈笑。那一年冬天，邓小平从涉县来到馆陶，还在他家秘密住宿三天。白天，邓小平就在屋内看书，闭门不出。每到夜晚，几匹战马便悄悄进村，那是冀南军区和地方党委的主要干部。马蹄磕在门前的石阶上，火星四溅……

张子成说，爷爷脸大、体胖，总是笑眯眯的。家里虽然有几百亩地，雇佣不少长工、短工，但爷爷精通各种农活，习惯亲手耕收。雨雪天气，他就坐在院里，教自己学文化："上学识字，先认姓名。认会自己，再认别人。祖父祖母，爹娘儿孙……"

南彦寺村西南7里许，有一个小镇——房寨，是八路军冀南军区新八旅23团秘密驻地，团长郝树祯经常偷偷地来找寿山先生商谈。由于日军凶焰正高，八路军困难重重。他们默默地抽着烟，苦思冥想，愁雾飘满了小屋。

日本人发现这一带八路军活动频繁，就在村南4里的法寺村修造一座炮楼。摩托和马队在路上来回巡逻，黄尘滚滚，恶气汹汹。

寿山先生亲近八路的消息被汉奸侦知。炮楼里传出话来，让他小心狗头。

1943年阴历年前，寿山先生又为23团筹办了一批小麦，正准备送去，形势突变。部队立即转移，不仅没有带走小麦，还送来一批子弹和枪支，委托妥善保存。他二话没说，当天夜里，就和家人把这些物品藏进了村东张家菜园的一眼土井里。

小村的眼睛睁得圆圆，日日夜夜盯紧四周。冬天夜里太冷了，怎么办？就在野外挖一个井状深坑，人跳进去，只露出头。实在寒冷时，就钻进粪堆里。乡下人每年秋后都把积攒的杂草垃圾和猪粪牛粪搀在一起，堆成坟丘型或方块型，发酵后，里面热气腾腾。挖一眼小洞，钻进去，虽然臭气熏熏，身上却是温暖烘烘。

正月十四黎明，300多名日军突然袭击，被粪堆中的眼睛发现了。一声报信枪响，村民全部撤退。日军进村，一无所获。

村民们返回后，庆贺胜利。根据经验，日军扫荡都是一次性的，短时间内不会再来。

可这一次，小村大大地失算了。

仅仅只隔一天，日本人就杀了回来。

塌天大祸，骤然降临！

凌晨时分，日军猛然从四周包围小村，挨家挨户把村民驱赶到村中央大庙前的一个大坑里。寿山先生和民兵们都来不及转移，尽在其中。

日军先是从人群中拉出一个中年人，没有问话，直接劈砍。接着，日军又拉出十几个青年男女，剥光衣服，拷打、火烧、灌水，逼问谁是民兵，谁是村干部。不吐实情者，全部砍头。十几条生命，霎时崩灭。殷红惊颤，白雾弥漫，血腥浓烈，直呛鼻喉……

村民张廷俊吓得浑身筛糠，屈膝求生。村长范树奇，民兵武进安、范树伍、范成发和范成普等人被一一指认出来。但这些人都是硬汉子啊。日本人拷问无果，悉数砍杀。

寿山先生身披一件破棉袄，头裹一条灰毛巾，脸上涂满锅黑，抱着小孙子，被人群拥挤在最中间，不幸也被揭露。

大坑西北角有一棵老槐树，几百岁了，是小村人敬奉的"槐仙"。村民笃信不疑，逢凶遇难，总来叩问是非；离乡远足，都来祷告平安；久婚不孕，便来拜求子嗣。但这棵古老的神树啊，现在却不能庇佑它的乡民了。

日军先是把寿山先生横捆在树下的一张木床上，追问粮食在哪里？枪支在哪里？

寿山先生摇摇头，闭着眼，拒不答话。

几个皇协军便开始撬寿山先生的嘴巴，灌辣椒水——红红的辣椒捣碎后，掺水，辛辣无比。

寿山先生猛烈地咳嗽着，破口大骂："狗日的小日本，野兽……"

日本人把他吊在树上，脚下堆满木柴，泼洒煤油。

一个岁数稍大的皇协军凑到寿山先生面前，低声耳语。

寿山先生咬牙切齿，再次狠狠地摇摇头。

恶毒的火焰点燃了。

大火舔着寿山先生的双脚。他拼命地挣扎着，像钓钩上的鱼："我操你祖宗！小日本，王八蛋……"

寿山先生素来是一个文明人，从来都是笑眯眯的，从来没有说过粗话啊。

日本人愈加恼怒，愈加疯狂。

太阳在云层里闭上了眼，大槐树悲恸地哆嗦着，房子和树都在剧烈地颤抖着。它们怎么也不会相信，举村敬佩的寿山先生竟然惨遭如此丧尽天良的折磨。

狗日的日本人！狗日的日本人！

连躲藏在小村角落里的鸡狗牛羊们，也都在狠狠地咒骂着，咒骂着……

日本人挖地三尺，最终也没有找到粮食和枪支弹药，撤出之前，把寿山先生的房子全部点燃，也把小村叛徒张廷俊的头砍了下来。

这一天，日军在南彦寺村共杀害村民53人。

几天后，八路军23团的官兵回到小村，在村东张家菜园里高搭灵棚，为寿山先生举行公祭。300多名官兵在团长郝树祯的率领下，集体跪下，泣泪宣誓，为寿山先生报仇！

又一天夜里，宋任穷骑一匹枣红马来到张寿山坟前致哀，并向陪祭的当地干部传达邓小平和冀南行政公署命令：将南彦寺乡南彦寺村改名为寿山寺乡寿山寺村。而后，他掏出一张纸，交给寿山先生的二儿子张化普，嘱咐：从今以后，可以凭此证向当地抗日政府领取抚恤。

那是一张特殊的证明，上面签盖着冀南行政公署及领导人的印章。

张化普今年78岁了，现住黑龙江省塔山县，已瘫痪多年。我电话采访时，他也是哽咽难声。

他是"文革"中出走的。那时，因为父亲与邓小平、宋任穷的关系，寿山寺乡寿山寺村被改名为向阳公社向阳大队。张家被查抄，那张特殊的抚恤证也被火烧成灰，人身也受到摧残。"文革"过后，国家规范地名，村名又要改回先前的南彦寺。张化普专程到北京申诉。宋任穷说，寿山先生对革命有大功，还是叫寿山寺吧。

于是，乡村名字又分别重新确定为寿山寺乡和寿山寺村。

我到寿山寺村采访的那一天，正好赶上大集。

石榴如火，杏儿金黄，槐花桑葚，各呈黑白。太阳的暖香，静静地飘浮在街市上。人们熙熙攘攘，笑语喧喧，处处飘酒香，满街晃醉人。60多年过去了，安逸早已成为庸常的生活，他们或许不再理会寿山寺的含义。再或许，他们压根就不知道这个世界上曾经有过一位名叫张寿山的老人……

日军误把萧城当县城

牛兰学

1937 年 7 月 7 日，卢沟桥的枪炮声，贴着华北大平原丰腴的胸膛，向南滚滚而来。保定、石家庄、天津、德州先后躺在血泊里。

11 月 23 日后半夜，日寇集结千余人，从山东省临清出发向馆陶县扑来。临清距离馆陶县城（今山东冠县北陶镇）大约 60 余华里。他们举着"膏药旗"，开着汽车、摩托车，拉着重机枪、火炮，沿着公里疾驰，杀气腾腾，尘土飞扬，夹杂着刺鼻的汽油味道，洒下一路恶臭。诡异的是他们绕过馆陶县城直奔萧城（今山东冠县萧城）而来。

萧城位于馆陶县城东南 5 里，是一座历史名城。历史记载，宋真宗景德元年（公元 1004 年）为辽国萧太后所筑。相传此城是辽兵用头盔装土，一夜夯成，故俗称"盔安城"。它见证了历史上著名的"澶渊之盟"的签订，结束了宋辽之间的长期战争。既是全国唯一一个以女人名字命名的城市，又是一座和平之城。城周长 10 里，比县城大一倍。"萧城晓烟"是馆陶县古八景之一。一般地图标注时，往往用黑色方框标出。原来，日本鬼子按地图作战，误把萧城当成了县城。

黎明时分，日寇包围了萧城。顿时，炮声隆隆，惊天动地。日军登上城墙，枪声大作，四处扫射。此时，手无寸铁，毫无防备的萧城居民不知发生了什么，惊恐万状，四处躲藏。胆大的陈立勋和陈兴武的妻子，扒着墙头往城墙上瞭望，一粒子弹将二人射死。部分青年跑到藏兵洞或者树林里，抗日的怒火在胸中燃烧着。

随后，日军进城逐户清查，把老人、儿童赶到村中庙前。村民敢怒不敢言，日军肆无忌惮叫唤了大半天。当他们看到萧城没有任何抵抗力量，并不是什么军事要塞，也不是县城时，于天黑前便向县城杀来。

此时，县城四门大开，日寇没遇到任何抵抗，大摇大摆走进了县城。原来，国民政府县长王华安早在9月10日就携款潜逃，不知去向，政府随即溃散，处于无政府状态。日寇随后成立了日伪政权，开始了血腥统治，也开启了馆陶人民艰苦卓绝的抗日战争大幕。

1937年11月29日，馆陶县城日军20余人外出骚扰，满登鳌带领抗日游击队等在葫芦营（今属山东）黄河故道伏击日寇，打死日军2人，打伤5人，缴获三八式步枪2支。这是馆陶县境内对侵略者的第一次战斗。

由于日军组织侵占武汉南下，日伪军在县城只保留少量人员。1938年5月15日，共产党领导的范筑先抗日司令部十支队趁机收复了馆陶县城。成立了中共馆陶县委、馆陶县民主抗日政府。1939年，武汉失守后，日军3万人回师华北。2月12日，日军占领邱县县城（今河北邱县邱城镇）后，继续向东边馆陶县进犯。日军出动轰炸机3架，汽车47辆，装甲车4辆，共计2000余人向卫河袭来。15日在卫河岸边遭到筑先纵队顽强抵抗，留下500余具尸体。最终，因为敌我力量悬殊，撤出县城。2月17日馆陶县城第二次沦陷。随后，日军继续南侵。2月19日占领南馆陶镇（今馆陶县城），随后建立据点。

日军南馆陶（今馆陶县城）据点是馆陶县城（今山东冠县北陶镇）外最大的一个据点。驻地在民国上将军王占元的旧督军府（今馆陶县城陶山街东段，保存尚好），这里有250间房，三座四层楼的房屋，驻有日军"红部"一个小队和伪军等大约600余人。此后，抗日的烽火在卫河两岸风起云涌，侵略者陷入了人民战争的汪洋大海，直至灭亡。

采访手记：2014年冬天，我去寻访北陶镇，自从1955年馆陶县城南迁新址后，这里降格为镇政府驻地。原来县政府的水牢上建起了四层大楼，西厢房还有6间老房被杂草簇拥。城墙只剩西北角豁齿留牙一段。倒是，萧城已经成为"国家级文物保护单位"，站在千年点将台上，松涛阵阵，仿佛当年抗日的怒吼。（牛兰学根据冠县北陶萧城史料搜集整理）

誓死不渡黄河南

刘才干　李奎

1937 年农历十月十七日，位于鲁西的聊城已经进入深秋季节，街道两旁树枝的金黄树叶大都已经飘落，一阵风吹来，仅剩的几片树叶和光秃秃的树枝一起在风中飘舞，仿佛在召唤冬天的到来。

随着天边最后一抹晚霞地褪去，夜幕开始慢慢降临了，劳碌了一天的聊城市民纷纷回到家里，喧哗的大街立即变得宁静了起来。

然而就在这时，山东省第六行政专署会议室内外却突然热闹了起来，三三两两的军政干部有的相互议论着什么，有的低头沉思着，陆陆续续地走进了会议室。晚 19 时，50 多岁留着胡须的范筑先走上了讲坛，宣布会议正式开始。一场激烈的辩论也由此开始，辩论焦点是要不要向全国发出"誓死不渡黄河南"的通电。

一名被日军嚣张气焰吓怕了的干部，站起来大声说："我们要给自己留条后路，何必破裤子先伸腿呢，要是先发了通电，万一以后在这里站不住脚了，再退走就被动了。国民党几十万大军都抵挡不住，纷纷向南溃败，咱们专署这几个人能不能抵挡得住，还要看看再说。"

听到这名干部的发言之后，会场中出现了一些争议，那些国民党恐日派纷纷表示支持，但姚第鸿等我党同志却表示反对。他立即站了起来，力陈坚持鲁西北敌后抗战的可能性和必要性，表示坚决拥护范筑先领导鲁西北人民抗击日本侵略军，主张把电报发出去。

辩论已进行了两个小时，双方争论不下。范筑先神情凝重，他静静地倾听着两种截然不同的意见，思绪却在上下翻滚。只见他缓缓站起身来，环视大家，目光坚定地说："现在日军到处横冲直撞，残害百姓，我们是国家委派的官吏，是鲁西人，守土有责，任何情况下都不能撇下家乡父老逃命。发通电就是给

'恐日病'分子一个教育，告诉他们中国是征服不了的，我们鲁西北人民就敢起来抗击日寇。抗战需要人民援助，不通电全国抗日，人民如何支援我们呢？当然在敌后抗战肯定是有困难的，但是只要各党派、各界人士团结起来，动员全鲁西北广大群众起来参战，我想一切困难都可以克服。所以我已下了誓死不渡黄河南的决心，留在自己的家乡和日寇血战到底。大家愿随我抗战的就留下，不愿者自便，决不勉强！"

范筑先的这个表态，立即得到了我党同志和一些爱国的国民党军政干部的支持。次日，全国各大新闻媒体都全文发表了范筑先"誓死不渡黄河南"的通电，全文如下：

全国各报社、各通讯社、各机关、各学校、各人民团体钧鉴：

既自倭奴入寇，陷我东北。铁蹄所致，版图易色。现我大军南渡，黄河以北坐待沉沦。哀我民众，胥蹈水火。午夜彷徨，恤血椎心。筑先忝督是区，守土有责，裂眦北视，决不南渡。誓率我游击健儿和武装民众，与倭奴相周旋。成败利钝，在所不记，鞠躬尽瘁，在所不辞。所望饷项械弹，时予接济。伴能抗战到底，全其愚忠。引颈南望，不胜翘企。

山东省第六区行政督察专员兼保安司令范筑先叩皓（19日）

在日军横冲直撞不可一世、国民党几十万大军狼狈溃退、各地国民党政府官员纷纷南逃的情况下，范筑先的通电，不仅极大地激发了鲁西北人民的抗日热情，而且让全国震惊、世界瞩目，使整个中华民族为之振奋。

智端徐村炮楼

尹子立

五分队建于 1940 年，后不断壮大，是插入敌占区的一把尖刀。1942 年春，敌人"大扫荡"，五分队被迫离开五区。经过两个月的整训，当年六月地里高粱长到一人来高时，在新任指导员宋书香的带领下，奉命返回五区，不少人就住在郭太美家。他们在郭家挖有地洞，以备不时之需。"冬缺棉衣夏缺衫，虱子跳蚤疥疮粘；粗饭糊口宿牛棚，形势瞬变古墓钻。"这四句顺口溜，正是当时艰苦斗争形势的写照。

南徐村据点是一个较大的据点，日伪军在南徐村建有 3 个炮楼：村南、村北各一个，村西 500 米一个，驻伪军 1 个中队、2 个小队，共计 160 余人。南北两个炮楼为居民楼。村西炮楼是由伪军队长"大破车"（原名张益清）搜刮民脂民膏，役使民力修建的一座炮楼。炮楼占地十余亩，周围是一丈多深两丈多宽的壕沟，沟底丢满带刺的枣树枝子，架一座吊桥作为通道。

"大破车"是日寇豢养的一条疯狗。七年来，他的双手沾满了我抗日军民的鲜血，是个无恶不作的民族败类。抢粮抢钱、架户绑人是家常便饭。在他的炮楼里，一层是关押老百姓的"号子"，要人就拿赎金，否则撕票。据郭辛庄村老人回忆，打徐村炮楼前，日伪军下乡扫荡，郭辛庄一个叫"王老拼"的孩子被开枪打死，郭庆海肋骨挨了日伪军一刺刀，郭万仲让日伪打了一枪。当地老百姓对他恨之入骨。

1944 年，我抗日力量越战越强，日寇败局已定，其它据点的伪军不敢继续作恶，唯独"大破车"这个败类仍然十分嚣张。我县大队曾几次要消灭他，都被他溜掉了。刚进 12 月份，"大破车"就开始向周围各村催派粮、柴、肉、油了。

前许庄离炮楼一里多地。群众在我五分队的支持下拒绝给炮楼送柴草，"大破车"便亲自带人将前许庄村长抓进他住的西炮楼，严刑拷打，直到村里人答应第二天送柴草，被打得奄奄一息的老村长才让村里人抬走。前许庄村的地下党员闫明忠把这个情况向上级作了汇报，觉得这是一个除掉"大破车"的好机会。我县大队下定决心除掉"大破车"，一来为周围村庄除掉一害，让老百姓高高兴兴过个年；二来也是杀鸡给猴看，灭灭敌人的嚣张气焰。于是把除掉"大破车"的任务交给住在郭辛庄的五区分队。

五区分队指导员宋书香，冠县宋庄人，足智多谋，胆大心细。1944年12月14日夜，五分队在郭太美家召开群英会，制定出巧夺吊桥、智除败类的作战计划。五分队队员们按计划趁着黑夜分头出发。一班插进徐村南，在西街隐蔽，以阻止村北、村南两个炮楼的日伪前来增援；二、三班赶到离西炮楼一里多地的河套村，待听到炮楼枪响后，二班火力掩护；三班立即向西炮楼发起进攻，并派侦察组赶到离徐村15里的马头村设下埋伏，以监视和阻击北馆陶的可能增援之敌。

第二天天刚亮，指导员宋书香和战士王西山、刘文玉、郭祥智四人打扮成农民模样，将手枪揣在怀中，每人扛了捆高粱秸，沿着小路向西炮楼出发了。他们来到西炮楼前，只见吊桥高吊，一片死寂。炮楼的敌人还在睡大觉。宋书香往四周一看，只见一个伙夫起来烧火做饭。宋书香小声向里喊道："老总，送柴火来了。"那伙夫听到叫声，一边走，一边问："是哪个村的?"宋书香答道："俺是前许庄的。""前许庄的，嘿嘿，你们是不挨鞭子不过河呀，要是早这样，顺顺溜溜给咱送来，你们村长还能受那种苦?"那伙夫边嘟囔，便将吊桥放下。宋书香四人走过吊桥。

当那伙夫看到宋书香的手枪顶住他的胸口时，张大嘴巴连气也喘不上来了。宋书香小声说道："你敢出声就打死你。"他们将伙夫绑在厨房的柱子上，嘴里又塞了一块擦桌布，然后迅速冲进"大破车"所住的东屋去。

"大破车"的小勤务兵正好提着便壶从南套间出来，当他看到四个端手枪的人闯进屋来，吓的"娘啊"一声怪叫，转身想往套间钻，宋书香没等他转身，便飞起一脚将他踢倒在地，飞身冲进套间。"大破车"和小老婆正在睡觉，躺在热被窝里的他听到声音，知道大事不妙，光着屁股便跳下了床。这时宋书香的枪口对准他的脑袋就扣了扳机，可惜枪没打响。赤身裸体的"大破车"随手抓过一把上着刺刀的步枪就向宋书香胸口扎去，宋书香急忙侧身躲过刺刀，顺手抓住枪身，"大破车"左拳一举，砸向宋书香脑袋。宋书香用右手向外一搪，将来拳挡住。"大破车"小老婆吓得哆哆嗦嗦，光着身子在铺上磕头求饶。"大破车"是戏子出身，有些拳脚功夫，俗话说"好汉打不过赖戏子"。当然，宋书香也不是吃素的，此刻急中生智，左手将来拳一挡，右手猛地一下用手枪戳中了"大破车"的左眼，飞起一脚踢中了他的小腹。"大破车"大叫一声，仰面倒地。宋书香此时迅速排出手枪中的臭弹，将这个罪大恶极的民族败类给处决了。与此同时，王西山、刘文玉、郭祥智三人也迅速消灭了北套间里的一班敌人。

枪声一响，整个炮楼顿时大乱。我埋伏在小河套村的二、三班的战士听到炮楼内枪响，立即向炮楼发起进攻，用火力封锁了炮楼的垛口和枪眼，打得炮楼上的敌人首尾难顾。这时北炮楼来援的敌人也遭到我埋伏在西街的一班战士的迎头阻击，退了回去。南炮楼上的敌人一见北炮楼遭埋伏，吓得连吊桥都没敢放，只在炮楼里毫无目标的胡乱往外放了一阵枪。趁着炮楼内的敌人惊慌失措之际，宋书香、王西山、刘文玉、郭祥智四同志用手枪封住西炮楼上的枪眼，边打边退，撤出南徐村。这次袭击，共击毙伪军8人，缴获大枪8支，手枪2支，凯旋而归。

日军在馆陶的哗变事件

牛兰学

山东八路似乎盛产神枪手。因为和八路作战打得太苦，驻扎在馆陶的日军中甚至因为厌战和对上级的不满发生了二战日本陆军中罕见的哗变事件。

1942 年 12 月 27 日，驻山东省馆陶县的 59 师团所属 53 旅团的一个中队，发生了打骂军官并使部队失去控制的事件。其经过为：

驻临清的独立步兵第 42 大队（原届独立混成第 10 旅团，1942 年 4 月被扩编为第 59 师团）通知驻馆陶县的第 5 中队，调出金丸军曹、金子兵长、向里、冈田、铃木上等兵、田边一等兵 6 名士兵于 28 日至大队部报到。27 日下午，该中队的中队长福田，通知了被调出的 6 人。这 6 人当时即有不满之意，晚间为其送行就餐时，见桌上仅有少量白酒和葡萄酒就更为气愤，当即将桌子推翻，后去厨房与炊事人员一齐吃饭并喝了八瓶白酒，还在桌上大发议论和牢骚，发泄对这次调动的不满。饭后，又强拉浅野准尉至营外的饭店再次喝酒，中队值日员日下曹长上前阻止时遭到了殴打，在场的中队长也被这些半醉的人推搡开。

这 6 个人因平时对浅野不满，所以在喝酒时，浅野几次被打，夜间也未敢回营而在街上寄宿。

28 日上午，6 名闹事的士兵又去街上喝酒，中队长派铃木少尉叫这些人回营进行武器、装备清点交代时，铃木也遭到了痛打。13 时左右，这几个人到了中队部，当着中队长及其他军官的面，再次痛打了浅野准尉，中队长见势不妙，即至营区外躲避。

此时，这些闹事的士兵又至食堂将炉灶推倒，砸碎了玻璃，并至各宿舍踩坏了枪架，还摔坏了中队部的电话机。当卫兵员去阻止时，他们更为生气，拿起了步枪开火，接着又扔手榴弹。因都是熟人，哨兵不便加害，离开哨位而躲避。

这6个人乱开枪、乱扔手榴弹，使营区内一时秩序大乱，其他士兵也逃出了营区。

闹事的6名日军，为寻找军官进行报复，即至馆陶伪县公署、饭店、旅馆、商店等处乱翻乱订，谁也不敢阻挡。直至16时之后，才回宿舍整理背包并与一些人照相留念，17时30分乘汽车去东北方向的临清。当时大队副官已接到第五中队铃木少尉的电话报告。当晚20时，这6名士兵到达临清时即被扣押。

此时，独立步兵第42大队长、步兵第53旅团长，以及第12军司令官，刚和部队扫荡胶东后回到济南，对此事随即进行调查。

第12军在派出一个小队增强了馆陶的防务后，将第五中队内与闹事有关的41人，于1943年1月8日，调至济南进行处理。当晚，福田中队长感到责任重大而自杀。

第12军经军法审判，对6名闹事的士兵，以构成结伙使用武器、违抗命令、殴打上级、故意破坏军用物品罪，作出判决：两人被判处死刑，1人无期徒刑，3人有期徒刑3至6年。此外，对铃木少尉、日下曹长及卫兵4人，以构成渎职罪而判处禁锢刑。

对闹事直接有关人员进行处理后，日军的高级机关于1943年3月1日，对此事件负有领导责任的独立步兵第42大队长五十君直彦大佐予以撤职；步兵第53旅团长大熊贞雄少将予以撤职；步兵第59师团长柳川悌予以撤职；陆军第12军司令官土桥一次中将撤职。

当时，事件发生之地，人们称之为"日本洪部"，在原来伪县长公署东大约五六十米的地方。今该地已经改建成为居民区。

"这次日军内讧事件在聊城抗战史上是独一无二的，它不应该被人们遗忘。"知情人士介绍，和此次事件有关的只有当时伪馆陶县县长公署还存在。

之前，该公署是由一座四合院、一个穿堂和一栋办公楼组成，坐东朝西，在原馆陶县南北大街东侧（今北馆陶镇东街北侧），现在，四合院和办公楼已经拆除，仅存一座穿堂，诉说着过去那段饱含血雨腥风的历史。

以"馆陶事件"为代表，侵华日军内部风纪的败坏，暴露出自我吹嘘"纪律严明""不可战胜"的"皇军"，自身存在难以克服的种种问题。中国人民的顽强抵抗，从根本上粉碎了日本统治者的那些中国软弱可欺的蛊惑宣传和欺骗，侵华日军的士气低落和厌战情绪弥漫，主要是基于面对严酷现实的一种自然的生理和心理反应。据《人山报》载，1943 年 5 月 25 日夜，驻扎在馆陶护法寺（今法寺村）据点的两名日军因为厌战自杀，未敢实行火化。（牛兰学摘自整理于《国破山河在》等书刊网）

聊城曾叫"筑先县"

牛兰学

1937 年，八路军、新四军合计是 4 万人（《毛泽东选集》第二卷 404 页），刘伯承、邓小平率领 9000 将士走进太行山创立根据地。而在鲁西北却活跃着一支当时最大的抗日游击队，有 35 个支队，共计 6 万余人，号称"十万铁军"。毛泽东同志 1938 年 5 月在《中国抗日战争游击战略》中高度评价、简要总结道："河北平原、山东的北部和西北部平原，已经发展了广大的游击战争，是平原能够发展游击战争的证据（《毛泽东选集》第二卷 420 页）。"这支最大的抗日游击队主帅就是馆陶县人范筑先将军。

1881 年 12 月 12 日，范筑先出生在山东省馆陶县南彦寺（今河北省馆陶县寿山寺）村一个贫寒的农民家庭。1890 年入义学读书，后辍学务农、经商。1904 年到北洋陆军当兵，后进入北洋陆军讲武堂学习。1911 年辛亥革命后，范筑先加入国民党，先后在北洋军任中央陆军连长、营长、补充团长、师参谋长和旅长等职。1926 年国民革命军出师北伐，在冯玉祥部任高级参议。1933 年初，被任命为山东沂水县县长、临沂县县长。他常走访民间，扶持生产，组织救济，被百姓称为"青天父母官"。1936 年冬，调任山东省第 6 区行政督察专员、保安司令兼聊城县县长。

1937 年 4 月，中共中央派联络局彭雪枫由北平来山东开展抗日民族统一战线工作。强调范筑先富有爱国心和正义感，在鲁西北人民中享有威望，要争取范筑先接受我党抗日民族统一战线主张，同我党合作开展抗日救亡运动。7 月 7 日"卢沟桥事变"，8 月，共产党人张维翰、王化云等同范筑先直接取得了联系，范提出聘请共产党人到鲁西北协同抗战。10 月初，日军占领德州，范筑先派张维翰去济南聘请共产党人到 6 区协同抗战。中共山东省委派 12 名共产党员到 6 区政训处任干事，同时，选派以共产党员、民先队员为骨干的 240 人，分三批来到聊城从事抗战政治工作。11 月 19 日，范筑先拒绝了国民党山东省主席韩复榘的南撤命令，向全国发出了"裂眦北视，决不南渡"的皓电。这份通电的发表，震动了全国，极大地激发了鲁西北人民的抗日热情，也标志着中共鲁西北地方党和范筑先的抗日民族统一战线正式形成。

1938 年春，范筑先先后委派 10 余名共产党员到馆陶、邱县、莘县、寿张、冠县、濮县、观城、阳谷、范县、高唐、齐河等县任县长，鲁西北抗日根据地初具规模。为便于统一指挥鲁西北抗日武装力量，1938 年 5 月 1 日，范筑先采纳鲁西北特委的建议，将第 6 区保安司令部改为"山东省第 6 区抗日游击司令部"，并任司令。1938 年 6 月 14 日，范筑先应邀到河北威县与八路军 129 师副师长徐向前会晤共商抗日大计。9 月 23 日，范筑先在河北南宫会见徐向前、宋任穷等，欣然接受中共关于广泛动员群众、建立抗日根据地、整顿部队、团结合作、长期抗战等主张。范筑先在一年多的时间里，收编地方武装、民团等发展到 35 个支队、3 路民军，共 6 万余人，对日作战 80 多次，歼敌 5000 人以上，收复保卫了鲁西北 32 个县，在敌后开创了轰轰烈烈的以聊城为中心的鲁西北抗战新局面。

1938 年 10 月下旬，中共山东省委书记黎玉、八路军山东纵队总指挥张经武等同志从延安带来了毛泽东给范筑先的亲笔信及《论持久战》一书，信中高度评价了范筑先在山东敌后坚持抗战的重大贡献和政治影响，范筑先受到极大鼓舞。11 月中旬，日军 3000 余人分三路侵犯鲁西北地区，其中日军 114 师团千叶联队，于 14 日从东阿渡黄河进攻聊城，其先头部队有步、炮兵 500 余人，汽车、坦克 10 余辆，并有飞机配合。激战数日，终因寡不敌众，范筑先和共产党员姚第鸿（第 6 区游击司令部政治部副主任）、张郁光（鲁西北政治干部学校副校长）等 700 余守城将士，壮烈殉国。范筑先时年 56 岁。

范筑先将军殉国后，震惊了全国。11 月 20 日，中国共产党在延安举行了隆重的追悼大会。同年 12 月 13 日，国民政府在重庆举行了追悼大会。朱德、彭德怀、吴玉章、董必武和蒋介石都亲笔题写了挽联。国民政府还"特令褒扬"，"通令全国下半旗三天"。范筑先是国共两党唯一共同追悼的抗日将军。

1940 年 10 月，为纪念 1938 年 11 月 15 日在聊城保卫战中为国殉职的抗日民族英雄范筑先将军，经鲁西区行政主任公署批准，将聊城县改名为筑先县。中共聊城县委改为中共筑先县委，首任县委书记李甦，聊城县抗日民主政府改为筑先县抗日民主政府，首任县长牛连文。初属鲁西行政公署第四专区，1945

年改隶属冀鲁豫行政公署第四专区。1949 年 6 月 7 日，撤销筑先县县名，恢复原聊城县县名，初属平原省聊城专区。1952 年平原县撤销后改隶属山东省聊城专区，今为山东省聊城市。

2015 年 5 月 6 日歌颂范筑先的电视连续剧《铁血将军》在聊城开机。2014 年 9 月 1 日民政部日公布了第一批在抗日战争中顽强奋战、为国捐躯的 300 名著名抗日英烈和英雄群体名录，范筑先名列其中。

1942 年臧克家发表颂扬范筑先的长篇叙事诗《古树新花》。1962 年雁翼出版剧本《风雪剑》。1988 年，为纪念范筑先将军殉国 50 周年，聊城市在范筑先殉国的地方修建了范筑先纪念馆，邓小平题写了"民族英雄范筑先殉国处"，徐向前元帅挥笔写下了"范筑先与鲁西北抗战"的题词，邯郸市参与拍摄电视连续剧《浴血光岳楼》。2005 年 8 月纪念抗日战争胜利 60 周年时，范筑先铜雕像在邯郸市滏东大街"晨曦园"落成。2009 年 5 月范筑先被列入"百名为新中国成立作出突出贡献的英雄模范人物"候选人名单。2009 年 9 月 30 日馆陶县范筑先纪念馆竣工开馆。2010 年 10 月馆陶县范筑先广场建成投用，同时，馆陶县城一条新修建的街道被命名为筑先路。（牛兰学根据网络资料整理）

神兵天降北阳堡

刘书章

1942 年 7 月，日军对冀南进行奔袭"扫荡"。7 月 8 日，日军在沧县纠集 3000 余人，乘汽车 300 辆，沿邱县到馆陶的公路推进，企图消灭活动于公路两侧的冀南八路军和游击队。7 月 11 日，冀中警备旅奉命从深县、衡水出发，经冀南到山东的阳谷、范县一带集中。

7 月 13 日拂晓，冀中警备旅与"扫荡"的日军一个联队遭遇。警备旅只有第二团五个连的兵力，负责保卫冀中区党委、行署、军区机关共约 500 余人。旅长王长江和政委旷伏兆分析认为，部队连续行军作战，十分疲劳，加之人生地不熟，如果再往前走，有济邯公路和漳卫河相阻；敌人碉堡林立，封锁严密，白日行军，势必与敌人遭遇，陷入被动。如果进村固守，一是部队素质好，排以上干部多数是红军，能打硬仗；二是弹药比较充足（是从国民党顽固派那搞来的，这次转移带上了）；三是北阳堡外围有 6 尺多高的围墙，村外地势平坦，易守难攻。于是进村固守，待机突围。

部队进村后，封锁一切消息，堵村口、胡同口、院落间相互挖通，保护好水井，抓紧时间做饭，又动员群众躲出屋外，分散隐蔽。

太阳升起一树顶子高的时候，敌人向村子内轰了几炮，又打了几枪，见没有动静，以为村内只有为数不多的游击队，便端着枪列着队气势汹汹地从村西口向村内冲来。村西路口有二连防守，配备了三挺轻机枪。等敌人离村不足百米时，机枪、步枪、手榴弹一阵猛打，毙敌近百人。敌人吃了亏，立即散开把村子包围起来。中午时分，烈日炎炎，从临清方向骑自行车赶来增援的 100 多个敌人，弯着腰从村北高粱地偷袭上来。等敌人一靠近，警备旅突然开火，敌人丢下五六十具尸体仓惶后退。"富士车"让游击队骑走了一大半。敌人发现对手是八路军的正规部队，午后又调集了 1700 余人及大量汽车、战马从东面天河村方向驰援北阳堡村。战士们利用有利地形，打得敌人尸横遍野。敌人恼羞成怒，先是炮轰，后来又施放毒气。乡亲们把中毒的战士纷纷抢着往自家抬，给战士喂水，往脑门上敷湿毛巾，直到暂时苏醒过来。经过大半天的激战，敌人未能攻入村内半步，遂调集火炮、毒瓦斯集中到村东口，企图从这里打开进村的突破口。村东路口东南角有一处菩萨庙，突出在村外，庙西有条路沟直通村内，一旦菩萨庙阵地丢失，敌人就有可能突破进村。菩萨庙阵地有一挺重机枪固守，机枪射手老郑是一个智勇双全的老兵，大批敌人死在他的机枪下。战友英勇牺牲，机枪埋在废墟里。机枪排长带领一个排杀向小庙，打垮敌人，挖出重机枪，迅速擦拭干净，又投入了战斗。

战斗持续了12个小时，八路军依村沿工事多次打退敌人进攻，给敌人极大杀伤。敌人的尸首、汽车、死马及零乱的枪支散满了村子的四周。

入夜，狂风骤起，天阴地暗。惯于夜战的警备旅指战员见时机已到，将牺牲的机枪手老郑等20余名战士（一名营长）掩埋在村南侧的一个深坑里，然后挨家挨户动员群众随部队突围。为了不至于走散，战士们把绑腿解下接起来，让群众拉着，有战士端着机枪和刺刀开路，神不知鬼不觉地从敌人的间隙中冲了出去，跳出了包围圈。

第二天黎明，敌人开始炮轰，一直打到日上树梢，才命几个士兵爬着靠近村边。敌人进村后，杀害了还没有撤出去的病残老人20多口。

北阳堡战斗，警备旅仅牺牲20余人（战后得到当地群众的安葬），伤70余人，毙伤日、伪军630人。日军中佐以上的指挥官两个被打死，一个重伤，一个轻伤。敌人用27辆汽车把死人、伤兵拉走，在北馆陶县城架火焚尸，浓烟滚滚，满城腥风。

北阳堡之战，震慑了敌人，鼓舞了人民，政治影响很大。当时延安《解放日报》出版号外，登载了北阳堡战斗的胜利消息。

自从1942年7月馆陶县北阳堡战斗胜利后，在馆陶大地，在整个冀南大平原一直传诵着一首脍炙人口的民谣：

八路军是神兵，真心搭救咱老百姓，

"神兵"天降北阳堡，打起仗来真威风，

来时骑红马，走时一阵风……

1988年5月25日，一位不寻常的客人，就是中顾委委员，原铁道兵政委中将衔旷伏兆同志。这位当年和旅长王长江一起并肩指挥北阳堡战斗取得胜利的旷老政委，46 年后又重返北阳堡村。那天整个村子都沸腾了。旷老将军以无比激动的心情，一一同当年参战的农民弟兄握手，共忆当年在这里战斗的激烈场面，共叙并肩抗击日寇的炽热友情。当年的老村长郭万修热泪盈眶对旷老说："八路军是英雄，真是咱穷弟兄们的救命恩人啊！是八路军把小日本赶出中国的，才建立了我们的新中国，我们普天下的华夏同胞们才过上了今天的幸福生活……"。旷老将军在北阳堡村做客的那天上午，兴致勃勃围村转了一遭，又看到村子的巨大变化，真是旧貌变新颜哪！心中由衷地高兴。接近中午时，旷老将军在群众的簇拥下来到村口，和乡亲们恋恋不舍，一一握手告别。车走远了，群众还站在村口上目送着旷老将军一行不肯离开。

七十余年过去了，人民没有忘记子弟兵，子弟兵也没有忘记人民，这友情是用热血凝聚而成的，这友谊是经过战争烈火考验的。北阳堡战斗将永远铭记在人民群众的心底，将永远铭刻在中华民族抗击日寇胜利的光辉史册上！

血洒赵官寨

牛兰学

馆陶县抗战期间，有日军据点、炮楼38个，修筑封锁沟墙20多华里。其中沿卫河两岸炮楼15个，借以封锁两岸交通。全县日军最多时500余人，最少时仅仅100余人，而伪军始终保持在2000人左右。在艰苦卓绝的抗日战争中，危难中的中华民族，除了要与日本侵略者浴血奋战外，还要分出相当大的力量，与背叛祖国和民族的败类作斗争。抗战期间，全县武装人员约6000余人，土匪蜂起，司令如毛。有的土匪和地方武装自称是"抗日、联皇、荣匪、通共"游击队；有的打着两面旗子，一面是红色白字"馆陶县王久正抗日游击队"，一面是白旗黑字"馆陶县王久正爱日游击队"。(《鲁西良文集》第338页)

1939年，抗日战争处于最艰难的时期：一方面，八路军要抵抗日寇；另一方面，国民党顽固派和投降派掀起了国共第二次合作以来的第一次反共高潮。是年6月，张荫梧等率部袭击八路军后方机关，残杀干部、战士400余人。为了粉碎张荫梧、石友三的进攻，八路军对其进行了讨伐。卫河支队奉命转战南宫参加了讨逆之战。经过十几天激战，1940年春节刚过，张荫梧、石友三勾结日军及伪军3000余人，在邱县县城以南地区围歼我军。我军在腹背受敌的情况下，分散转移，但辗转数日，始终未能摆脱尾追之敌。

农历正月十二至十三日，临清、威县、邱县、馆陶四县敌人先后出动，配合宿营于东目寨、香城固一带之敌主力数千人合围临西下堡寺地区。卫河支队恰巧于十二日夜间转移至该地区。待翌日拂晓查明敌情后，我军急转移至仓上，又正遇由临清出动之敌。我军继续避敌向南挺进至馆陶王草厂一带。历经十几个日夜的奔波战斗，战士们筋疲力尽，故略事休整。是时，西侧邱县、东目寨一线敌人主力由西北向东南扑来，馆陶之敌由东南方赶来截击，我军已处于三面强敌一面卫河的包围之中，于是决定兵分两路向南突围。

正月十三日十时许，为掩护其他部队顺利突围，在教导员孙树声、十连连长王德林的率领下，被迫转移至赵官寨村，坚守相邻的两座民楼。对我合击的千余敌人，随后将我军据守的民楼团团包围。一场激战开始了。机枪、大炮吼叫起来，喷射着火舌，子弹像一道道流火向村里射去，整个村子硝烟弥漫。62位勇士一次次打退敌人的进攻，打死打伤敌人500余人，坚守阵地一天半之久。

在弥漫的硝烟中，敌人不知道村里到底有多少我们的部队。两个小时后敌人又继续增兵。相持到中午，日寇又派来两架飞机，对整个村子狂轰滥炸。十四日下午，灭绝人性的敌人见强攻不下，竟丧心病狂地纵火烧楼。在熊熊大火中，我军战士同仇敌忾，视死如归。连长王德林在战斗中身中数弹，不幸牺牲。在生与死的紧要关头，教导员孙树声对大家说："同志们，祖国考验我们的时候到了。我们宁肯粉身碎骨也决不做敌人的俘虏！"随即举枪自戕，倒身火海中。英雄战士人人热血沸腾，怒目圆睁，在向敌人射出最后一颗子弹后，纷纷持枪纵身跳入火海，全部壮烈殉国。残阳如血，浴火重生。

烈士殉难后，冀南军区的宋任穷政委很快来到赵官寨，满怀悲愤地指挥乡亲们把烈士的忠骨从灰烬中找出来，可再也分不清哪位是张姓班长，哪位是李姓战士，在那特殊的环境下，只能把62位烈士的遗骸聚拢在一起，在赵官寨村南挖了一个坑同穴埋葬。对62烈士的英雄壮举，一二九师师长刘伯承曾高度表彰，《新华日报》当时也发表了纪念文章。

抗日战争胜利后的1946年，在冀南军区七分区司令员白云的批示下，又把62烈士的忠骨装进两个上好棺材迁葬于十连的诞生地，连长王德林的家乡——后田庄村（今山东冠县东古城镇）。今天，一座圆形墓葬矗立在翠柏环绕中已有69年之久，墓前树立的石碑上镌刻着"六十二烈士之墓"几个大字，苍遒有力，凝重庄严，仿佛向前来拜祭的人们一遍遍地讲述着当年烈士们英勇抗日的悲壮故事。遗憾的是至今还有18位烈士没查到姓名。

2013年11月11日，北京军区原司令员李来柱上将，在河北省军区政委、少将李光聚等陪同下，专程到馆陶县赵官寨寻觅战斗遗址，并挥毫题词"抗日英雄村赵官寨"。（牛兰学根据有关资料整理）

馆陶的地道战

刘文剑

由于日伪军频繁地"扫荡"，使我县抗日根据地受到很大破坏，平原和山区不一样，日伪军一来无处躲藏。随着环境的恶化和血的教训，人们终于想出了一个巧妙的办法，这就是挖地道。

从1941年开始，人民群众在自己家的萝卜窖里、红薯井里、柴草垛下、屋里、院内挖了一些藏身洞，以暂时躲避日伪军"扫荡"。地洞只有一个出口，被日伪军发觉以后很难逃跑。韩徘头地洞被日伪军破坏以后，总结了经验教训，对地洞进行了改造。洞中有洞，洞口可埋地雷、手榴弹，洞内可搭木板桥、设陷阱，洞口由原来的一个口发展到几个口，并巧妙地隐蔽在墙壁上、水井里、古坟中，这就成了地道。

1943年冬和1944年春，地道的规模越来越大，由原来的分散挖，到组织起来分工分段挖，由一个村单独挖到几个村联合挖，男女老少，从农村到机关、学校都挖。在六、七、八、九区根据地几乎家家有地洞，村村有地道。地道内不但能排水、防毒，还备有生活用品，而且由单纯防御发展到地道战。不单有通气孔，而且有瞭望孔、射击孔，洞内有陷阱、翻板等机关，再加上地雷，即使日伪军发现了洞口也不敢进去。

前刘堡村，于1942年春到1943年冬，挖成一条70余米长的地道。地道口设在缸底下，里面机关重重。第一道机关是一个很狭窄的小洞，只能一个人爬进去，一人把口，千人莫进。若放水放毒，可以很快堵住。第二道机关是2米深的圆坑，不知情的人以为到了尽头，只能在里面转圈，其实在坑壁上两米高处有一个能随时堵住的暗洞，平时凭一条梯子才能上去。第三道机关是107米深的井，里面有水，平时人们过时上面搭一条木板，将木板一抽休想过去。1943年3月间的一天黎明，日伪军突然包围该村，当时部队后方医院的医务人员和伤员30余人，还有部队修枪所10余人都住在该村，加上村里的群众共110多人未来得及跑出去，便钻进了地道。日伪军进了村，一直未发现洞口。在以后几次"扫荡"中他们以同样的方法对付日伪军，使后方医院、修枪所和人民群众的生命财产未受损失，得到上级的表彰。

1943年冬，日伪军对八区进行"扫荡"，包围了韩徘头村。县武委主任阎呈样、区大队长郭影光当时都住在这里。民兵队长韩朝举率民兵50余人，几次突围未能成功，回来对阎呈样说："这次不同往常，日伪军太多，不能突围，快下地道！"于是便钻进了地道。刚从大名缴获的机枪和摩托车也放进地道。韩朝举沉着地进行部署，两个口都埋了地雷，洞口里面有民兵把守，并对防水防毒也进行了安排，日伪军进村后，发现了一个洞口，踏响了地雷，被炸死两个日军，另一个口也被发现，但谁也不敢进去，就放火烧了洞洞口所在的草房，抬着死尸溜走了。（刘文剑搜集整理）

房寨群英会

牛兰学

焦善民（1919—2010.02.08），1919 年出生于山东省馆陶县东古城镇焦圈村（今属山东聊城市冠县）。原劳动人事部副部长、全国人大内务司法委员会副主任委员（部长级待遇）。1937 年入延安抗大学习。先后担任北平精业中学民先队队长、中共安泽县委书记、太岳四地委书记、冀南三地委副书记兼组织部部长。他在回忆录《风雨七十载》中见证了抗战时期，冀南大地的一场狂欢。

四月之初，春意正浓，牡丹含苞，迎春花开。1945 年 4 月 1 日至 13 日，冀南三地委、专署、军分区在馆陶县房儿寨，召开了一次历时 13 天的全区群英会，并唱大戏祝贺。这次隆重的群英大会，在根据地的馆（陶）、大（名）、广（平）、曲（周）一带引起轰动。每天到房儿寨参加会议和观光的群众，成千上万，川流不息，这种盛况自抗战以来是极少见的。

在房儿寨一座教堂大房里，正前方挂着马、恩、列、斯、毛、朱等伟人画像，左右两边墙壁上贴满了全区各县英模的事迹介绍、画像和图片等。《人山报》报社为大会送上的贺幛，上写"红花要有绿叶衬托、英雄要与群众结合"的两行大字，在红花丛中显得格外醒目。主持这次会的负责人是军分区政治部主任李福尧，参加会的有各县经层层选举出来的英模代表，连同各级干部共 80 余人。

会前，由李福尧主持首先选举了由十多人组成的主席团，其中有专署宣传科长窦洪年、卫西大队的王万春、分区武委会副主任郭俊之、劳动英雄王尚魁、杀敌英雄赵贵山等。大会在热烈的掌声中开始后，大会主席首先报告召开这次大会的意义。他说，在过去几年里，我们在极端困难的情况下，党和政府通过扑蝗灭螟、生产救灾和大生产运动，终于使我们战胜了灾荒，渡过了难关。在这些斗争中，涌现了不少劳动英雄人物，他们不但自己干得很好，而且还把群众组织起来，利用麻雀战、地道战等各种形式同敌人斗争，创造了惊天动地的奇迹。他的讲话给与会同志极大鼓舞，迎来了热烈的掌声。

与此同时，冀南三分区所属正规部队也在房儿寨另一处召开着群英大会。这里的群英会规模盛大，每天同时开唱三台大戏，有河北梆子、泽州柳子地方戏，话剧和曲艺，另外还有常儿寨等村的高跷队、文艺队也来为大会演出。周围村庄来观看盛况的群众人山人海，每天不下万人。馆陶群众还为大会送贺幛、祝词及食用物品等，以表达对英雄们的敬慕之情。为保障大会安全和顺利进行，军分区进行了周密部署，除在房儿寨布岗外，还在周围村庄驻扎了部队，派出岗哨，监视敌人。

大会期间，英雄们讲述了自己的事迹，交流了生产、杀敌的经验，气氛热烈。4月12日，分区劳动英雄和杀敌英雄正式选举大会开始。大名、馆陶、广平、曲周等县前来观光的群众约有七千余人。在选举会场上，台上高悬"群众先锋"的金字大匾，左右台柱上贴了一副"树立全区文武旗帜，发扬革命英雄主义"的大红对联，还有红红绿绿的彩色标语和各界群众送来的贺幛等。大会开始，先是"咚咚咚"三声炮响，而后全体肃立，一面红旗冉冉升起。经过选举，评委主任宣布选举结果：劳动模范第一名卜文俊（广平）、第二名荣林娘（鸡泽）、第三名赵贵山（大名），民兵英雄第一名韩朝举（馆陶）、第二名王思令（馆陶）、第三名刘书明（曲周）。随后，大会向英雄们发了奖。中午，地委、专署和军分区设宴招待文武英雄。分区副司令员高厚良和地委代表先后在招待会上讲话，勉励英雄们要戒骄戒躁，再接再厉，争取更大光荣。

这天下午，还召开了有两万人参加的庆祝大会。地委副书记焦善民等党政领导人先后讲话，对大会做了总结，充分估计了这次大会的伟大意义，号召人民群众要发扬这次大会精神，向英雄们学习，开展合作互助，掀起生产、杀敌新高潮。英雄代表卜文俊、韩朝举也发了言，无限感激党和人民群众给自己的荣誉，决心在新的一年里带领群众搞好生产、努力杀敌。

采访手记：全区民兵杀敌英雄第一名韩朝举，馆陶县韩徘头人，新中国成立后任村支部书记等。1951年参加国庆两周年庆典，受到毛主席接见。1966年开始的"运动"中受到迫害，不堪受辱，1968年自缢，终年56岁，后原济南军区予以平反。

对日军的最后一战

牛兰学

进入 1944 年，经过 3 年军民团结战斗，给予了日伪军以沉重打击，取得了反"扫荡"的胜利。抗日战争进入局部反攻阶段。日伪军小股人马不敢出动，大部人马难以集中，大部分时间龟缩在据点炮楼里，苟延残喘。

1944 年春节，驻邱县县城（今邱县邱城镇）的日军撤到馆陶县城。5 月 25 日驻邱县县城伪军和伪县政府职员弃城东逃馆陶。5 月 26 日邱县抗日政府开展工作，邱县县城成为冀南光复第一城。5 月 27 日驻邱县境内坞头据点的日军撤往馆陶县城（今冠县北陶），伪军 40 余人，投诚了馆陶县大队。至此，邱县全境光复。1944 年 9 月 17 日，在内外交困下，驻南馆陶（今馆陶县城）的日伪军全部撤走。日伪军大部分已经惶惶不可终日。

为了彻底战胜日本帝国主义，争取抗日战争的最后胜利，1945 年春节之后正规军开始扩编，全县掀起了一个轰轰烈烈的参军运动。各区都相继召开了参军动员大会，广大青年纷纷踊跃报名要求参加人民的子弟兵——冀南新八旅二十三团，出现了"父母送子上战场，妻子送郎打东洋"的动人场面。抗日根据地在斗争中得到了恢复和扩大，正规部队和地方武装也得到了很大的发展。主力部队二十三团已发展到 2000 多人，县大队和区分队有 600 余人，武装民兵有 500 余人。1945 年 5 月，在大举进攻下，馆陶县南徐村据点、张官寨据点，康庄、刘圈等炮楼相继被拔除，日伪军占据的地点只剩下了县城，完全陷于四面楚歌之中。对日本侵略者展开全面的反攻，时机已经成熟。

由于冀南广大农村被共产党、八路军控制，日伪军全部被困在少数城市和县城，再加上连年的自然灾害，对日伪军的物资供应和生活给养造成了很大困难。6 月 17 日，驻邯郸日军独立混成旅七十三大队 200 余人联合广平、肥乡的日伪军 500 余人，拉着几十辆大车前来馆陶县八区一带抢粮。当时，冀南三分区机关驻在房寨，二十三团约 2000 余人驻在南拐渠。得到情报以后，三分区副司令员孔庆德等决定彻底歼灭这股敌人。部队立即做了周密部署：一营埋伏于南拐渠，二营埋伏于河寨、孟良寨、孩寨，三营埋伏于贾庄、和尚寨，形成一个口袋形包围圈。午后，日伪军来到和尚寨，进入包围圈。八路军伏兵四起，以猛烈的炮火轰炸、扫射。日伪军逐渐收缩，由和尚寨转移到贾庄，在村子西头一个园子里挖了壕沟，修筑了工事，企图负隅顽抗。二十三团主力迅速集中到和尚寨一个园子里，与日伪军相距不到 100 米，双方对峙起来。坚持到晚上，二十三团战士用一大车手榴弹接连向日伪军园内投去，一个尖兵排首先翻墙跳入院内，与日伪军短兵相接，展开了一场肉搏战。经过一夜的血战，日伪军伤亡惨重，尸横遍野，血流满地，剩下的日伪军逃出。有 20 几名日伪军逃到南拐渠，立刻被民兵包围。待天亮后，发现日伪军的 20 几支枪扔在那里架着，钢盔和军装丢在地上，人已狼狈逃跑了，其他日伪军分别被民兵截俘和击毙。这次战斗击毙日军 180 余人，俘虏 20 余人，击毙伪军 300 余人；缴获机枪 30 余挺、炮 5 门，其它各种枪支 300 余件。贾庄战斗，是馆陶县境内 8 年抗战中对日军的最后一战。

7 月 31 日，馆陶县城的日伪军在抗日军民的强大攻势下，弃城逃往临清，没费一枪，馆陶全境解放。

在抗日战争中，馆陶县人民总伤亡 23018 人，直接伤亡 12241 人，其中死亡 11507 人，伤 365 人，失踪 369 人。损失粮食 280 万斤，6970 间房屋被烧毁，大批牲口和财物遭到抢劫，人民生命、生产和财产遭到巨大伤害、损失和破坏。人民的抗日武装对日军作战 540 余次，扰乱日军 1490 余次，破坏日军交通沟和围寨 120 余次，毙俘日军 500 余人，毙俘伪军 1400 余人，缴获各种枪支 2000 余支和大量军用物资，为抗日战争的胜利做出了巨大贡献。

1945 年 8 月 15 日，日本政府正式宣布日本无条件投降。9 月 2 日，受降仪式上日本向盟国投降签字。中国人民经过艰苦卓绝的浴血奋战，打败了穷凶极恶的日本军国主义侵略者，赢得了近代以来中国抗击外敌入侵的第一次完全胜利。开辟了中华民族伟大复兴的光明前景，开启了古老中国凤凰涅槃、浴火重生的新征程。

抗日地名五个村

牛兰学

馆陶县有五个村庄，是以抗日英雄的名字命名的，至今已经 70 多年，可能许多年轻人都不知道她的真正来历，仅仅知道地图上如此标注。恐怕在全国这样的县也不多见。

1943 年，抗日战争进入到最艰难、最残酷时期。日伪军联合对冀南解放区进行灭绝人性的大扫荡。南彦寺村是抗日英雄范筑先、张维翰的家乡，是冀南抗日斗争的一面旗帜，日寇早已恨之入骨。2 月 17 日黎明，300 多名日军突然袭击，被民兵及时发现，村民全部撤退。日军进村，一无所获。根据经验，日军扫荡都是一次性的，短时间内不会再来。村民纷纷回到家里。谁知道日军北行 10 华里驻扎浅口据点后，于 2 月 19 日杀了一个"回马枪"。日寇 300 多人、伪军 200 多人再袭南彦寺。黎明前敌人将该村团团包围，各个街口、胡同全被封锁。天亮了，敌人逐户搜查，把群众赶到大坑边。鬼子先是从人群中拉出一个中年人，没有问话，直接劈砍。接着，日军又拉出十几个青年男女，逼问谁是民兵，谁是村干部。不说实情者，全部砍头。

于是，张寿山被指认出来。寿山先生 1893 年出生，少年从军，曾在湖北督军王占元部下任连长、营长，后来升任湖北煤建局局长。1926 年，隐退老家，置办庄田，课教子孙。日本侵略者进占冀南，他与八路军交好，不仅自己带头捐献，还担任村粮秣委员，秘密为八路军筹粮筹款。邓小平、宋任穷、王任重等曾经在他家居住，和张寿山结为莫逆之交。

敌人抓住他以后，采取"威逼利诱"等毒辣手段，妄图从他的口中得到抗日领导人在什么地方，枪支、弹药、粮食藏在哪里。他一直说不知道。敌人一无所获，便狗急跳墙、穷凶极恶地将张寿山吊捆在一棵大树上，下面堆起干柴、浇上油，熊熊烈火燃烧着他的躯体。面对惨无人道的敌人，他始终面不改色、不透漏丝毫信息，表现出一个爱国者坚贞不屈的精神。

这次扫荡，该村共有 53 人惨遭杀害，6 人伤残，41 人被抓走，25 名妇女惨遭强奸。抗战时期日军共在馆陶县 149 个村庄制造了惨案，死亡 10 人以上村庄 32 个，累计死亡 1370 人，伤残 638 人，抓走 2522 人，奸污妇女 243 人，烧毁房屋 4836 间，损失耕畜 2967 头。

敌人退却后，人们将张寿山从树上救下来，由于伤势过重，经医治无效而壮烈牺牲。时任冀南地区主要领导人、平原军区司令员宋任穷闻讯后，亲自到张寿山家进行了慰问。宋任穷指示冀南地委和馆陶县人民政府，将张寿山追认为烈士，并将南彦寺更名为"寿山寺村"。

其实，南彦寺原名康庄村，比较贫穷。风水先生说，北边是朱庄村，猪吃糠，所以穷，才改为南彦寺，是"难咽死"的意思。1966 年又将"寿山寺村"改为"向阳村"。1979 年，时任中共中央政治局委员、中央组织部部长的宋任穷批示河北省委，恢复为"寿山寺村"。如今，寿山寺村分为寿东、寿南、寿北 3 个行政村。寿东村已经成为闻名遐迩的"粮画小镇"，2015 年 3 月荣获"全国文明村镇"。

馆陶县因为抗日战争，经政府批准更名的村庄还有林北村、息元村、八义庄等，一直沿用到今天。1943 年 12 月 20 日抗日村长霍林北被日寇杀害，北安庄改名为林北村；1943 年六区区长董息元被日寇杀害，影庄改名为息元村；1943 年 12 月 17 日日伪军 300 余人包围南广才，武梦田等 8 位民兵英雄就义，遂改名为八义庄。1943 年 2 月 22 日，日伪包围马店村，村自卫队长王洪飞壮烈牺牲，马店一度更名为"洪飞店"。

每一个牺牲都是不朽的，每一个名字都见证着历史和现实，战争与和平，发展及繁荣。2014 年 8 月 31 日，十二届全国人大常委会第十次会议，通过了关于设立烈士纪念日的决议，以法律形式将 9 月 30 日设立为烈士纪念日，并规定每年 9 月 30 日国家举行纪念烈士活动。

04

真有此事

大槐树下移民来

牛兰学

中国历史上最大的一次人口大迁徙（涉及到河南，山东，北京，天津，河北，陕西，安徽，东三省等大半个中国），迁徙范围之广，影响之深远，不仅在中国历史上是空前的，而且在世界移民史上也是罕见的，这就是明初山西洪洞大槐树人口大迁移。历史记载，馆陶县境内的绝大部分是洪洞县的移民。

大半个中国，广为流传着一首歌谣："问我祖先何处来，山西洪洞大槐树；祖先古居叫什么，大槐树下老鹳窝。"民间还流传着若干关于洪洞大槐树移民的故事。

为了证实这种说法，老人们总是让孩子们看小脚趾甲，说凡是过去从山西洪洞县老鹳窝底下迁来的，最小的那个脚趾甲都是两瓣的。

歌谣和传说标示着历史对发生在明代的一串惊天动地的"老鹳窝底下"事件的惨痛记忆。这一切，还须从明朝的大移民说起。

明朝大移民是洪武三年（1370 年）至永乐十五年（1417 年），明朝政府先后数次从山西的平阳、潞州、泽州、汾州等地，中经山西洪洞县的大槐树处办理手续，领取"凭照川资"后，向全国广大地区移民。元末战乱之后，历经 20 余年，朱元璋统一了天下，但是，此时的江山已是遍地疮痍，布满了战争的创伤，山东、河南、河北一带多是无人之地。为了恢复农业生产、发展经济，为了使人口均衡、天下太平，巩固明王朝的统治，明洪武年间，朱元璋采取了移民政策。明初经洪洞县大槐树处迁往全国各地的移民曾达百万人之多，其时间之长、规模之大、影响之深，不仅在中国历史上是空前的，而且在世界移民史上也是罕见的。这对于当时的明王朝以及后来的社会发展，都产生了广泛而深远的影响。

元朝统治中国虽然只有 89 年，但是它给中国人民带来的灾难，特别是黄河中下游地区，却是其他朝代所难以比拟的。那时候黄河两岸就流传着这样一句歌谣："石头人一只眼，挑动黄河天下反。"

元朝时的黄河曾有20多年不打口子，任其泛滥自流，致使中下游大片土地沦为沼泽。人们被大水撵得东奔西逃，无处安生，不少地方人烟绝迹，黄水过后尸陈遍野，村舍变为废墟，良田淤成沙滩，所剩无几的居民往往又在瘟疫中命丧黄泉。

据《元史·王行志》载：元末至正元年到二十六年，几乎每年都有特大洪水泛滥成灾。至正四年（1344年）黄河在曹州、汴梁等地三处决口，人民游移45.8万户。燕、赵、齐、鲁及苏北、皖北一片荒凉。同年五月，济宁、兖州、汴梁、鄢陵、通许、陈百、临颍等县大水害稼、人相食。至正八年正月河决济宁路。二十三年七月河决东市、寿张、没城墙、漂屋庐、溺众生。二十六年二月黄河北徙，上至东明、曹州、濮阳，下及济宁皆受其害。济宁路肥城西黄河泛滥，漂没民居，百有余里，德州、齐河70余里亦如之。由于当时黄河、淮河多次决口，中原之地，淹没州城、村寨甚多，漂没民居无算，死亡百姓无数，村庄城邑多成荒墟。

元朝末年，政治黑暗，政府横征暴敛，百姓苦不堪言。持续17年的元末农民战争主战场在黄河下游、黄淮平原一带，使山东地区"白骨露于野，千里无鸡鸣"。乐陵一县仅剩400余户；潍县之族姓，唯存李、金二姓……连当朝皇帝朱元璋也不得不承认："中原诸州，元季战争受祸最惨，积骸成丘，居民鲜少。"

靖难之役后，永乐帝打胜进入南京。由于河北一带连年战争，人民被杀伤掳掠，夫役差徭，百姓死的死，亡的亡，逃的逃，在河北这块大平原上赤地千里，没有人烟。永乐登基后开始办两件大事：第一件是建设北京城，备日后迁都；第二件是往北京附近这片无人耕种的土地上大量移民。派十万人马督押移民的事情，下令把山西的众多百姓移到河北及其他人少的地区来。

正值中原地区大闹灾荒战乱之时，山西晋南一带却是另一番景象。一方面，由于那里四周都是群山峻岭，易守难攻。起义军多次进攻山西，可终因地势险要而屡攻不下。另一方面，由于地理环境因素，正好那些年风调雨顺，五谷丰登，百姓丰衣足食，安居乐业。而中原一带的老百姓听说那里富庶，并且不打仗，便纷纷往哪里逃。如此一来，与中原一带人烟稀少相比，山西倒是人满为患了。据《明太祖实录》记载：明洪武十三年（1381年）全国总人口为59873305人，而山西人口却达4103450人。以此可知，明朝移民，势在必行。

明朝统治者为了恢复生产，制定了移民垦荒为中心的振兴农业的措施，决计把农民从狭乡移到宽乡，从人多田少的地方移到地广人稀的地方。至此开始了中国历史上延续五十年的迁民活动。明朝大移民的方法和步骤大体有遣返、军屯、商屯、民屯等几种。更多的还是采用招诱、征派的强迫的办法。谁也不愿迁去，只好制定徙民条例，按"四口之家留一；六口之家留二；八口之家留三"的比例迁徙。并规定凡移民者都必须到洪洞县的广济寺办理迁移手续，领取"凭照川资，"然后从这里出发，按官方指派的方向，在官兵的监护下，分别迁往中原各地。甚至如民间传说的那样采用诱骗形式。

官方预先张贴告示：除广济寺大槐树底下的人不迁，所有地方的人都迁，也有的传说限定某日凡愿迁者都到大槐树下报道，不愿迁者也必须到那里向官府央情。结果，当成千上万的民众齐聚在大槐树下的时候，官府出其不意，调集大批官兵，一举将大槐树下团团包围，所到之人不论男女老幼，一个不留全部迁移。凡不从者便绳捆索绑，一串一串连接起来，在官兵的喝遣下不得不依从。

那些留在家里的老弱病残，闻讯后赶来，自然是"爷娘妻子奔走相送、牵衣顿足、拦路哭喊"的情景了。

事实是不是这样，从政史资料记载迁山西平阳之民却有数处。洪洞县是平阳人口最多的县份，洪洞县是迁民重点应是无疑问的。而且洪洞县地处交通要道，北通幽燕、东接齐鲁、南达秦蜀、西临河陇，洪洞县北关的广济寺又是唐宋以来的驿站，明朝政府在这里设局派员，集中移民队伍，发放川资凭照，这都是意料之中的事。

明朝大移民主要是从山西和江浙一带往中原地区移民。从各种历史资料上证实，明朝大移民最早开始于洪武三年直至永乐十五年，移民十八次。其中洪武年间十次，永乐年间八次。

据《中国通史·明》记载：朱元璋为解决宽乡劳力不足，狭乡缺少土地的矛盾，从1307年开始移民垦田。他下令迁苏、松、嘉、湖、杭无田农民四千余户去临濠（安徽怀远、定远、凤阳、嘉山境内），徙江南民四十万于凤阳，迁山西泽（山西晋城）、潞（山西长治）二州无田农民于河北、山东、河南一带。凡移民垦田，都由朝廷拨发路费，耕牛和籽种，免税三年。

根据《明史》《明实录》《日知录之余》等正史及笔记史料的记载，洪洞大槐树移民分布在30个省市，2217个县市。其中河南123个县市，北京、天津、河北 142 个县市，山东 109 个县市，山西 104 个县市，江苏、安徽、湖北、湖南 316 个县市，陕西、甘肃、宁夏 182 个县市，黑龙江、吉林、辽宁 171 个县市，浙江、福建、江西 227 个县市，广东、广西、贵州 248 个县市，四川、内蒙古、青海 274 个县市，云南、西藏、新疆 210 个县市，海南、台湾 111 个县市。明朝政府为了使移民能顺利进行，曾颁布了一系列优惠政策，如发放棉衣、川资（迁移路费）以及安家、置办农具的银两，到那里土地可以"自便置屯耕种"，还免其赋税三年。山西移民来到中原地区，看到那么多肥沃的土地无人耕种，一时间慌了手脚，有的跑马占地，以马蹄印为界，谁圈起来就是谁的；有的以犁占地，围着大地犁上一圈，这地就归我所有了。

有了地就张罗着盖房造屋，建立村落，有的依据地形建造，叫某坡、某坑、某河口、某湾；有的依据自己的姓氏，叫某村、某庄；也有的依据不同的行业，会种菜的叫某菜园；会打油的叫某油坊；会造纸的叫某纸坊。还有的依据盖的房子取庄名，盖瓦房多的就叫某瓦房；盖平房多的就叫某平坊；盖楼多的就叫某楼等。还有不少地方以"屯""营"取名的村庄很多。如：丁官屯、马坊屯、欧山屯以及张营、李营、孟营等。这些屯和营的来历大都是明朝洪武至永乐年间，实行军屯田、民屯田、商屯田所致。

据部分调查资料显示，中原一带特别是河南、山东一带半数以上的村庄是明代建立的。如：山东省金乡县共有村庄 1247 个，元朝以前建村 69 个，明朝建村 830 个，清朝建村 323 个，民国以后建村 8 个，建村年代不详 17 个。金乡县百分之七十的人口来自山西洪洞大槐树移民。山东省曹县共有自然村 2276 个，属明代移民建村的就有 1606 个。滕州市现有 1223 个自然村，属明代建村的就有 687 个。

现存 425 部族谱和碑文中，有 225 部族谱明确记载是明朝洪武、永乐年间，自洪洞县迁民来此。河南省的林县、孟县、汤阴、内黄、兰考、修武等大多数县份的村庄都是自山西洪同大槐树移民来此。

明朝大移民前后经历三代皇帝长达 50 年，覆盖中原、华东数省，波及大半个中国。几百年来与各地土著人杂陈而居，既有交流和融合，也必然有矛盾和竞争，正是在这些不断发生和消解的矛盾和竞争中，克服了民族惰性，激发了聪明才智、生机和活力。也正是在一代一代婚配、交流和融合中，优化和提高了人类的生存能力，激活了人的各种潜在素质，在中国中原地带的人类进化史上发挥了积极的作用。

　　根据民国《洪洞县志·卷七·舆地志》记载：大槐树，在城北广济寺左。按《文献通考》，明洪武永乐间屡移山西民于北平、山东、河南等处，树下为集会之所。传闻广济寺设局驻员，发给凭照、川资。动身一般是在秋收后，为的是多积攒点安家落户的费用。飒飒秋风之中，树叶凋落，一个个老鹳窝更加醒目。移民拖儿带女上路了，故土难舍，忍不住频频回首，再看一眼故乡。路远了，村舍看不见了，映入眼帘的唯有那棵巍峨的大槐树和错落其上的一个个老鹳窝。于是，这大槐树和老鹳窝便成为故乡的标志。大多数方志、家谱、墓碑以及口头传承只是笼统地说来自洪洞县，也有一些具体到某个村落，如核桃园村、打水巷子、卧疃村、老吴村、双龙街、东门里、双狮子胡同等等。在山东洪洞移民村落中，也有不少是洪洞以外其他府县的。

　　清朝末年，有个叫景大启的为官曹州（今山东菏泽），当地土民听说他是洪洞人，像远嫁的女儿见了娘家人一般，格外亲热，有些人还翻出族谱给他看，说祖上本也是洪洞人。景大启很受感动，就和另一个在山东做官的洪洞人刘子林相商，募资修复古大槐树遗址。此议得到了若干洪洞人的支持。于是，在大槐树旁建起了碑亭，还有牌坊。牌坊横额两面刻有4首怀古诗，其中一首云：迁民往事忆当年，拄杖穿云窗夕烟。嘉木扶疏堪纪念，犹留经塔耸巍然。

　　景大启等人还编辑了一本《山西洪洞古大槐树志》。从20世纪80年代以来，随着海内外"寻根热"的出现，洪洞移民成为人们关注的一个热点，关于洪洞移民的研究论著，数量也颇为可观。

　　移民中的一些不愿意移民的男女老幼被反绑着双手，在官兵的押解下上路了。需要大小便，就冲着押解的兵卒喊一嗓子："解开手，我要方便。"时间一长，懒得多费口舌，只喊一声："解手。"从此，大小便又多了一个代名词——解手。

　　据移民后的后裔讲，他们有两个特征："走起路来背抄手，小拇趾甲是两个。"背抄手走路，那是因为两手被成年累月反绑，遂成习惯。小拇趾甲是两个，说的是脚的小拇趾甲盖儿上有一道竖纹，乍一看像是两个指甲。

　　"谁是古槐迁来人，脱履小趾验甲形"，惟洪洞移民有此特征。一个更为盛行的传说，说官兵怕移民路上逃跑，就让他们脱掉鞋子，在每人的小拇趾上砍一刀，作为记号。

　　明代人口的大迁徙有着重要的意义。一是促进了人口的增加。二是促进了经济的发展。移民主要是垦荒屯田，这对于促进农业的发展，起了重要作用。

三是促进了民俗的重组。人是民俗事象的"综合载体",一个人或是少数几个人进入一个新的民俗圈,往往被当地的民俗所同化,这便是所谓的"入乡随俗"。

(牛兰学摘编自大槐树网络)

漂来的北京城

牛兰学

老辈人谈及北京来历的时候，总爱说这么一句话："北京城是漂来的""先有馆陶砖，后有北京城"。什么意思呢？这座千年古城、五朝名都会是漂来的？且不说内外城中大小胡同，您先到紫禁城，登上太和殿，看看那盘龙柱，每根盘龙柱高 14 米半，粗 1 米多，如此重量，怎么能漂来呢？

其实，如果您仔细观察，就不难发现，那龙柱顶天立地、堆彩如金，全是整材整料的金丝楠。金丝楠是哪里产的？云贵川湘深山老林那！那怎么到了北京呢？难道真是漂来的？

是的，的确是漂来的。但这个"漂"是形象化了，其实它们是被"运"来的。意思是说，建筑北京的各种材料都是从运河上运来的。元代，北京叫大都，粮食、丝绸、茶叶、水果等生活必需品，大部分都依赖大运河从南方向京城运输。而到了明代，建设北京城的砖石木料，亦是通过大运河运抵北京城，于是民间老百姓就形象地说北京城是随水漂来的。

那么，修建北京城所需要的原材料是通过什么河运来的呢？主要是通过京杭大运河。上好的木料来自南方的深山老林，上好的砖石来自山东、河南、江苏，山东临清泥土质地细腻，烧制技术好又临近运河，那里烧制的砖遂成为建宫殿与城墙所需砖石的重要产地之一。

明朝永乐时期，皇帝将都城的地址选在了北京。当时的北京还不是今天的样子，连紫禁城都没有盖起来。为了彰显皇家威严，皇帝下令修建"史上最伟大"的皇城——北京城。然而由于工程浩大，修建北京城需要很多的砖石木料。如果只靠北京本地的供给是远远不够的，因此，负责施工的主管大臣提议将所需的砖石木料由南方运往京城。这些砖石木料体量巨大，如果走陆路费时费力，唯有走水路最为快捷省力，因此京杭大运河成了运输首选。

　　然而另一个问题又出现了，如果将砖石木料运往北京城里，必须要通过通惠河。而通惠河有一个缺点，就是它的河床比较低，不能行船。怎么办呢？有大臣提议说，不如先将这些砖石木料卸到张家湾附近，然后走陆路转运至北京城里。该大臣的提议得到了认可，通过京杭大运河来的原材料便储存在了张家湾附近。

　　随着岁月的流逝，在张家湾附近依据存储的不同材料，渐渐地形成了各种厂，如皇木厂、木瓜厂、铜厂、砖厂、花板石厂等。后来，其中的皇木厂、木瓜厂和砖厂形成了居民聚落，最后发展成村庄。如今通州南部的张家湾镇，就有皇木厂村和砖厂村。这两个村子就是当年存放由京杭大运河运来修建皇城的砖石木料的仓库。

　　其实，北京城不仅营建材料是从大运河来，建城后供应北京城数十万军民的粮食，也是通过大运河运过来的。可以说，没有大运河，就没有北京城。从这个意义上说，北京城的确是从河上"漂"来的。

　　历史记载临清官窑多分布于运河两岸。明清两代临清为州，后升为直隶州管辖馆陶、夏津、武城、邱县四县。官窑的分布以临清为中心，南至现在河北省邯郸市馆陶县境内，北至山东省德州市武城县、夏津县，东至现聊城市临清魏湾乡，原清平县的漳卫运河及会通河两岸。在此区域内窑窑相连，常以群聚。康熙时客居临清的江南文士袁启旭曾赋诗吟咏烧砖情形："秋槐月落银河晓，清渊土里飞枯草。劫灰助尽林泉空，官窑万垛青烟袅。"其实，"馆陶贡砖"以及各县生产的贡砖，当时也统称为"临清贡砖"。永乐年间大修北京城，所用砖料当以千万计。因此，这段时间临清贡砖每年的产量可能已经高达数百万块。此后，北京陆续修缮与增建，依然需要临清贡砖。据史书记载，平常年景"岁征百万"临清贡砖。即使如此，也需要数百座砖窑连续不断地烧造。所以有"临清贡砖撑起北京城""没有临清贡砖，就没有现在的北京城"之说。不仅如此，在万里长城、南京古城墙、曲阜孔庙、孔府等建筑物上都相继发现了临清砖的踪影。也可以说，"临清砖支撑起半个中国！"

　　在馆陶县博物馆，保存着两块硕大的青色贡砖，那略显灰白、光滑磨迹的中部，一个长条清清楚楚地打着印记：馆陶縣成化拾捌年窑造。成化拾捌年就是公元1460年，离现在已经有559年，直到1528年戚继光才诞生。它比戚继光修筑长城的砖足足早了大约100多年。为什么这里的砖才能修筑长城？临清、馆陶贡砖与众不同之处，可以用16个字形容：敲之有声、断之无孔、不碱不蚀、苗实坚硬。这主要是临清、馆陶独特的土质和高超的烧造工艺完美结合，使得临清、馆陶砖能够脱颖而出。这里位于黄河冲积平原上，形成了大量的淤积土。这些土粘沙适宜，细腻无杂质，一层红、一层白、一层黄，当地俗称"莲花土"。这种土含铁量适中，易氧化还原，非常适合烧制青砖。毫无疑问，从原料开始临清贡砖就已经占据了优势。除了土质好，临清贡砖的烧造工艺也十分考究，包括选土、碎土、澄泥、熟土、制坯、晾坯、验坯、装窑、焙烧、泅窑、出窑等18道工艺。选土、碎土完成后，要用大小筛子筛过，然后像滤石灰一样，将土用卫运河水（俗称阳水）的水滤满一池，不断加水沉淀，目的是去除土中的杂质——让轻质的树叶、根茎漂起来，捞走，而较重的碎石则沉淀下去。这个阶段叫作"澄泥"，是其他手工砖很少使用的工艺。因此，临清砖也被称为"澄泥砖"。澄泥完成后，分层取泥，通过人或牲畜的反复践踏，使泥完全软烂熟化，这道工序称为"熟土"。踩好的泥要用草苫盖起来，放置半个月左右，称之为"养泥"。养泥结束后，将泥土取出，用木棒反复碾打，使其无气孔，每捶打一遍要焖上二至三个小时，称之为醒泥，就像做馒头揉面块那样让面块醒一醒。这时的泥软硬适度就可以做砖坯了。"制坯'既是力气活，更是技术活。一块泥坯重达七八十斤，没点力气举都举不起来。但光有力气可不行，扣坯子的时候必须一次成型，四角四棱、填满填实，不能有任何缺陷。制坯完成后，将砖坯整齐码放，在棚下阴干，这道工序称为"晾坯"。晾坯过程中，还有一个小工序，就是盖上戳印。印上通常要标明烧造年代、督造官员、窑户（窑主）姓名、匠作姓名等内容，便于日后的工程监理。干透的砖坯经过严格的检验（验坯）后，送入窑中，交叉码放，保证每块砖都能均匀受热。装窑完成后在窑顶覆砖、封土，进入焙烧程序。古代烧制临清砖大多用豆秸，偶尔用棉柴杆。豆秸油性大，火力很旺，烧出的砖青黑透绿，成色很好。当年每烧一窑砖需要豆秸八九万斤，几百上千个窑，一年下来就需要几千万斤。因此，《临清州志》记载，东昌、东平、东阿、阳谷、寿张等十八个县都往临清运送豆秸，竟然形成了一个不小的产业。砖窑焙烧半个多月后，先停窑，隔几天等温度下降到一定程度时，开始泅窑。在窑顶慢慢注入清水，使每块砖均匀地发生还原反应。泅窑后砖块变成豆青色，温润如玉，被视为青砖之上品。泅窑也是个技术活，只能一点一点地往下浸，不能灌水，灌水会造成窑内气体膨胀，窑就会炸了。老人们说，单泅窑就要持续七八天，甚至十来天。经过这样一整套繁复的烧造工艺，一块最初的贡砖就诞生了。

　　徐徐翻开中国运河网馆陶篇你会看到这样的记载："沿馆陶卫河两岸的毛圈、刘圈一带有皇窑72座，主要烧制皇城砖和黑陶。专家考证，北京紫禁城等所用砖即产于此地，这一点从窑址残存的残迹和发掘出的古陶制品也大可证实。"这里就是馆陶县为皇家烧造贡砖地方。根据现存窑址容量与劳动量换算，每座窑连同窑户、作头、匠人、杂工至少应在50人以上，以72座窑计，可知在馆陶县从事砖瓦烧造的手工业者不下3000人。数以亿计的贡砖从这里诞生。由于选料考究，工艺精细，淘汰率高，临清贡砖的质量非常高。单以硬度而言，普通砖的硬度是70号，而临清砖基本上都在100号以上。国家文物局的研究人员曾专程到临清用回弹仪做测试，结果发现临清舍利宝塔的部分古砖的硬度高达200多号，比一般石头还要硬，如此高硬度的砖在全国都属罕见。

　　一块贡砖从这里诞生，又从这里接受检验后开始旅行。刚一出窑，就会有半数的砖被淘汰出局。据考证，一窑之中成色最好者为砖窑内火道周围中间部分，靠近底部及窑壁者往往会因火势的不均衡而导致烧过或烧不透，一窑砖大约只有半数基本上符合官府的要求。即使是这些窑户精挑细选的临清砖，也还不能称之为贡砖，它能否被送往北京还需要闯过两道关。各砖窑烧制完成的砖先要缴送设在临清的"工部营缮分司"，分司署设在临清的商业中心下辖上、下、中、后四个砖厂。各窑厂就近集中成品砖，检验合格后，用黄表纸包裹，盖上官府的朱砂印，然后再装船运往北京。明清两代，政府都规定，凡是通航于运河的船只都必须无条件加带临清贡砖，只对具体的运输数量有所调整。明永乐三年（1405年）规定，船每百料带砖20块，沙砖30块。标准的城砖重约50斤，20块重约1000斤，120块则是6000斤，这对漕船来讲也是一个不小的负担。民船一般载重量小，负担几百上千斤的贡砖就更显困难了。不仅如此，这项义务加带的运输任务还有更大的风险：若有损失，船户还得包赔。大大小小的船只义务带着贡砖北行，于是又有了一说："飘来的北京城"。临清砖一路北上，到达通州张家湾时就不能再走水路了。由于运输途中会有颠簸，卸在张家湾的贡砖还要经过第二次的检验，不合格的砖就被丢弃在这里。因此，直到今天，在张家湾还能随处见到临清砖的身影。在张家湾检验合格的砖才可以称得上是真正的贡砖，它们被装上一辆辆马车运到北京，成为这座城市的一部分。据考证，正常情况下临清每年出窑青砖约1200万块，但最终运到北京成为贡砖的不过100万块左右，淘汰率超过了90%。据初步估计，馆陶县72座砖窑烧造贡砖500年，每年生产400万块，成为贡砖大约30万块，总计生产大约20亿块砖，成为贡砖大约 1.5 亿块，运往北京城和各地进行建设。

清朝末年，官吏的层层勒索，成倍地增加了窑户及工匠的负担，而清朝时期政府采购的时断时续，则将临清贡砖产业推向了难以为继的境地。此后，临清的贡砖生产日益衰颓，至清末官窑停办，贡砖停产。1933 年，民国政府欲效法清廷，在临清重开两处官窑，但因种种原因，所产青砖皆"苦陋不堪用"，只好作罢。失去了"政府采购"订单的临清、馆陶传统作坊，迅速地坍塌了。今天，"临清贡砖烧制技艺"入选全国第二批非物质文化遗产名录，正在恢复青砖生产。

在我小时候，馆陶县烧制蓝砖的土砖窑还是到处都有，尽管已经不是生产贡砖，但是也在为老百姓修房盖屋服务。直到 70 年代烧制红砖的现代砖窑兴起，蓝砖窑才基本灭迹，但是窑址还是处处可见。馆陶县当地有一个谜语说："那边来了一个欢，吃了秸秆光冒烟，觉哒觉哒上西天，还把河水来喝干"。谜底就是馆陶砖窑。如今，馆陶县只剩下那些"馆陶皇家窑址"还在诉说着岁月的沧桑。(牛兰学根据网络整理)

馆陶腊花

牛兰学

2009 年 10 月 18 日，我们一行 4 人沿着卫运河北行去乡间采风。深秋的田野秋收已完成，那苍黄的土地正等待着人们播种。如丝如线的卫运河载着枯黄的树叶蜿蜒远去。

苍龙般的卫运河大堤忽然形成一个大弯儿，几百户人家在这个弯凹里星罗棋布，这就是我们的目的地——河北省馆陶县南徐村乡颜沃头村。颜沃头村有一种名闻遐迩的小戏叫腊花，就是我们说的馆陶腊花。

按照安排，村支部书记王庆志和村委会主任颜红印给我们请来了三位腊花人。一位是孙少平，男，78 岁；一位是曹好文，男，80 岁；另一位是颜登州，男，81 岁。三位老人听说我们是为腊花而来，非常兴奋，又非常遗憾地向我们介绍着腊花。我用笔记着词，李爱国谱着曲，郭永新录着像，张玉兴不时提问着。我们座谈了一天，馆陶腊花在我们的脑海里渐渐系统起来，那正是一曲关于冀南生活的歌，有欢笑、有幽默、有凄悲、有哭诉、有追求、有自娱……

馆陶腊花至今已有 200 多年的历史。据传是卫运河的纤夫住在颜沃头村传下来的。到 20 世纪初，全村有四五十口人会表演腊花，领头的叫孙克起。馆陶腊花的表演形式不受场地限制，人数限制。可街头、可场院、可登台、可过街、可打场。一个人两个人数个人都可以表演。可说、可唱、可演折子、可演剧目。乐器家什主要有鼓、锣、唢呐、笛子、二胡等。道具服饰主要是大红大绿的服装，具有地方性和民族性。有固定的唱腔和规定的舞蹈语言。老人们回忆起来的剧目有十几个，如《卖线子》《王婆骂鸡》《补锅》《老汉锄地》《小铜钱》《小寡妇上坟》《分家》《三更天》等。

一段一段优美、苍凉的曲子从老人的心窝飞出来：王大娘在绣房，忽听外边闹嚷嚷，摘下花镜放下活，想到大街观气象，用手开开门一扇，剩下一扇遮胸膛……六月三伏热难挡，我老汉锄地热得慌，早早起来挑满水，再把院子扫得光，伸手拉过锄一张，迈开双脚出村庄……哟，哟，我是对门老王婆，东门串、西门挪，看看邻居吃什么，一家吃的是包子，一家吃的是馍馍……

馆陶腊花曾在聊城、邯郸的冠县、临清、邱县、大名一带流行。在农闲的季节里，喜庆的节日、红白喜事时腊花表演队在鲁西北、冀南的村庄巡回演出。有时候在庙会上，几个村的几支小戏争相表演争夺观众。尤其是正月过年的时候，馆陶腊花大大丰富了冀南大地的年味，给百姓带来了无尽的快乐。著名作家雁翼就是听着腊花成长的。

新中国成立后，馆陶腊花曾热闹过一段。1958年按照县里安排曾在县城进行过表演，但这是最后一次表演。1960年孙克起老人病逝。时代变了，词也老了，市场小了，人也断了。目前，全村还会哼上两句的腊花人仅仅剩下四位。他们都已过了80岁，走不动啦，只能坐在这儿互相提醒着唱上几段。他们已经50年没有登上舞台，也没有力气再登上舞台啦。我曾闻井陉拉花红红火火，谁来抢救即将失传的馆陶腊花呢？

让我感到十分震惊的是，81岁的颜登州老人，在结束采访时给我们唱的馆陶腊花："好一朵腊梅花"，除了腊梅和茉莉两字不同外，那词那腔那调，竟然是至今风靡世界的"好一朵茉莉花"。他唱到：好一朵腊梅花，好一朵腊梅花，满园花开香也香不过她，我有心采一朵戴，又怕看花的人骂……

为什么叫"三八路"

刘文剑

馆陶县城至魏僧寨镇公路（以下简称馆魏公路），原计划起于馆陶，讫于邯临公路，接点下堡寺，在本县境内 24.8 公里，贯穿 6 个乡镇。因与毗邻的邢台地区合作不妥，故开始只修至魏僧寨镇，途经车疃、林北、徐村、后许庄、南曹庄、清城、高庄等乡村，全长 21.3 公里。

1975 年冬，在大规模地进行农田水利基本建设中，按照"山、水、林、田、路综合治理"的原则，由沿路乡镇义务投工修建的这条公路。

1976 年 3 月 8 日，县委、县革委、县妇联确定馆陶到魏僧寨的公路由妇女养路队养护，并将该路命名为"三八路"。

该路横宽占地 13 米，路基 9 米，总占地 415.35 亩。1976 年春，全线绿化。馆魏路初建时，桥涵没有及时配套，个别段路基低于两旁耕地，故雨季路面存水，平时浇地断路，车辆行人被迫绕道而行。

1979 年 10 月，先后在该路修建起清城、魏僧寨、徐村、齐村四座钢筋混凝土板式桥 150 米，于同年 11 月 1 日始通魏僧寨直达邯郸的客运班车。

1980 年秋，邯郸地区交通局两次派员对馆魏路进行勘测。1981 年 8 月 25 日，该线 6 米宽三级沥青路的改建工程开工，同年 11 月 10 日竣工，铺筑路面（含魏僧寨镇、南徐村乡部分街道、县政府招待所甬路）25.27 公里。

如今，该路已经成为河北省省级道路文（安）大（名）线的一部分，质量较好，路面较宽，成为馆陶县的"京广线"，通达南北，但是，年纪大的，还习惯称为"三八路"。（网摘）

"七一"大桥的前世今生

刘文剑

  "七一"大桥架于卫运河河北省馆陶县县城与山东省冠县的东古城镇之间，是北京至大名（今 106 国道）、荣城至兰州（今 309 国道）两条国道上的重点工程。

  民国四年（1915 年），王占元捐洋 1.5 万元，四乡募捐洋数千元，购买 18 只木船建造浮桥一座，以后拆除。

  民国三十八年（1949 年）2 月 6 日，为支援解放大军南下，华北区人民政府公路运输总局会同冀南行署一专署，组织了航运工会、铁业工会、后勤部及县政府的力量，专员、县长参加，船户自献义工，冒雪抢修，昼夜施工。至 2 月 13 日，仅用 7 天时间，就提前建成了载重 12 吨以上的南馆陶浮桥。同年 7 月初，又于原址建成木排柱墩贝雷式钢梁桥，始称"七一"大桥。长 108.02 米，高 8 米，东西两端各 7 孔，跨径为 4 米，中间两孔跨度为 24.38 米，桥面为木板，宽 2.7 米，其上钉有汽油桶改制的铁皮，两边均为 0.45 米，开支工程费折小米约 30.5 万公斤。

  1963 年 8 月，洪水将桥冲毁，灾后，县人民委员会对"七一"大桥组织抢修，使之成为载重 500 公斤以下车辆通行的钢缆吊桥。

  1964 年 8 月，山东省人民委员会批准，将"七一"大桥改建成永久性桥梁。由省交通厅测量设计，省厅工程大队第三工程队施工。大桥共 16 孔，全长 296.01 米，高度（基础面至墩帽顶）为 6.11 ~ 8.11 米，两孔各跨径 30 米，4 孔各跨径 20 米，设计桥下河水流量每秒 2972 立方米。桥面载重标准采用汽 - 13，拖 - 60，桥面宽 7 米，两侧人行道各宽 0.75 米，总宽 8.5 米，桥面用混凝土铺装，两侧各设直径 75 毫米和直径 50 毫米钢管扶手二道，上装 12 只大型路灯。大桥正桥中部两孔为 30 米装配式预应力 T 梁，连孔是 8 孔长 20 米装配式混凝土梁，分列在中孔两端各4孔，引桥接在东端，是7.5米钢梁混凝土装配式板，下部构造为混凝土高桩承台基础，重力式墩台，全桥共打钢筋混凝土桩212根。大桥从墩台到上部结构施工中采用了国家桥梁建筑的新技术。大桥于1964年9月29日动工，1965年7月26日竣工，全部工程共使用钢材371吨，水泥822吨，木材575立方米，使用劳力81163工日，总造价128.5万元，平均每延长一米造价4341.1元。大桥建成后，区划，归属山东省冠县公路管理站养护。

1973年，山东省根治海河指挥部从卫运河治理的情况出发，决定东侧大堤外移，东馆陶村移出堤外，"七一"大桥接长，上部结构为工梁微弯板，下部结构为双柱钢筋混凝土墩台式，桥面净宽与主桥同，长度为638.37米。1974年3月开工，7月1日竣工通车，总造价124万元。至此，"七一"大桥共62孔，总长944.4米。

2008年4月，海河水利委在山东省聊城市主持召开会议，审查通过了《国道106线跨越卫运河七一大桥防洪评价报告》，因原桥损坏严重且荷载等级较低，被鉴定为危桥。2010年5月开始在老桥北侧修建新桥，并于2013年7月通车。

2014年6月，对老"七一大桥"进行拆除，8月初完成了拆除工作。（刘文剑摘编整理）

馆陶一中这些事

刘文剑

馆陶县第一中学（馆陶中学），始建于 1951 年 9 月 9 日，原名河北省馆陶县中学，原址在卫运河河套内焦圈村原地主焦汝镜庄园内（现属山东省冠县东古城），占地 50 亩，有房屋 150 间。筹建过程中，时任馆陶县教育科长张风栖负责筹建工作。建校之初，县教育科长孙希贤兼任学校负责人，郭冠英任党支部书记兼教导处主任。

1952 年 4 月，郭冠英被邯郸地区行署任命为校长。职能机构有教导处、团委会，全校教职工 12 人，始招两个初中班，学生 106 人。馆陶中学最初招收的 106 名学生，他们大多都是在抗日战争的烽火硝烟和土地革命运动的风风雨雨中走来。其中有的学生在解放战争中随军南下，有的直接投入到土地革命运动。有的学生则在政府、学校的领导下，做宣传搞支前工作。土地革命运动，激发了广大农民的生产积极性，为解放战争的胜利奠定了坚实的物质基础。国内战争刚刚结束，抗美援朝战争又拉开了序幕。有些同学又匆匆奔赴朝鲜战场。冀南仍弥漫着战争硝烟的气味。

1952 年，馆陶县划归山东省，学校易名为山东省馆陶中学。

1955 年，学校易名为山东省馆陶第一中学。次年，卫运河洪水泛滥，校园被淹，学校迁至现址——文卫街 83 号。新校园占地 37 亩，次年扩大到 152 亩，建有房屋 175 间。

1958 年，馆陶县与冠县合并，学校易名为山东省冠县南馆陶中学。是年，增设高中部，招收两个班。当时学校开展"三面红旗"教育。

1961 年，馆陶县与冠县分离，学校易名为山东省馆陶县南馆陶中学，当年，学校发展到 24 个教学班，其中，初中部 18 个班，高中部 6 个班，由于当时学校房屋少，部分学生分别住在当时的党校、机耕站、皮麻社等处。

60 年代初，在三年国民经济暂时困难时期，每个学生一日只分配四两粮食（当时带户口入校），有的同学饿得患了浮肿病，因此，近三分之一的学生被饿得辍学。当时还没有电，食堂后面有一口水井，师生用水，都是在井上推水车供水。

三年自然灾害稍有缓和，1963 年学校又一次被洪水淹没，水深处已达脖颈。学校里只有大会议厅西端的舞台和井台上没水。在极度困难的情况下，学校领导仍坚守岗位，坚持贯彻党的教育方针，认真抓教学工作，教学质良好。1963 年毛主席发出"向雷锋同志学习"的号召。学校结合政治课和周会，学习《雷锋日记》《雷锋的故事》等，采取多种形式，广泛开展向雷锋学习的活动。

1964 年高考，该校成绩在邯郸市名列前茅，被确定为河北省重点高中。为高等学校和社会输送了一大批优秀人才。体育活动也非常活跃，曾多次参加省、地运动会，并取得优异成绩。尤其是排球水平较高，在省内很有名气。

1965 年，学校开展向"王杰、焦裕禄、刘英俊"等英雄人物学习活动。彼时，虽然经济生活较差，但好人好事儿蔚然成风，社会治安环境颇佳。是年，行政重新区划，馆陶县又被划归河北省，学校也随之易名为河北省馆陶县中学。

1966 年，学校成立了"革命委员会"。在其后的十年中，学生停课闹革命、游行、串连。"工宣队"两次进驻学校，学校领导被罢官、揪斗，部分教职工受到冲击，校园变成了武斗的场所，正常秩序遭到严重破坏。

为适应"社社办中学"，1968 年 11 月学校解散。部分教师下放到各公社中学，县城机关干部职工子弟并入西陶公社中学学习。

1969 年 12 月恢复。

1969 年，根据"学制要缩短"的指导思想，小学试行五年一贯制，中学试行"二·二"制（即高初中各修业二年）。次年学校建起了"五·七"工厂，先后设立了制镜、电机修理、木器加工、钳工、锻工、地毯加工等车间。工人最多时，达到近百人。年纯收入上万元（当时工人月工资 35 元左右）。

1974 年，工宣队第二次进驻学校后，又开始了学工劳动，每年每班抽出一个月的时间走进工厂，进行学工劳动，全校学生轮流进行。70 年代末，五·七工厂的性质也发生了改变。学生不再参加工厂的劳动，工厂成为学校勤工俭学的一部分。

1973 年 10 月，馆陶县西陶中学并入馆陶中学。当时，教学区前面（今大门口处），路旁有七八棵 1956 年迁校时种植的大柳树，中间有一尊毛主席的塑像，气势雄伟。之后，县城建设文卫街，街道从学校中间穿过，那些大柳树被移植……校园被分成南北两部分。后院为教学和学生宿舍区，前院为校办工厂和教职工生活区。

1975年，学校恢复校长负责制。同年，学校易名为馆陶县馆陶中学。

1977年，国家恢复高考制度，大批往届毕业生纷纷参加高考。其中"老三届"因其功底扎实，大部分考入高等院校。

1978年，党的十一届三中全会和全国教育工作会议相继召开，学校认真贯彻会议精神，拨乱反正，正本清源，落实政策。教师心情舒畅，工作积极性提高。从此，学校各项工作开始步入正常轨道，进入新的发展时期。

1979年，学生王立中考入清华大学，这是馆陶一中第一个考入清华大学的学生。

80年代初学校成为邯郸地区重点中学。之后，学校被列为河北省重点中学。为适应新的教学管理，在之后的几年里，学校对各科室进行了调整与增设。

1987年，学校更名为馆陶县第一中学。

1998年夏季，初中部最后一级学生毕业，从此学校成为一所完全高级中学。2014年恢复初中红旗班招生。（刘文剑摘编整理）

馆陶"上河水"与"一定要根治海河"

刘文剑

1963 年 8 月上旬，整个海河流域处于较深的低压控制之下，且受太行山地形抬升的影响，产生强烈的辐合作用，加之西南连续产生的低压接踵北上叠加，更加强了这一过程，形成了特大暴雨。此次暴雨雨区主要分布在漳卫河等流域的太行山迎风山麓，呈南北向分布。3 日，暴雨中心邯郸日暴雨量达 466 毫米。

太行山自南向北的特大暴雨，源出太行山东侧的各河流普遍暴发了山洪。山区水库虽拦蓄了大量的洪水，但由于暴雨强度高，降雨量大，河道宣泄不及，各河上游在京广铁路以西即已漫溢。

卫河上游各支流 8 月 2 日开始涨水，堤防多处决口，两岸一片汪洋。

漳河上游山洪虽经岳城水库拦蓄 6.67 亿立方米，9 日下泄流量仍达 3500 立方米/秒。大量洪水破堤入大名泛区。10 日洪水在大名县严桥漫过漳河左堤。堤上过水 1 米多，漫溢洪量达 12.96 亿立方米。

卫运河 4 日起涨，11 日秤钩湾水文站水位高达到 44.9 米，流量 3240 多立方米/秒。从 8 月 8 日至 15 日，全县有 29 段长达 4.26 万米堤岸的洪水超过堤坝 0.1~1 米，占河道两岸堤防总长 10.26 万米的 40%。

卫运河临清冯圈村首先决口，继之漳河北堤决口，平地水深 2~3 米，深处 4~5 米，浅处 1 米左右。

8 月 6 日，中共聊城地委书记曹子丹冒着大雨指导防汛抗洪工作。中共馆陶县委代理书记高原，县长路子平在防汛指挥部坐阵指挥。自 8 月 4 日至 9 月 25 日有 2 万民工筑堤参战，最多时达 3.5 万人。民工上堤后分巡堤、抢险、筑堰等九路人马。8 月 8 日，发现馆陶大桥两端公路阻水，8 月 9 日，漳河大名地段漫堤 9 处，滚滚大水向北倾泻，冲入馆陶。8 月 10 日，东馆陶大庙南堤坡坝塌，乜村堤段腹背受水，情况十分紧急，聊城专区副专员徐刚，县委副书记王克俊连夜赶到险段坐阵指挥挥。终因洪水过大，8月11日，夜冲破红花堤、幸福渠、铁路路基（今邯馆公路）进入县城。8月11日9时，卫运河东堤在冯圈决口冲没了河东大半个县。

在遭受洪水袭击的严重关头，省委、地委负责人亲临现场指挥救灾工作，还派来干部、医护人员、部队官兵，携带抢救船120只，派飞机空投熟食、面粉等物资。灾后帮助灾区群众打捞残秋，抓好排水，抢种白菜、萝卜，种好小麦。安排部分灾民到东阿县、茌平县、莘县渡灾。

这次洪灾，"七一"大桥被洪水冲坏，全县受洪灾361个村，占全县总村数的73.6%；受灾23.52万人，占总人口的88%；淹地80.4万亩，倒塌房屋26.7万间，死亡58人，砸伤2000人，沥涝2.99万亩。

由于这场大洪灾，11月17日，毛主席发出了"一定要根治海河"的伟大号召。海河人民积极响应，先后在各支流上游兴建官厅、岗南、黄壁庄、密云、岳城等大水库，还有许多中小型水库；开挖、疏浚潮白新河、永定新河、子牙新河、漳卫新河和独流减河的出海干道；修筑防洪大堤4300多公里。此外还修建许多抽水站，开凿数以万计的机井，提高农业的抗旱能力。上游山区植树造林1000多万亩，整修梯田300多万亩，控制水土流失，平原地区有一半以上的盐碱地得到改造。经过20多年来的农田水利建设，海河流域基本上解除洪、涝、旱、碱危害，农业生产大幅度提高。（刘文剑摘编整理）

馆陶小了一半的分家事

刘文剑

平常跟朋友在闲谈中对建国以来馆陶县的区划调整和隶属问题一直有争论，特别是馆陶哪一年从山东划归河北存有疑惑，且听小编详细道来：

1949年8月，撤销冀南行署（亦称冀南区），馆陶县划归河北省邯郸专区管辖。1952年10月，馆陶县由河北省邯郸专区划归山东省德州专区。1953年1月，馆陶县由山东省德州专区划归山东省聊城专区。1955年，县城从北馆陶镇迁至南馆陶镇。1958年12月，撤销馆陶县建制并入冠县。1961年7月，恢复馆陶县，仍属山东省聊城专区。1964年底，冀鲁区划，以卫运河为界，馆陶县原卫河以东的地域，北半部八岔路、潘庄两个区的11个人民公社，9个村划给山东省临清市，南半部北馆陶区的5个人民公社和南馆陶区的4个人民公社及西陶公社的东馆陶村共143个村划给山东省冠县。1964年，"我"小了近一半。1965年1月，馆陶县由山东省聊城专区划归河北省邯郸专区。1968年1月，邯郸专区改为邯郸地区，馆陶县属邯郸地区。1993年7月，邯郸地区与邯郸市合并称邯郸市，馆陶县归属邯郸市。

这就说说1964年，小了一半的分家事：

1964年12月5日，河北省邯郸专员公署和山东省聊城专员公署按照《河北省人委（人民委员会）、山东省人委关于调整两省边界行政区域交接工作向国务院的报告》精神，就调整两专区边界行政区划交接工作拿出了一致意见，并组成专门的工作组，对临清、馆陶县有关划界的各项具体交接工作进行了协商讨论，最后确定：

一、划界问题。

根据两省向国务院报告的规定：

聊城专区馆陶县卫运河以西（左岸）的房寨区、柴卜区、魏僧寨区和南馆陶区的西陶、沿村公社，北馆陶区的马头公社，共计三个整区，22个公社，包括248个村庄，40739户，163030人；耕地515383亩，划归河北省邯郸专区。

馆陶县的八岔路区、潘庄区和南馆陶区的张庄、么庄、古城、乜村4个公社，北馆陶的杨召、万善、肖城、许庄、城关5个公社，共计两个整区，20个公社，仍属聊城专区。跨河地区的插花地，所有权不变。跨河的南馆陶区童庄生产队，核算单位在卫运河以东（右岸）属聊城专区。

以上聊城专区的划出地区，自公布之日起，邯郸专区接管行政领导，并按规定分别上报各省审批。

二、关于干部问题。

按照以下原则进行移交：

1. 县级机关的党政群干部及不易按业务量计界的企事业行政管理单位的干部和职工，按人口比例分配；

2. 县级企事业行政管理单位的干部和职工，按业务量大小的比例分配；

3. 县以下整区整社划出的区、社干部和区、社企事业部门的干部和职工，随地区走。跨河的南馆陶区党政群武、农业技术指导站、会计辅导员、扫盲干部、税务所和供销社的行政管理人员，按农业人口的比例分配；粮库（留下负责县直业务的人员）、人行所、农行所，属聊城专区；供销社生产资料部的所有人员各半分配；棉花站、采购站合理搭配；供销社的门市部、酱菜加工厂和集体所有制的单位，以河为界，原地不动。跨河的北馆陶区区直所属单位的干部、职工，以河为界，原地不动；

4. 县级直属企业事业基层单位，以卫运河为界，卫运河以西（左岸）的属邯郸专区；卫运河以东（右岸）的属聊城专区，不作分配。

关于分配和不分配的部门、单位和干部、职工的划分，执行两专人事部门的具体协议。

三、中央和省属的人民武装、人民公安部队、邮电局、公路站、汽车站、卫运河修防段的交接工作，由两专区各有关部门根据两省部门协议的精神，具体办理交接。

四、关于粮、油的征购、销售问题。

根据国家规定的新粮食年度划期到明年三月底。馆陶县应按照聊城专署分配的1964年粮、油征购、销售计划指标，分配到区、社全年的购、销指标进行交接。如划出的卫运河以西（左岸）地区，现有库存加未完成的征购少于分配到1965年3月底的销售指标，其差数由聊城地区调拨给邯郸地区；现有库存加未完成的征购多于分配到1965年3月底的销售指标，其多余数，由邯郸地区调拨给聊城地区。完成和超额完成国家粮、油征购任务的单位，由聊城地区按照上级规定，兑现给原收购单位奖售物资。

五、关于棉花问题。

棉花收购和调拨指标的划分，按1964年棉花生产年度原收购调拨计划，减去到1694年底的实际收购量，其剩余的卫运河以西地区的棉花收购指标，由邯郸地区组织收购。为便于计算，1964年底以前实际收购和储存的皮棉、籽棉、棉籽、棉皮、棉饼和棉油一律归聊城地区所有，并由聊城地区按实际收购量和上级的规定，兑现给原收购单位奖售物资。对现有皮棉、籽棉、棉籽、棉皮、棉油、棉饼等加工、调拨、保管和返还，均按聊城地区的规定，委托原加工单位办理，国家掌握的60%的棉籽，除需要调出作种籽的外，加工后如需在原县销售的棉皮、棉饼，河东河西一视同仁。

六、关于财政、税收等均按照两省向国务院报告的原则进行交接。

七、集体所有制单位的各种股金、公积金、奖励基金、福利基金、合作事业基金、折旧基金、教育基金、流动基金等，系全体社员所有，按区划后的社员比例分配。

八、关于财产问题。

根据据两省向国务院报告的原则，确定两省签订报告之日，即10月31日为登记移交财产的依据，责成双方有关业务部门，按照以"卫运河为界"的原则，协同馆陶县有关部门，将卫运河以西（左岸）和卫运河以东（右岸）的所有财产（包括动产和不动产），开列清单，进行交接。所有调动的干部一律不得携带公物。

九、南馆陶卫运河大桥（正在施工）、北馆陶卫运河大桥、秤钩湾水文站、卫运河航运港，系山东省管理的建筑物和设置的单位，当前仍属山东省管理，以后两省如有新的协议，即按两省协议办理。（此条也解释了小编一直以来的一个疑惑：为什么七一大桥属于山东）

十、除已列为交接分配的单位和财产外，如再有遗漏的县属单位和财产，均以河为界，卫运河以西（左岸）的归邯郸专区，卫运河以东（右岸）的归聊城专区。

除执行好以上的意见进行交接，办理交接手续外，还要求两专区有关业务部门和馆陶县委、县人委在交接过程中，都应教育干部、职工和群众，加强团结，相互尊让，爱护公物，遵守纪律，奉公守法，服从分配，搞好生产和工作。

（刘文剑摘编整理）

百年学校移屯蔺寨的前前后后

李廷朝

河北省馆陶县城关完小创建于 1905 年（清光绪三十一年），原名城内小学，旧称第一完全小学，至今已经有 107 年的历史了。《馆陶县志》（1999 年版）和《馆陶县教育志》（2006 年版）都没有明确记载，这所小学曾经将校址搬到蔺寨的经历。蔺寨村现属馆陶县路桥乡。1404 年（明永乐二年）由山西省洪洞县迁民来此，由于此处曾是宋辽交战时屯兵扎寨的地方，随以迁民蔺氏大户，起名为蔺寨。1919 年（民国八年）蔺寨（前街）曾在村周围修筑围寨城墙，周长 360 丈，基厚 1 丈，顶宽 7 尺，墙高 1 丈 3 尺，上有小墙高 5 尺。1930 年（民国十九年）曾设立蔺寨乡，辖蔺寨、北阳堡、木官庄、平堡等四村。1963 年馆陶县发洪水时，由于蔺寨围寨城墙保存基本完好，村内没有进水，减少了村民财产损失。目前城墙遗址尚存。现将百年北陶小学移屯蔺寨前后的史实回忆如下，供参考。

（一）

馆陶县在 1964 年前属山东，1965 年始属河北。当时划界标志物是卫运河：河以东属山东，河以西属河北，现在县城已在河西，即今天的县城。划界前馆陶县行政区划一般为 8 个区，即河东 3 个区，河西 5 个区，划界后河东的 3 个区分别划归了临清和冠县，至今如此。

全国解放的标志日是 1949 年 10 月 1 日。此日（含）之后称"解放后"，之前为"解放前"。馆陶的"解放"日是何日？新县志上说是 1945 年 7 月 28 日，当时老百姓说的是同年同月的 31 日：当时歌谣有"六月二十三，馆陶冒了烟……"，并称此日是"日本放弃日"，简称"放弃"。古历的六月二十三日即 7 月 31 日。此日是馆陶惯例的大集，百姓赶集时发现馆陶已是"城空人去"了，并见了头晚烧城的余火余烟。具体情况如何，不属此处要考究的事了，但可以肯定，馆陶县的"解放日"要比全国早四年多的。因为国民党政权于 1937 年秋逃走之后就再也没有"回来"过。馆陶县的"解放"日，就是赶走日伪统治的"光复"日，也就是 1945 年的 7 月底。

1945 年夏天，馆陶县解放时，县城在北馆陶（现山东省聊城市冠县北馆陶镇所在地），共产党领导的县政府接管了全县的行政治权，并立即着手整顿了全县的学校教育。记得新政府的教育科长是曾任馆陶县四区之长的李子涛同志。当年秋开始，馆陶县的小学教育开展得轰轰烈烈，各主要村庄基本上都整顿组建了小学，大力推广了适龄儿童入学的义务教育，李廷朝曾在当时的西厂小学任过儿童团长，深有感触！

县政府除重视初小教育外，还十分重视高小教育，那就是"六大完小"的组建。实际上，在 1945 年"解放"之初迅速组建起来的是"五大完小"：北陶完小、南陶完小、浅口完小、南拐渠完小和艾寨完小，安雷寨完小是后来组建的。实际上，北馆陶完小当时全称是"馆陶县城内完全小学"简称"城内完小"，因当时县城在北馆陶，故俗称"北陶完小"了。

北陶完小的校址在县城北街的路西，大门朝东，斜对着贾家街西口，南邻馆陶监狱，隔街邻居是中共馆陶县委，俗称"县委会"，而县政府仍是东街上路北那座比较排场的旧政府大院。北陶完小包括高小两个年级和初小四个年级（建校初没有高年级）。北陶完小的校牌是首任校长崔美菴先生手写的。从 1945 年 8 月学校筹建，到 1948 年崔校长调走，记得的高小教师先后（当时人员流动性较大）有：崔美菴（董固人，于山东省政协离休）、孙希贤（兼党支书？冠县四中书记任上离休）、王尚白（庄科人，馆陶县中学副校长离休，主抓教务）、钟雪菴（病故较早）、闫文身（沿村？河南省委党校离休）、李志山（南辛头人，馆陶县中学病故）、王济民（房儿寨人？）、艾荣久（南拐渠人，北陶中学离休）、郝敬堂（南拐渠人？馆陶中学离休）、沈子谦（前时玉人，北陶中学被冤害）、闫占一（后不详）、申自钦（申街人，分管总务，至今 92 岁，健在）。当时的工友沈希文（前时玉人，炊事班长）、杨从宾（大寺堡人）、何百禄（邱县大河套人，公勤工作）和炊事员么某（浅口一带人？）、杜某等。另王仿桥老师是从艾寨完小调去的，半年后离开了。还有位高个子刘姓老师，也是不久就调走的。1948 年接替崔校长的是谭儒斋老师任校长，不久安建勋（安桃园村人，临清市政协副主席任上离休）老师来校主管教务，其他人员情况不详（李廷朝已经离校了）。

（二）

北陶完小（据说1905年建校）重新组建于1945年8月，在"建国"前共招收了四个年级的高小生，即一、二、三、四级。李廷朝是三级学生，直接接触的是二、三、四级生，间接接触的是一级生。因为初到时的特殊环境和背景，学校性质上非常接近"抗高"的情况。比如，教职员都实行的是供给制和"包干"制，没有工资，每月的待遇是百来斤小米计算——老师们常打趣说："今天这几斤半小米又算拿到手了！"（可能是2斤半或3斤半）。学校的经费很少，相当部分是靠学校"组织生产自救"来解决。比如，组建之初，学校除了农业生产（主要的）外还有纺织和卷烟工艺，直到李廷朝入学后卷烟机还使用呢。另外，一级的几位同学直到毕业前后还在集市上售卖钟雪菴老师带领学生绘制的水墨画之类呢。农业上的经营生产比较长久些，生产基地主要在城东北戴庄附近和城西角空地处。李廷朝入学后不几天就去城东北的基地里看瓜（西瓜、甜瓜）。同一"班"的还有三级的王佩武和一级（毕业了还未离校）的赵士兴（今河北邢台临西县尖塚人）。是年的秋后还组织学生拉犁耕地播种。为此，语文老师闫占一先生给出的作文题是："数谁干的红？"大家几乎一致地写了三级的王佩武（男）、李荷芳（女）。秋种完了之后紧接着就是"移屯蔺寨"了——这是后话。

当时的招生和毕业也都不太正规，而且这种情况是越早的班级越严重，基本上还没有后来那种正规程序。如学生的"身世"和学历等，可以说五光十色。从年龄讲，年长比年幼的大一倍还多：如二级的张春法（任过邱县法院院长）入学时25岁，曾是县大队的小队长。而三级的李清晨，入学时还不足9周岁，三级的女同学石玉芳，入学时也已25岁。从婚姻情况看，许多同学已结了婚，甚至当了一、二个孩子的爸爸、妈妈。三级同学中马头村的8个同学中有3位同学是婚后入学的。蔺寨的四位同学中有2位同学已当了父亲。在个人出身上更是五光十色，有读到小学四年级的；有一天学校没进过的；有正上着小学的学生或放牛、放羊、割草的村童；有在抗日战场上逞过强的战士，如前面说的张春法和一级的颜鸿林（南下后改名雁翼，后来成为著名诗人），入学前曾是八路军战士，入学时还穿着八路军军装呢！另外，不管哪类身世的学生，在学校的地位是一样的，而且当时革命的政治氛围很浓，每周有一次小组生活会。因此，同学间既有亲密的战友情谊，又有严肃的组织纪律关系。再者，当时的物质生活状况是很艰苦的。记得，学生上学完全没有学费，每个人的生活费大体来自三部分：（一）学校补贴；（二）个人参加学校生产劳动应得的酬劳份额；（三）个人从家庭缴纳的部分。这第三部分十分复杂：现金可以，交粮食（包括地瓜）可以，交柴草、蔬果亦可以。记得在蔺寨上学时，有几个远路的同学家长共同使用了一辆牛拉的旧式大车，拉着几个同学应缴纳的粮食物品——其中大部分是地瓜、萝卜。

与学生关系最密切的事是吃饭问题，因此，当时最重要、最实在的学生组织是"厨委会"，即我们后来常说的伙食委员会。那时，学校工作的重要精神是学生自治精神。当时的学生自治组织，在全校叫"学生自治会"，如同后来的学生会，李廷朝曾任过该会副主席（主席侯执军）。但这种组织只是群众性的行政组织，活动不多，同学们并不太在意。而厨委会就不同了，它与每位同学的生活都是天天发生关系的，而且管理的事情非常繁杂。厨委会是选举产生的，头头叫厨长，另有会计、出纳、保管、采购（当时叫采买）4个人。李廷朝在去蔺寨前后曾当过采买。该届厨长是袁连阁（安雷寨人），会计是王起敬。回到馆陶后，李廷朝还任过一届的厨长。每届厨委会的时间不定，一般为一学期，但每月结算一次账的制度是固定不变的。每次结账都是在晚上"加班"，如果饿得很了，"加班"之夜还允许加顿晚餐（当时主食基本上是高粱或玉米面的粗粮窝窝头，而且从不掺豆子的，也没吃过细粮，老师们的小伙房稍好些，但差别不多，只是小锅菜油水多些）。

（三）

前面说过，从1945年8月"重新建校"至1949年夏天，北陶完小共招收过四届学生，毕业过三届学生。当时招生和毕业都不正规，每年级（一个班）的人数也不一样、不固定，但大体上是一级最少，约二十几人，二、三、四级大致都是三、四十人，总共150人左右。说它不固定，是因入学时间和离班时间都比较"随便"。但有一点可以肯定，大部分学生能坚持到"毕业"，而且当时的高小毕业生是非常受宠，很金贵的，因此，只要本人愿意或不坚持拒绝，都会迅速被安排吃"公饭"的工作。这里可以举一个真实故事为例，即二级毕业生李同兴（县气象局局长任上离休，健在）同学的故事。李毕业时（1948年7月，1947年6月入党）可能只有17岁，教育科分派他去某小学当校长，他自认为是个孩子，根本不能当校长，故坚辞不就。教育科长把此情况顺便向刘晓波（钟凯县长的继任）县长说了，刘一听也觉奇怪，立马说："怎么还不愿当校长？叫来我跟他谈谈！"见面交谈后确知李不敢当校长后，刘又慨然说："那好吧，你就留在我这里吧!"李一听十分兴奋地答应说："刘县长，叫我给你当通讯员我是真高兴啊!"刘马上否定性的解释说："你这高小毕业生是大知识分子喽，怎么能叫你当通讯员呢! 当我的秘书吧!"于是李当了刘县长半年多秘书，刘离开后，李还是干了教师。这看起来似乎是笑话，但它反映了历史真实。

当时招生不是"就近入学"，也不是全县"统招"，很可能通过各种关系和渠道得到信息，顺便就入了学了，因此，籍贯情况十分纷杂，生源有集中的，也有分散的，如上面说的李同兴，就是王尚白老师路过他村时"动员"了他。三级的吴自文，正在井上提水，碰巧有人说到此事，他放下挑水的工具就跟别人去北陶上学去了。据李廷朝记忆的情况，简括说一下当时的学生情况，可供有关人员研究参考。

一级是 1945 年 9 月份前后陆续入学的，最多时总共二十几人吧。1947 年夏天毕业后，也是陆续离校的，其中一部分参加了"南下"宣传队，在西门里路南一处院落里集训，经常回母校打球。他们宣传队员中的大部分于 1948 年春"南下"了，个别的没有去。该级生中颜窝头（今南徐村乡）人较多，如颜鸿林（南下后改名雁翼）、王梦学、王哲俊、王哲民、王梦科等人。"南下"后，颜鸿林当了随军记者，流落在四川，成为著名诗人;王哲俊，最后流落云南多年，曾系昆明军区空军师团干部;王哲民，"南下"后长期在湖北荆沙市工作;王梦科，"南下"后辗转多地，最后回到馆陶工作;王梦学"南下"后还未到大别山即回到颜窝头务农。颜窝头入一级上学并"南下"的较多，可能也与他们父兄（多为抗战前期参加革命的）情况有关，如王哲民的父亲、王梦学的胞兄就是王梦照，即王祥卿，日本投降后曾是馆陶县长，"南下"后在湖南、湖北工作多年，曾任湖北省电力工业厅厅长。王哲俊的父亲王梦杯（即王生华）同志，曾长期任馆陶县民政局局长等。王梦科的胞兄王英（梦符）也是老干部，曾任馆陶银行行长。另外，尖塚的赵士典、戴庄的戴西之和里固的李炳立等同学，李廷朝都接触过。李炳立长期任大众日报聊城记者站站长和聊城市计生委主任。

李廷朝与二级同学共同生活一年，记忆中的同学更多。汪堤村有 3 人：汪之武（在一级也待过），初中毕业后参军，在山西省临汾军分区政委任上离休的;汪之贞在本籍教学;汪光前曾在馆陶、邯郸等县任过武装部政委。李同兴、李云善（河北石家庄高中教师）是任门寨村人，安（王）雷寨村的有王起敬（即王献忠，馆陶县民政局局长）、袁连阁二位均为本县干部。吴庄村有 2 人，即吴东崑（嵛峰，河北秦皇岛某基地书记）、吴自立（聊城水利局，后回馆陶工作）。刘树森（馆陶县市庄中学曾任校长）、曹如义（即曹峰，在馆陶县银行工作多年）。王朝聚（在三级也待过）曾任县委办副主任和粮食局局长。蔺寨村有2人：董立芳（县粮食局已故）、卢凤山（临清棉麻公司已故）。邱县有3人，即张春法、刘爱民、张爱修，除张春法外，其他二位做粮油工作。安鸿德是安桃园人，在粮食部门工作。女同学有几位：最早的是石玉芝，一级、二级都待过，她是县长钟凯同志的夫人；南关人马桂卿同学是魏僧寨医院医生；朱云兰同学是城里（北陶）西街人，毕业后在冠县任教一生。李广聚（即李耀华）同学上学时是党员（一、二级还有一些），毕业后考入临清中学，中学毕业后参军多年，转业临清后长期任过市工商局领导。

李廷朝是三级学生，该级生1947年夏入学，1949年夏毕业，该级的同学基本上还能记全：马头村有8名同学，他们是赵德信（冠县邮局）、赵富旺（邯郸峰峰矿中）、韩金起（邯钢）、常道明（流亡东北）、常道生（马头卫生院）、张振国（马头）、张如金（马头小学）、杨介贞（卫东中学）。大寺堡村有5名同学：侯执军（冠县教育局副局长）、侯子杰（本村）、杨振岑（本村）、董月明（本村）、周鸿俊（本村）。蔺寨村4名同学：牛连科（曾任蔺寨村村委会主任、健在）、牛连贵（卫东镇机关，已故）、陈清和（卫东农机站，已故）、李秀芳（馆陶县物资局局长，已故）。西厂、东厂3人：张冠英（县党校副校长）、李会春（尽忠，县土地局）、李廷朝（山东大学教授）。毛圈村3人：肖俊玉（本村）、毛贵杰（曾任本村党支部书记）、王云芳（本村）。吴庄村2人：吴自文（路桥卫生院）、吴东玉（卫东中学）。颜、马窝头2人：王哲华（二、三、四级均待过、王祥卿之女、王哲民之胞妹，湖北荆沙市财校）、郭清德（县社马头饭店）。南拐渠村2人：艾全周（本村小学）、郝玉卿（县社土产部，县社主任宋敬斋夫人）。申林村2人：申明礼（本乡小学）、申百计（县法院某法庭）。肖城村3人：于鸿修（本乡小学）、于长泗（本乡小学）、于法功（本乡中小学）。汪堤村2人：汪树祥（邯郸三中、临清潘庄中学）、汪文元（本村小学）。其他者：王佩武（塔头村支书）李荷芳（临清女师毕业后随丈夫去枣庄市工作）、石玉芳（曹庄人，石玉芝胞姐，临清女师毕业后去了河南某银行工作）、李清晨（路桥人，北京某单位退休）、杨银秀（马头棉厂退休）、吕正坤（徐村人，不详）、乔淑梅（二级待过，北陶西街人，石化部办公厅）、陈兰芝（陈范庄人，邢台科协退休）、任殿功（丝窝寨村人，县民政局副局长）和崔炳章

（北董固人，县经委退休）等。另有史壮英（北陶崔庄人）、李秀梅（东厂村人，李廷朝胞姐）曾在三级有不足半年的临时插班。

四级是1948年夏秋入学的，1950年夏毕业时本人早已离校一年，记忆的情况较少些，后来有直接或间接来往的可介绍几人：李占山（东厂人）是李廷朝族侄，也是李廷朝动员去北陶完小上学的，北陶完小毕业后考入威县（赵庄）师范（五年制），毕业后一直在邯郸工作，市文联退休后仍住邯郸；李怀璋（南辛头村人，李志山老师胞弟），毕业后一直在县城工作（宣传部、银行、县志办）、石凤举（徐村人，河南大学毕业后在鹤壁高中工作，回县后任县一中副校长和县政协主席）、陈润生和王子尧（均西厂村人，均本县教育干部和教师）、郝佩岑（滩上村人，教师）、薛玉堂（马头中学）和马银聚等，在本县工作的较多，如大寺堡周维明（教师）、北陶人孙培德（县粮食局）等。

综述各方意见一致认为，馆陶县城关完小大约于1947年秋天（9月）至1948年夏天（6月），学校转移至馆陶县蔺寨村办学大约10个月。其具体原因主要是1947年解放战争时期，馆陶县因为早已经是共产党解放区，国民党空军飞机时常来县城（今山东省聊城市冠县北馆陶镇驻地）侦察飞行，为防止国民党军队进攻县城，县委决定学校分散，故搬到蔺寨办学。同时，也解决馆陶县城关完小办学经费紧张问题，为解放战争积累经费做出贡献，迅速培养人才，为大军南下做好准备。事实证明，馆陶县城关完小为祖国的革命、建设、改革培养了大批人才，做出了巨大贡献。（文稿主笔：李廷朝（山东大学原教授），资料补充：石凤举（馆陶县政协原副主席）、牛连科（蔺寨村原主任）、李同兴（馆陶县气象局原局长）、常道生（马头卫生院原干部）、崔丙章（馆陶县经委原干部）、王朝聚（馆陶县粮食局原局长）、文丁善（馆陶县政协原副主席）、张广岳（馆陶县政协原副主席）、杨介贞（魏增寨中学原教师）、资料整理：牛兰学、李晓林，打字：魏付山、李占东、赵甲、牛兰学等）

第一部寻呼机

牛兰学

我家的文物厨里静静躺着一部无线寻呼机，俗称 BP 机。它是馆陶县第一部无线寻呼机，也是馆陶县使用时间最长的无线寻呼机，它同样是馆陶县最后一部停止使用的无线寻呼机。它在 20 年前为我发出第一声"嘀嘀－－，嘀嘀－－"的欢唱，它在 10 年前停止呼唤，被我放在这里珍藏。我舍不得扔掉它，每次因为种种原因碰到它，我的耳边仿佛还在响起"嘀嘀－－，嘀嘀－－"那远去的寻呼声。

20 世纪 90 年代"BP 机"开始风靡中国，到 90 年代中期几乎遍布大小县城。"BP 机"全称为"无线电寻呼通讯显示机"，也叫传呼机、BB 机、CALL 机、简称呼机。这是当时邮电局开展的一种新型的电信服务公众业务，显示机可以随身携带。只要在发射无线信号覆盖区内，都可以通过 126 人工台或者 127 自动台拨叫显示机的编码，显示机的携带者便被呼出，BP 机上就会显示出寻呼人要联系的内容或者拨叫方的电话号码。虽然在寻呼机出现之前，固定电话已经开始走进寻常百姓家，但固定电话无法自由移动这一局限性依旧无法满足人们对即时通信的要求。BP 机的出现改变了这一现象。

BP 机大小和火柴盒差不多，小巧玲珑，便于携带、联系方便、尽显时尚，一开始因为价格较高，还透着点身份、地位、潮流的意味，所以备受青睐。在 BP 机兴起不久，出现了另一种通信工具"大哥大"（又称模拟手机）。于是，"腰别 BP 机，手捧大哥大"是那个时代最令人崇拜的形象写照。1995 年 5 月 1 日，馆陶县同时开办模拟手机和公众无线寻呼业务。我于 4 月份成为首批 4 人购买模拟手机（俗称：大哥大，号码为 9013782，我也是馆陶县第一部"手机"的使用者，另文记述）和附带 BP 机的客户之一。我的 BP 机是美国摩托罗拉牌汉字双排显示机（号码为 5534649），有两个火柴盒大小，带着拉链和外套，便于挂在腰间以防丢失。每年的服务费为 300 元。一开始，无线寻呼仅限县城周边，接近年底实现了全省联网。经过一年多馆陶县的 BP 机由几台几十台上百台发展到上千台。走到哪里，都可以见到腰挎 BP 机的人，听到"嘀嘀－－，嘀嘀－－"的寻呼声。我当时是一家国有中型企业的负责人，业务比较繁忙。腰间别着大哥大、BP 机、钥匙包，被笑称"子弹袋"。那"嘀嘀－－，嘀嘀－－"的寻呼声加强了我和企业、客户的紧密联系，促进了企业发展。记得 1996 年春节前，我正在石家庄搞促销活动，上海的客户余卫厚乘飞机到济南突然造访企业，需要我出面，通过 BP 机呼叫，我连夜赶回来双方签订了供销合同。原来，他利用春节在上海策划了一个文化节。这次合作，他支付了 6 万元现金，是一笔大单。

有事呼我，是那个时代的流行语。名片上都印着 BP 机号码。据统计，1998 年中国寻呼机用户突破六千万，名列世界第一。BP 机将人们带入了没有时空距离的年代，时时处处可以被找到，大大加速了人们的生活、工作效率，信息传播讯速，但也让人无处可藏。人们爱它恨它离不开它。腰间尽是 BP 机的时代也有许多笑话、幽默让人忍俊不禁。因为 BP 机铃声单一，遇到开会或者聚餐的时候，一听到"嘀嘀－－，嘀嘀－－"的寻呼声，大家一股脑的都从腰间摸出 BP 机看，看看是不是自己的在响，然后相视一笑。女同志在一起，则一股脑的都从随身包里摸出 BP 机看。尤其是信息播报来时，几乎所有的 BP 机一起响起，嘀嘀一片。有的是单位统一配备的 BP 机，忙的人天天有响，回电话、开大小会等；闲的人挂个 BP 机，一天到晚没有响过，自己感到没有面子，于是自己用 127 台呼叫自己，就是为了不断听听自己 BP 机的"嘀嘀－－，嘀嘀－－"的寻呼声，然后激动地说："这玩意像蝈蝈、像蛐蛐，真是不赖。"一脸得意。小科员们腰间别着手机、BP 机，因为手机费用个人负担，每每听到 BP 机声，就去找固定电话回话，耽误时间也不惜。因为 BP 机里陌生电话号码或者留言暧昧，造成夫妻吵架的也时有耳闻。聪明人建议回家前把 BP 机内容删光。

当 BP 机最火爆的时候，数字手机开始出现。早期昂贵的"大哥大"通话费用给了 BP 机的生存机会。在手机与 BP 机和平共处的几年，双方优势互补：BP 机依旧是首选的个人联系方式，使用手机只是省去了满大街寻找固定电话进行回复的麻烦。因为工作需要，我调离企业来到机关，"大哥大"上交了，BP 机仍然一直跟着我。只不过，关于工作的呼叫大大减少，更多的是参与酒场和私事的。BP 机泛滥的年月，有人说中国人戴 BP 机丢人。传说，BP 机起源于美国的奶牛场，在那里每头奶牛的牛角上都挂着一个 BP 机，一到奶牛挤奶时间，BP 机一响，奶牛就奔去挤奶间。其实，我倒觉得即便这样，我们戴 BP 机也不丢人，就看它是否对我们当下有用处。在使用 BP 机的岁月，我倒感觉到 BP 机就像一条无形的绳子牵着我，或者说，我像风筝，BP 机就像绳子拴着我。不管走到哪里，通过 BP 机，想找我的人都可以找到我。企业可以随时找到我，单位可以随时找到我，朋友可以随时找到我，家人可以随时找到我，公事可以随时找到我，私事可以随时找到我。我通过 BP 机和社会紧密联系起来，愉快地生活着。2000 年的一天，父亲突然呼我，原来母亲说话不清楚了，我急急忙忙赶到父母住处，把母亲送进医院。医生说幸亏住院及时。母亲得的是脑栓塞，经过半个月的治疗母亲基本恢复了健康。

我从来没有丢失过 BP 机，也没有换过 BP 机号码。直到 2003 年 9 月，上海的朋友余卫厚先生在上海呼我，我还回了电话。那时，大城市的无线电寻呼业务已经停止，中小城市已近尾声。他十分吃惊地说，你们那里还有 BP 机业务？你的 BP 机竟然还在使用？号码也没有变？一连三问足见他的惊诧。他说，闲来无事翻看名片，看到你呼呼试试，没有想到竟然能通。我们寒暄问候一番，便挂了电话。这是最后一个最长距离的呼叫。到 2005 年 12 月 31 日，馆陶县的无线电寻呼业务正式终止。我从 BP 机里抠出那节 7 号（AAA）电池，没有删除任何记录，毕恭毕敬地把它们放在了家里的文物厨。

又一个十年过去了，恍若隔世，今天的许多年轻人已经不知道 BP 机是个什么物品。前几天，博物馆的徐建平先生，邀请我去看看正在装修布展中的展馆。看到许多历史文物，我忽然想到我的 BP 机，徐先生恳求收藏，他催了几次，我还没有交给他。我想理一理我和 BP 机的故事，把 BP 机和故事一起收藏。到 21 世纪初，由于数字手机的广泛普及，一个寻呼时代的历史宣告终结。BP 机彻底离开人们的视线成了怀念和回忆！"嘀嘀－－，嘀嘀－－"的寻呼声真的远去了。我的 BP 机也该走进博物馆了。

馆陶与胜利油田的渊源

常贵宁

馆陶县位于冀鲁豫三省交界地带，距离胜利油田总部所在地山东省东营市有三百公里，迄今还没有发现油田。但是"馆陶"这个名词在胜利油田具有很高的知名度，特别是在油田地质研究与开发中会被频频提到，称为不可或缺的一个词。那么，馆陶跟胜利油田之间有什么历史渊源呢？

本人是胜利油田的一名工程师，对此进行了研究，发现馆陶跟胜利油田之间有着三大渊源。

华 3 井

胜利油田的前身是石油工业部华北石油勘探处，总部位于山东省济南市，承担着河北、山东、河南、京津等整个华北地区的石油勘探任务。在石油勘探过程中，共打了 8 口深度在 1000 米以上的基准探井，均为"华"字号，华 1 井于 1956 年 10 月开钻，地点在河北省南宫县明化镇；华 2 井于 1958 年 8 月开钻，地点在河南省开封市；华 3 井就定在了馆陶县房尔寨东北 1000 米处，当时尚属山东省管辖，由华北石油勘探处 32104 队负责施工。直到 1961 年 4 月，钻探华 8 井，才获得日产 8.1 吨的工业油流，发现了胜利油田。

华 3 井于 1958 年 5 月 1 日开钻，同年 8 月 7 日完钻，井深 1809.28 米，中途卡钻，无奈就此完钻，钻穿地层 0 – 1123 米为第四系和上第三系，1123 – 1401 米为下第三系红层，以下为白垩系。全井未发现油气显示。

在钻井过程中，职工都借住在附近老乡家里，与当地人民结下了深厚的友谊。

招工

1958年7月－8月，华北石油勘探处为了发展需要，从馆陶招工100多人，成为石油勘探战线上一支重要力量，因为当时，整个华北石油勘探处仅500余人。招工由张继堂、张炳芝主持，通过大队推荐、公社报名、县城体检等环节，一半人直接拉到了32120钻井队在实践中锻炼培养，一半人送到了河北省南宫县明化镇原华北石油钻探大队（又是华北石油勘探处的前身）驻地培训，之后分到了钻井队等单位。这些人除少数后来在三年困难时期自愿返乡外，大都经受住了艰苦劳动、生活困难的考验，为胜利油田的发现与开发建设做出了重要贡献。这些人有：张朝福、马春业、李怀风、李怀奇、许复祥、吴承贵、陈美川、赵常友、娄本真、吴林川、吴洪法、王文学等。这些人大多在老家找的媳妇成为油田家属参加油田劳动，他们结婚生子，后代也基本都在胜利油田工作，馆陶人已经在胜利油田生根、开花、结果，跟胜利油田的命运紧紧相连。

这里介绍一位代表人物王廷海，来自馆陶县公社，他招工后在32120钻井队，就是这个井队打出了著名的胜利油田发现井——华8井。他在工作中虚心学习，很快从学徒工成长为司钻，之后，他勤于钻研，善于总结，钻井技术水平有了进一步提高，被评为钻井技师，当时全油田只有3名。他结合当时的困难条件，探索制定了一套钻井操作标准；针对容易打斜的难题，总结应用了一套打直的经验。50年代，铁人王进喜曾在玉门响亮地提出："月上千，年上万，祁连山上立标杆"的口号，从此"月上千，年上万"就成为五六十年代钻井工人奋斗的目标。1965年12月10日，胜利油田机关报《勘探报》发出号外：王廷海任司钻的32120钻井队提前21天胜利闯过年上万的大关，创当年内安全、优质、快速钻进的新纪录，达到并超越了铁人王进喜提出的奋斗目标。会战指挥部做出了《关于开展向32120钻井队学习的决定》，并授予32120钻井队"优质快速钻井队"称号。1965年11月19日，在一座非常简陋的小礼堂，时任石油工业部党委书记、主持石油部工作的康世恩主持召开了"打快打直"钻井技术座谈会，会上，王廷海向大家介绍了他的"打快打直"经验，康世恩部长听后激动地站起来，举手三呼："向王廷海司钻学习""破除恐斜病，勇敢打直井"容纳200多人的会场内全体起立，高呼口号，成为胜利油田历史上的一段佳话。

馆陶组地层

在油田地质研究和开发中，地下岩层的命名十分重要，1960 年，华北石油勘探处地质综合研究队按照全国地层草案规范井深，对华北平原内深井揭露的新生代地层进行了划分、对比及地层命名。"界、系"采用国际性的地层单位名称，"组、段"采用地方性的地层单位名称，并以基准井、参数井首次发现的地理位置予以命名。依据上述原则，将华北平原新生界自上而下划分并命名为第四系平原组、上第三系明化镇组（华 1 井发现）、馆陶组（华 3 井钻遇）、下第三系沙河街组（华 7 井发现）、孔店组（大港油田发现）。从此，"馆陶"一词进入了石油地质的科学殿堂，经常被地质和开发人员所使用。

从 1958 年至今，时光悄然过去了 60 多年。但是馆陶跟胜利油田的关系将会永远连在一起，成为新时期馆陶人民和胜利油田发展的不竭动力。

《群书治要》回故乡

牛兰学

馆陶县博物馆的魏征展厅里有一幅习仲勋同志为《群书治要》再版的题词："古镜今鉴"。许多人并不知道《群书治要》有一个传奇故事。

在我国历史上，就曾经有这样一部书，不仅开创了中国历史上著名的"贞观盛世"，而且还远渡重洋，被日本天皇和臣子奉为圭臬，创造了日本历史上的两朝盛世。然而这样一部伟大的著作，在我国历史上因为失传了一千多年，一直鲜为人知，这部书就是——《群书治要》。

《群书治要》是唐太宗李世民（599年－649年）于贞观初年诏魏征、虞世南等下令编撰的。《群书治要》一书，整理历代帝王治国资政史料，撷取经、史、诸子百家中，有关修身、齐家、治国、平天下之精要，汇编成书。上始五帝，下迄晋代，自一万四千多部、八万九千多卷古籍中，博采典籍六十五种，共五十余万言。书成，如魏征于序文中所说，实为一部"用之当今，足以鉴览前古；传之来叶，可以贻厥孙谋"的治世宝典，为创建贞观"盛世"发挥了巨大作用。

如此珍贵的一部典籍，因当时中国雕版印刷尚未发达，此书至宋初已失传。所幸者，此书经由日本遣唐使带到日本，从此被日本历代天皇及皇子、大臣奉为圭臬，成为学习研讨中华文化的一部重要经典。

20世纪90年代，我国原驻日本大使符浩先生通过日本皇室成员获得一套天明时期出版的《群书治要》，交给陕西省黄河文化经济发展研究会，该会邀请十几位专家学者，对《群书治要》选用的65部典籍进行考证、点评，分篇今译，并进行了标点断句和勘误，集结成书，名为《群书治要考译》。该书于1996年开始策划，编译工作启动于1998年。此期间，在老一辈无产阶级革命家习仲勋同志、符浩同志和习老的夫人共同的关心下，《群书治要考译》工作历经数年，终于圆满完成。习仲勋同志为《群书治要考译》一书题词："古镜今鉴"。2011年6月，该书由团结出版社正式出版。无独有偶，据中央电视台《海峡两岸》报道，2011年5月，马英九先生也将《群书治要》一书赠送给台湾国民党的民意代表。《群书治要》在成书一千多年之后，仍受到高层人士之如此关注，可见其千古之魅力。

符浩先生是陕西省礼泉县人，魏征出生于馆陶县，却葬在昭陵，即昭陵九峻山的陪葬地凤凰山，这里正是礼泉县。1996年春天的一个晚上，我国原驻日本大使符浩先生正在焦急地等待着一位日本皇室成员送来天明时期出版的《群书治要》影印本。这天夜里，符浩先生终于等来了，当他看着满满两大箱《群书治要》影印本时，这位80岁的老人，激动得说不出话来。第二天，符浩先生将装着《群书治要》的两只大木箱空运回国。

此后，符浩在北京寓所潜心阅读《群书治要》。一天，同是陕西老乡的原全国人大常委会副委员长习仲勋见到符浩，符浩将得到《群书治要》的事情告诉了习仲勋，习仲勋听完激动不已，要符浩送几卷到他那里，习仲勋读了，并告诉符浩，应该尽快组织人对这部千古奇书进行断句、标点、校对、翻译，让这部著作成为建设社会主义国家的参考。符浩遵照习老指示，积极物色能够担当此项工作的人选，这时候，他想起一个人，他的礼泉老乡吕效祖。

吕效祖与符浩同岁，是陕西著名的关学研究大家，唐史研究专家，魏征研究专家。他一生致力于教育和古文化研究工作，成果颇丰。先后出版过《魏征谏言选注》《新编魏征集》和《古代陕西廉吏》等近20部著作。这位耄耋老人，在接到符浩要他编译《群书治要》的电话，不顾年老体衰，欣然应允。当夜，吕效祖作诗一首，"友朋笑我老来傻，著述竟忘身与家。目瞽耳聋终不悔，要留史镜照中华。"习仲勋同志在2001年2月25日为《群书治要考译》一书题词："古镜今鉴"。

2011年10月28日，《群书治要》与中国古代治国思想座谈会在中央党校召开。（根据石之声材料编写）

芭蕾舞起源于馆陶？

牛兰学

　　"芭蕾"一词本是"法语"ballet 的英译，意为"跳"或"跳舞"。芭蕾最初是欧洲的一种群众自娱或广场表演的舞蹈。起源于 15 世纪的意大利，兴盛于法国，鼎盛于俄国，从俄国走向世界，其主要特征是女演员要穿上特制的足尖鞋立起脚尖起舞。1661 年，法国国王在巴黎创办了全世界第一所皇家舞蹈学校，确立了芭蕾基本舞步。芭蕾史上女演员穿脚尖鞋最早出现在 1822 年至 1825 年之间的意大利。柴可夫斯基是芭蕾歌剧创作大师，他创作了"睡美人""天鹅湖"等世界最伟大的古典芭蕾舞剧。好像这和邯郸甚至中国关系不大。

　　且慢，邯郸是中国唯一的"中国成语典故之都"，中国人甚至全世界都知道一个成语"邯郸学步"。故事出自《庄子·秋水》："且子独不闻夫寿陵余子之学行于邯郸与？未得国能，又失其故行矣，直匍匐而归耳。"这里说的就是寿陵少年曾学行于邯郸，但是他既没学会赵国轻盈优美的步姿，又忘却了自己原来行走的步法，于是只好匍匐而归。李白据此写诗说"寿陵失本步，笑煞邯郸人"。但是，许多学者研究认为，邯郸学步这个典故其实学的不是普通走路的步法，而是学的邯郸舞步。著名作家、学者、中国绘画艺术研究院副院长、北京东方中国诗书画院院长刘迅甫先生认为：芭蕾舞应起源于邯郸躧步。刘先生带着这样的观点来馆陶县实地考察，同时赋诗一首《邯郸躧步·丁酉秋馆陶考寻偶得》："幽姿楚楚自靡曼，动似蒲风静若兰。芭蕾踮尖传赵舞，千秋躧步学邯郸"。于是，让我这个邯郸人重新认识了，许多人还不熟悉的另外两个与"邯郸学步"紧密关联的成语——"邯郸躧步"（"躧"音 xi，通"屣"）和"邯郸丽步"。

　　邯郸躧步是指春秋战国时出现的邯郸美女的舞蹈。古代邯郸城女子有一种舞蹈称"踥屣舞"。当时在古都邯郸城，这种穿着无跟小鞋而轻轻踥起脚跟，用脚尖舞蹈的动作，是一种类似于现代西方芭蕾舞地点着脚尖跳舞的舞步，非常优美。专家考证，中国的芭蕾舞源自春秋战国时代，比现代西方芭蕾舞早了2000 年。上海市社会科学院历史研究所研究员杨善群在河北省文史馆馆刊《燕赵文化》2006 年第一期发表的研究文章《谈燕赵的歌舞艺术》，详细介绍了春秋战国时期赵国类似芭蕾的舞蹈。文章的第二部分"燕赵歌舞的艺术特色"讲到：邯郸女子的舞蹈有一种动作称"蹑屣"。《汉书·地理志》注引臣瓒曰："蹑跟为蹑"；又引师古曰："屣，谓小履无跟者也；蹑，谓轻蹑之也。"这种穿着无跟小鞋而轻轻蹑起脚跟而用脚尖舞蹈的动作，犹如现代从西洋传入的芭蕾舞。赵国"蹑屣"舞的出现，要比欧洲芭蕾中足尖舞的形成早了近两千年。

古代邯郸城是一个娱乐业发达、恣情玩乐享受之所在，繁盛如当时的古罗马。曹植在《名都篇》中形容邯郸人："名都多妖女，京洛出少年。"邯郸市民阶层的社会交往多是弹琴、悲歌、斗鸡、走犬、六博、蹴鞠、饮酒、狎妓等名目。邯郸人活跃且自信，"家殷而富，志高而扬"，具有大都邑人们共有的自信和高傲。司马迁说他们是"起则相随椎剽，休则掘冢作巧奸冶"，"相聚游戏，悲歌慷慨"。这种游侠、放浪的风气在临淄、洛阳等大都市普遍流行，不过邯郸却要比临淄和洛阳更为狂放、更为豪雄，这都是受了燕、赵区域任侠勇武传统的影响。

史载战国时赵王在陶山侧置馆驿，馆陶定名，随后置馆陶县。汉代时刘嫖被封为馆陶公主，"蹑屣舞"被引进宫中。"金屋藏娇"后，馆陶公主的女儿陈阿娇被汉武帝封为皇后，后来失宠，为争得再次宠幸，重金请司马相如写出《长门赋》，完善了蹑屣舞蹈献于皇上，并创作绘制了"蹑屣舞"舞谱图，成为以后历朝历代馆陶公主的保留舞蹈。似乎可以说，邯郸躐步完善于邯郸馆陶，而后风靡于列国。1972－1974 年出土的马王堆汉墓是西汉初期长沙国丞相利苍及其家属的墓葬，从中出土"馆陶家承"印章一枚。唐初唐高宗李渊的第十七女李萬儿被封为馆陶公主。"蹑屣舞"舞谱图后来遗失，不知去向。

在"蹑屣"舞蹈动作盛行的同时，赵国又流行一种姿势优美的舞步，行走起来轻松自如且婀娜多姿，许多地方的人都慕名想来赵国都城邯郸学习这种舞步。从"邯郸学步"也可以看出当时邯郸人舞蹈艺术之高超，且又相当普及，成为当时风行的舞步。这大概就是"邯郸丽步"。那个寿陵少年可能是崴了脚，没有学好，也可能是更加发奋努力，终于成为了一代舞蹈家。此人学成后回到燕国成了燕王舞师。据说荆轲刺秦王告别于易水，太子丹给他送行时高渐离为他击筑，宋玉为他唱歌。这位从邯郸学成归来的少年舞师激动得一步跨到酒桌上，跳了一曲激昂慷慨的舞步，看得壮士荆轲都目瞪口呆拼命鼓掌。试想，青年男人们胡服骑射，青年女人们邯郸躧步、邯郸丽步，外地人赶到这里邯郸学步，那将是怎样的一个大都会呀。

13世纪，17岁的意大利旅行家和商人马可·波罗跟随父亲和叔叔，沿陆上丝绸之路前来东方，经两河流域、伊朗高原、帕米尔高原，历时四年，于1275年到达元朝大都（今北京）。他在中国游历了17年，并担任了元朝官员，访问了当时中国的许多地方，写下了著名的《马可·波罗游记》。记述了他在东方最富有的国家——中国的见闻，激起了欧洲人对东方的热烈向往，对以后新航路的开辟产生了巨大的影响。"踮屣舞"被他绘声绘色地讲起，为"芭蕾"舞的起源埋下了种子，直到200年后，西方"芭蕾舞"正式在意大利出现。

历代文人歌咏邯郸，回顾和咏叹邯郸舞步的众多。如唐代诗人高适《邯郸少年行》中所说："邯郸城南游侠子，自矜生长邯郸里。千场纵博家仍富，几度报仇身不死。宅中歌笑日纷纷，门外车马常如云。未知肝胆向谁是？令人却忆平原君。"南朝齐陆厥《邯郸行》："赵女撽鸣琴，邯郸纷躧步。长袖曳三街，兼金轻一顾。"西晋著名文学家左思，创作《三都赋》，其中《魏都赋》中有"邯郸躧步，赵之鸣瑟"的诗句。北魏张铣注解说："赵地，亦多美女，善行步，皆妙鼓瑟。"这里的"躧步""行步"都是泛指"舞步"。南朝梁江淹《丽色赋》："女乃耀邯郸之躧步，媚北里之鸣瑟。"明代杨慎《新曲古意》："凌波洛浦遇陈王，躧步邯郸缀舞行。"等等的诗句都是表达邯郸躧步之美的。

《辞源》缩印本（商务印书馆1988年7月第1版）没有收录"踮"字，收录的"跕"字注音"tiē"，解释为"足尖轻着地而行。《史记》一二九《货殖传》：'女子则鼓鸣瑟，跕屣，游媚贵富。'《集解》引臣瓒'蹩跟为跕也。'此谓舞步。《汉书·地理志》（下）作'跕躧（通"屣"）'，义同。《汉语大词典简编》"踮屣"条也解释为"拖着鞋子，足尖轻轻着地而行"。《说文解字》解释"足、丽、鹿"合成字，有集体跳舞的意思，可以理解为众多女子一起踮着脚尖跳舞。过去，邯郸人羞于把"邯郸学步"亮出来，今天我们可以自豪的亮出来"邯郸躧步""邯郸丽步"作为邯郸的名片。

现代芭蕾舞教学中，"踮屣"是舞蹈动作之一，指用脚尖走碎步。载歌载舞是春秋以来重要的社会生活时尚，赵国的音乐、歌唱、舞蹈都极富特色，且具备很高的艺术水平，风格多样、表演细腻、感情热烈、舞姿奔放、风靡当时。

燕、赵地域文化中的舞蹈，历史悠久，流传至今，其文化内涵之丰富，艺术影响之广泛，在中国文明史上留下了永放光芒的篇章。

历史是一座巨大的宝藏，我们盼望更多的学者研究邯郸躧步，提出更多的观点、依据，甚至恢复邯郸躧步舞，把传统文化中优秀的部分挖掘、开发、弘扬起来，为中国特色社会主义服务，为中国梦贡献力量。

05

传奇旧事

二世轮生馆陶情

刘文剑

　　《馆陶县志》（民国版）里记载了清代康熙朝的刑部尚书王士祯（王渔洋）编撰了一部《池北偶谈》，在该书卷二一收录了一个三生三世轮回的爱情故事，其中第二世就发生在馆陶，其曲折、感人程度一点不亚于现代的爱情小说，读罢让人忍不住掩卷叹息，无不为这样的爱情故事而感动。

　　邵士梅，字峄晖，本来是山东济宁人。邵士梅刚出生的时候便能开口说话，"我要上高家庄。"可把他的父母吓坏了，就斥责他说："胡说，高家庄在哪里呀？"以为招了妖怪，忙给他灌朱砂辟邪，说来也真怪，自打灌过朱砂之后，这孩子就不再说话，与别的孩子也没什么两样。几年后，到了读书年龄，他出外读书，偷偷把自己的事告诉了老师，老师说："这是你前世的事，应当保密。"十五岁这年，邵士梅与岳家姑娘成亲，洞房花烛夜邵的嫂子跑去偷听，结果发现这小两口没在亲热，反而絮絮叨叨说着自己这些年来的经历，仿佛两个久别重逢的老友在叙旧一般，自打结婚之后，小两口恩爱异常。

　　长大之后的邵士梅很聪明，读书能过目不忘。顺治十五年（1658年），邵士梅中了进士，当上了登州学府的学官教授，不久又改做为栖霞教谕，于是两口子动身前往栖霞，刚来到栖霞县衙门，门房便报说门外有两个老秀才来拜访新任教谕大人。邵士梅忙吩咐把人请到前厅接见。初见两位老人，邵士梅一愣，便问道："两位先生是不是住在某某村呀？"老秀才忙点头说是。又问道："你们村的高东海现在情况怎么样了？"两位老人相顾愕然："高东海已经病死了二十多年了，现在家里只剩下一个儿子。大人怎么会认得他呢？"邵士梅微微一笑："我是他的老朋友了。"

　　那么这高东海又是谁呢？他又怎么会是邵士梅的老朋友呢？原来这位高东海原是村里的里正（今天的村长），性格豪爽，轻财重义，村里有个因欠下地租而卖女儿的，他曾倾尽钱财代为赎回。高东海曾与一个风尘女子有私情，这女子因为隐藏盗贼，被官家追捕甚急，逃到高家藏匿。官家得知此事，把高东海抓进牢房，严刑拷问，让他受尽酷刑，却始终没有交出这个女人，后来就死在狱中。但巧合的是，高死的时候，正是邵士梅出生的那一年。这时，高东海的两个儿子一个已死，一个外出，只有一个女儿已嫁，距高家庄一里多。把她找来，谈到幼年在父亲膝下的事，邵都记得很清楚。邵还访问了村中的故人，其中一位还健在，白发苍苍，已经90多岁了。老人和邵一起回忆往事，十分欢喜，如同老友。邵士梅这个时候才恍然大悟，自己前半生的疑案全都弄清。他于是写诗道："两世顿开生死路，一身曾作古今人。"邵士梅和妻子就常常来到高家，照顾高家子弟非常周到，还为其买田娶妻，捐钱财置办产业。

一晃几年过去了，邵的妻子病重，临终的时候，妻子拉着邵士梅的手说："咱们又要分别了，下一回我会投胎到馆陶董家，住在河边拐弯处的第三家。你以后不做官了，到寺里翻看经书，记得来找我。"数年之后，邵士梅迁到吴江做知县，没过多久心灰意懒，便称病辞官回家了。

有一天，自己闲居无聊，邵士梅想起有位同年在馆陶县当知县，便前去拜访他。来到古城馆陶，两人相约出游郊外，经过宝应寺，看到寺中所藏佛经琳琅满目，邵士梅突然想起妻子临终前的话，停住翻阅，对朋友说："你看寺后面的河边风景多好啊！不如我们去看看！"邵士梅和朋友来到河边，只见盈盈河水，波光粼粼，河岸上一间一间的农村篱笆院落，古朴有致。这时，第三家院落门口轻轻开启，一位约十五六岁垂髫女子走出门来，邵士梅发现姑娘正在痴痴深情地望着他。邵士梅忙拉过身边僧人询问，僧人说："第三家吗？那是董家的闺女啊！"回来后，邵士梅跟朋友说起其妻临死前的话，朋友忙拉着他一同前去拜访董家。董家的说，他家的女儿生来便知晓前世的事情，十五岁一直坚持不肯嫁人，一心要等着济宁的邵进士来找她。当日，两人成婚。花烛夜掀开新娘的头巾，邵士梅仍然恍如在梦中，不敢和董氏相认。之前岳氏没有生育，后来董氏给邵士梅生了两个儿子，就这样，日子一天一天，又过了十多年。

董氏生病垂危不起，与邵士梅诀别道："襄阳城王氏门前有两棵柳树，你到那去找我，我们再做夫妻！"邵士梅再也忍不住，抱着瘦弱的妻子失声痛哭说："一而再，再而三，从古到今你看有谁能像我们这样过？现在我已年过半百了，人的一辈子能活多久呢？像我这样的岁数，就是能够苟延残喘，也已经齿脱发落了，你让我如何忍心再娶你呢？"妻子不肯松手，临死前仍喃喃道："你一定要来找我……"。妻子死后，邵士梅孑然一身回到老家，六十五岁，无疾善终。

十五年过去了，襄阳的王家有位小姐刚刚成年，长的是出人头地，才貌双全，求婚者络绎不绝，父母也想从中给女儿挑一位如意郎君，可是王家小姐却说什么也不肯嫁！

城中也有一家邵姓人家，乃是官宦世家。这一天，邵家的小公子跟着父母游览岘山回来，从王家门口经过，看到门前的两棵柳树，小公子突然呆呆地抚着柳条，泪如雨下，任保姆如何劝说就是不肯离开，片刻之后，小公子突然狂奔闯入王家，保姆忙跟在后边跑了进去，王家大人一看跑进来一个粉雕玉琢的小公子，心里欢喜，便让女儿拿出糕点给他吃，小公子上前便拉着王家小姐的手说："你怎么不记得馆陶重会的时候了呢?"王小姐手里的糕点跌落在地上："我这么多年等不到你来，想不到你也已经在世为人了!"俩人抱头痛哭。这两家大人面面相觑，莫名其妙。

自此之后小公子日夜嚎泣，思念王家小姐。邵家父母因为王氏年长七岁，不肯让两人结婚，可是小公子就是不依不饶，不得已，父母最终只能同意了。过了六年，邵家公子十五岁的时候，俩人成婚，而此时，王氏已经二十二岁了。

邵士梅三世为人，性情都略有不同，而今生特别喜欢喝酒。酒后曾有人问邵士梅前世的事情，而每次说到夫妇能屡屡重聚的原因，他便缄口不谈了。直到有一天酩酊大醉，邵士梅告诉人说："冥府里姻缘簿上记载我夫妇的这一节，因为装订的时候订进了夹缝中，冥曹翻阅的时候翻的匆忙，往往就遗漏了，所以任由我们俩人自己安排。"王氏在屏风后听到他这一段话露出口，埋怨不已，邵士梅也后悔莫及。从此，邵士梅夫妇长相厮守，唯恐难再聚良缘。于是邵家公子绝意功名，在乡间终此一生。（刘文剑搜集整理自戴敬仁的博客）

县令显灵救百姓

马月起

　　初有一位千古传颂的名相，他就是被称为"人镜"的魏征。魏征胸有大才，秉忠直谏，和他的同僚们一起辅佐太宗开创了著名的"贞观之治"。魏征去世大约一百年后，唐王朝在玄宗时候又一次出现了兴盛时期。何以见得？有杜甫《忆昔》诗句为证："忆昔开元全盛日，小邑犹藏成家室，稻米流脂粟米白，大小仓廪俱丰实。"故事就发生在开元年间魏征的家乡馆陶县。

　　话说唐开元年间，百姓丰衣足食，社会风气淳朴善良，尤其魏征的家乡武阳郡馆陶县更是如此。《旧唐书》记载，有一个商人途经武阳（今河北大名、馆陶一带），不小心把一件心爱的衣服丢失了。他走了七八里路才发觉，心里十分着急。有人劝慰他说："不要紧，武阳郡内路不拾遗，一定可以找得到。"那人半信半疑，转回去果然找到了丢失的衣服。这就是成语"路不拾遗"的来历。

　　但天不测风云。有一年，馆陶发生了旱灾，夏秋两季几乎绝收，百姓生活陷入了困境。县令李光远忧心如焚，夜不能寐。

　　"青天大老爷，救救全县的百姓吧！"一群衣衫褴褛的人跪在县衙大堂，向李县令苦苦哀告。

　　李光远是个爱民如子的好官。百姓的苦楚他怎么不知道呢？他曾多次将灾情上报到州府（此时已改郡为州，馆陶县属魏州），恳请开仓放粮并蠲免馆陶全县的赋税，但却一直未得到允许。这些叫他怎么向百姓们讲呢？面对百姓的哭告，他心酸，他激动。他含着眼泪劝走了人们，心里暗暗下定决心，无论如何也要想办法再找上司请求州司马，为全县百姓寻一条活路。

　　夜已经很深了，心情沉重的李县令仍然坐在光亮微弱的油灯前沉思。他的眼前浮现出荒野里颗粒无收的情景，浮现出百姓满脸菜色求告无门的情景。他铺开纸，拿起笔，把他的一腔悲愤和拳拳的爱民情写进了给魏州司马的书呈。突然……

黑夜中，县衙后宅传出了凄惨的哭声，——李县令在过度劳累和忧心忡忡中撒手人寰。

李县令的棺椁上了永济渠的船，将运回自己的家乡安葬。秋风萧瑟中，万名百姓涌到河边为他送行。永济渠紧邻馆陶县城，是隋炀帝时开凿不久的大运河的一部分。河水"哗哗"直响，在表达馆陶百姓的无尽哀思。倍受百姓爱戴和信任的李县令的去世，断了人们心中的希望。人们心中非常悲哀，也非常沉重。

不久，新县令到任。当新县令看到李县令未写完的书呈之后，深深为其真情所感，为其恳切的言辞所打动。他纸也不换，接下去一气续写完书呈，很快就报给了魏州司马。他向全县百姓做出保证：这次一定让百姓们满意，就是再难也要恳请魏州司马恩准旧、新两位县令的呈请，解救全县百姓的苦难。

长时间的等待之后，却仍然毫无消息，原来是州司马一直在对上隐瞒不报。百姓们绝望了。他们迁怒于新县令，认为新县令不是真心为民，不是真正爱民如子的好官，没有真正替百姓们说话。

夕阳已经落山了，天色已经全黑。百姓们又一次伫立在卫运河边李县令遗体上船的地方，久久不肯离去。风吹着树叶发出飒飒的声响，卫运河的流水也在呜咽。他们一遍遍地向河水，向远处大喊："李老爷，要是你还在该多好啊！你要是在，老百姓就得救了！"

"乡亲们——，乡亲们——"冥冥中人们突然听到了一个熟悉的声音。

"我是李光远，我是李光远啊——"

这回听清了，也知道是谁了，但人们就是看不见人。

"我在这里。"只见李光远穿戴着生前的衣冠，骑白马从远处踏波飘然而至。人们赶忙下跪。像久别的亲人一样，他们大声哭了起来。

"阎君念光远对馆陶百姓的一片赤诚，特准许光远回来看看乡亲们。光远虽然已经死了，但救灾的事情不用多虑，我会为大家分忧的。你们请回吧！"

当夜，魏州司马内宅灯光突然一暗，仍着县令衣冠的李光远，骑白马直闯进室内。正在吃酒宴、赏歌舞的州司马大惊，禁不住抖如筛糠。李光远厉声责道："旱灾关涉到馆陶全境百姓的生死，我之所以甘心弃生，全是为了百姓。你再不向上报灾并下令开仓放粮，决不饶你！"说完便不见了。

魏州司马连夜下令："允准馆陶县令书呈所请，开仓放粮，赈济馆陶全县百姓，并蠲免全年赋税。

馆陶一县百姓从此得救。

（根据古代典籍改写）

一幅中堂画

张广岳

1948 年初冬，伟大的土地改革运动，在馆陶农村如火如荼地进行。

安雷寨区，西魏僧寨村，小学教师王新勤，吃过晚饭，冒着凛冽寒风，到民兵队部去聊天。掀起谷秸编制门帘，进到屋内。民兵队长马宏图正凑着提灯光亮，擦拭他心爱的宝贝——独角龙。王新勤一进门，带来一股寒风，马宏图把独角龙放在桌上，就招呼民兵刘书阁，小先生冷了，快去抱梱棉花柴，生火取暖。书阁很快抱来一梱棉花柴，点着火，屋内立即暖和了许多。闪烁的火苗，照亮了四周墙壁。王新勤下意识地往北墙一看，看见一幅中堂画。他站起身走过去，拿起提灯，借着光亮，仔细审视。中堂画已蒙上一层尘灰，黑乎乎的什么也看不清。他拿起一条旧毛巾，抹去尘灰，才看清中堂是有用黄绢装裱。有一株用墨画的竹子，长在乱石中。题有一首诗：咬定青山不放松，立根原在破岩中，千磨万击还坚劲，任尔东西南北风。落款：板桥。印鉴：郑燮。他自言自语：这郑变是什么人？繁体字燮和燮有些相似，误读为变了。马宏图看他有些喜爱，就说道，小先生，你若喜欢就拿去吧！王新勤自幼聪明，无师自通，爱画花鸟，什么喜蓝鹊登梅，莲生贵子，白头偕老（一对雌雄白头翁）……，16 岁从县办教师培训班毕业，回村当了小学教师，都称他小先生。马宏图参加八路军，在太行山反扫荡中，和日本鬼子拼刺刀，英勇受伤，从死人堆里逃生。复员后，回村当了民兵队长。王新勤常请他到小学给孩子讲杀鬼子的故事。王新勤随口问道，这幅画从哪儿弄来的？马宏图说，是从地主王嘉忠家清出来的！原在一个黑漆长匣子里装着。起初还以为是什么宝物呢！原来是幅中堂，还没你画的鲜艳好看哩！拿去吧！青年民兵到书阁插嘴说，王老师，这是斗地主的胜利果实，你得请客！其他五六个青年民兵随声附和道，是！应当请客。王新勤立即出门买回一斤散酒，二斤炒花生，一包二十支装自制白杆卷烟。大家吃喝说笑了一回，夜深了王新勤摘掉那幅中堂，卷好装进黑漆匣子里，拿回家去了。

要说这幅中堂画的来历，还和土匪汉奸王来贤有些瓜葛哩！

王嘉忠，少年时期，在私塾读过百家姓、三字经。后到周庄白家学医。勤奋好学，医术大长。尤其得到白家治疮真传。以后他自立门户，开了中药铺。他自己研制的拔毒膏、生肌散、治疗红斑狼疮，无名肿毒有奇效。四邻八村，小有名气。1943年初冬，一天中午突然来了辆骡拉轿车，停在药铺门口。从车上下来个商人打扮的年轻人，进门问道，这是王嘉忠先生的药铺吗？王嘉忠出门迎道，是啊！那个年轻商人自我介绍，我是北馆陶城里来的，我家掌柜的长了个搭背疮，请您辛苦一趟！他又喊门外的赶车人，把给王先生带来的礼物拿来。赶车人从车内拿出六包点心，一斤大方茶，送到屋内。年轻人又说，我们掌柜的是开饭店的，请了很多先生，贴了不少膏药，就是不见效。听说王先生治疮有名，特意来请！说着从兜里掏出500元准备票（日伪统时期流行票）放在桌上说，这是一点薄礼，治好了定有厚礼相谢！当时，西魏僧寨村，属敌我边沿村，白天日伪活动，夜里才是我八路军游击队的天下。王嘉忠一听说进城，心里害怕，露出忧愁的表情。年轻人解释道，进城别害怕，我们掌柜的和王来贤司令是换帖弟兄！一切平安！王嘉忠这才收拾齐备所需物品，给家人打了个招呼，上了车。

从西门进城，在路南一处大门前停下车。王嘉忠下来车，看见门两边有两个伪军持枪站岗。那个年轻人把他领进院内。北屋是一座青砖瓦房。门口也有个站岗的。挎着盒子枪，来回走动。那个年轻人冲哨兵稍略一点头，就领着王嘉忠进到屋内。看见太师椅子上坐着个身材不高的人。年轻人向他啪地一个敬礼，报告司令，王先生请到。椅子里坐着的那个人，轻微动了下身子，露出痛苦的样子，说了句，先请王先生去吃饭。这时，王嘉忠才明白病人不是开饭庄掌柜的，而是王来贤，心里不由一阵紧张。

1943年，日伪军盘踞在北馆陶县城。土匪头子王来贤投敌当了伪县长兼警备队长。伪军发展到二千余人。这期间，王来贤患了恶疮——搭背疮，请了多人治疗，还从济南请来日本军医，都不见效。他听说，王嘉忠治恶疮有方，就想去请。又怕王嘉忠不来，或借机下毒害他，就编了个理由，派了两个精明的弁兵，化装成商人去请。

王嘉忠见状，灵机一动说，吃饭不当紧，给司令治疮要紧。他叫端来一个洗脸盆，洗涮干净，烧了壶开水，烫了条白毛巾，用手捞出，拧了拧水，趁不太烫的时候，敷到患处，一会儿把纱布解开，慢慢揭下膏药，这时王嘉忠说了句，请司令忍一下，他用湿毛巾把沾在上面的药渣脓血揩干净，贴上他带来的膏药。并叮嘱说，请司令忌几天口，别吃海鲜、羊肉、鸡鸭等腥类食物！尽量让疮口晾着，不要再箍纱布一类东西。那二人这才陪着他去三盛园吃饭。等吃饭回来，王来贤感觉疼痛减轻了许多。五六天时间二人陪着王嘉忠，形影不离，吃住相随。名为照顾，实为监督。七天头上，竟然结痂痊愈了。王来贤高兴地说，王先生你治好了我的疮，特别感谢你！王嘉忠说，给司令治病是应当效力的。王来贤说，听说你家不缺吃穿，我有幅中堂画送给你吧！他命卫兵从立柜顶上拿下一个铮光明亮的黑漆匣子，拉开匣盖，拿出一卷中堂，展开看了看，黄绢装裱，画有一株墨竹。王来贤说，这是去年到范县扫荡时，在一户财主家铁柜里找到的，起初还以为是把宝剑，带回县以后，打开一看是幅中堂画。我是个大老粗，留这个没用，送给你吧！

王嘉忠知道王来贤喜怒无常，翻脸杀人，常闻不鲜，不敢拒绝，就毕恭毕敬地双手接过。还是那两个人赶着骡车把他送回家来。他也没在意把那幅中堂画随手扔到药橱顶上。

王新勤总觉得这幅中堂有些来历。他到县师范找语文教师宋钦来鉴赏。宋钦是本县山材村人，早年在乡村教育家梁漱溟办的蚕农学校毕业，善写隶书，在全县较有名气。他审视一番后说，这字虽不是篆隶，但笔力苍劲，非同凡响。这竹子画得挺拔有节，浓淡适度，不是一般人能画。印章上的燮字我也不认识，他查了下字典，才知道读 xiè 而不读变。我对郑燮的历史一无所知。王新勤说，宋老师，把这幅中堂送给您吧！我留着没用。丢失了怪可惜的。王新勤就把自己书写的装裱好的中堂对子送给了宋钦。

1956 年，宋钦到北京检查身体，特意到国家图书馆查阅到郑燮的简历。

郑燮，字克柔，号板桥，江苏兴化人。系康熙秀才，雍正举人，乾隆进士。曾任范县、潍县县令。诗书画三绝。擅画兰竹。扬州八怪之一。他又到荣宝斋请专家做了鉴定，是郑板桥真迹。

他把这幅中堂画倍加珍惜地收藏起来。但他从没有考虑它的经济价值。

"文革"时期，红卫兵两次到宋钦家清四旧。头次，请出五经四书类的旧书一大包，还有几幅名人字画，其中有幅大佛字，传说是慈禧所书，统统照天烧了。但红卫兵头头，听说宋钦有幅宝贝字画，又二次到家清抄，结果一无所获。

其实，宋钦早把它用塑料袋裹好，埋在厨房灶火坑里了。总算躲过一劫。

宋钦病逝后，这幅中堂画传给了儿子宋献钊。临终前，特意叮嘱：这是重要文物，要加倍珍惜保护。当成咱家的传家宝。

在宋钦病故半年后，有个中年人，骑着摩托车，驮着他的一个亲戚来到他家。递上一张名片，上写林青东，山东省博物馆研究员。提出要看看那幅中堂画，献钊有些犹豫，那个亲戚劝说，老林是文物鉴赏专家，请他鉴赏下何妨。献钊一想，有个明白人，指点指点也好，于是从柜子里拿出来，挂在墙上。林青东远看近瞅，拿着放大镜，先看竹石，足足审视五六分钟，又看字迹，最后看印鉴，看完后，一声不吭地坐在椅子上，抽出一支香烟吸起来。献钊心里有些急，问道，怎么样，这幅画真伪如何？那人喷了口烟雾说，你让我说真话说假话？献钊说，当然说真话。那人道，那我就实话实说，不哄不瞒，这是幅摹品，不是郑板桥真迹。献钊道怎见得？那人道，你看这几簇竹叶，有三的，有二的，还有半截枝的，这都是破绽。常说虎行雪地梅花五，鹤立霜田竹叶三。竹叶应三为一簇。何况郑板桥画竹子，春夏秋冬，四季不同，早晚各异。可见他对竹子观察入微，笔下生机。这幅画用墨古板，不是板桥风格。那个亲戚低声问道，价值如何？他摇摇头说，不值钱！你自己留着赏玩吧！骑上摩托车驮着那位亲戚一溜烟走了。

过了半年，又来了个骑自行车的人，直接找到他家。递上一张名片。自我介绍说，我是聊城人，名叫廖成楼是山东省美术家协会会员，善画花鸟，同时也收购名人字画。直接提出要看那幅中堂画，开开眼，见识见识。宋献钊不好推辞碍于面子，拿出来挂在墙上。廖成楼仔细审视了一会儿，就说是仿品，不是郑板桥真迹，收藏价值不大。献钊问，你看能值多少？他说，仿品也有人买，值个五百六百的，最贵超不过千元。宋献钊卷起中堂，装到匣子里，说了句，贱贵不卖。廖成楼仍然态度平和地说，买卖不成仁义在，去聊城给我联系，我招待，骑上自行车走了。

又过了一个多月，进入农历腊月，有辆黑色大众轿车开到门前，从车上下来两个人，穿着打扮相当阔绰，一个40多岁，一个30多岁。直接进到院里问道，献钊先生在家吗？宋献钊急忙从屋里迎出来说，我就是，请屋里坐。他把客人迎到屋里。那个年轻人自我介绍说，我们是从济南来的，听说您有幅中堂画，来看看，如果合适我想买了。献钊拿出来挂在墙上，俩人仔细看了一番，那个年岁大点的低声说，是仿作，不是板桥真迹。年轻人说，因为我们领导需要往上送礼，仿品也无妨。年轻人又说，我们真心实意来买的，请宋先生说个价吧！宋献钊说，你给多少？年轻人说，1500元……宋献钊摇摇头说，太低了！年轻人说，凑个整数2000元。献钊还是说不卖。那个年岁大的说，你这幅画不是真迹。我们若不是为送礼需要，才不买这类赝品哩！我说个居中价3000元。献钊想，有三人过眼，说是仿品，就今天价较高。就说，那就成交吧！年轻人从提包内拿出三捆人民币交给了献钊。他点了下数收起来，才从墙上摘下那幅中堂画，卷起装到匣内，递给那个人，并送出门外。那俩人钻进车内，扬长而去。

尾声：后来，据临清业内人士透露，这三起买画人，是同伙人，定的连环计。名片是假的，山东省博物馆、省美术协会查无此人。第一次是辨真伪。第二次压画价。第三次真购买。本计划出价1万至2万元，却三千元成交。据说在香港拍卖会上拍到60万元港元，而宋献钊第二年春天在家仅盖了三间椽子房。

雉鸡翎扛大刀

郝文启

想起小时候，一群小伙伴在一块玩，其中几个人手拉手排成一排，另外几个站在这排人的前面，然后就唱："雉鸡翎，扛大刀，恁家的爷们让俺挑，挑谁，挑王魁，王魁没在家，挑恁弟兄仨"。然后，外面那几人就出来一位就向手拉手的人冲去，那排人拉紧手，不让冲。其结果，如果冲了过去，可以从对方的队伍里带走一个人；如果冲不过去，就只能留在对方的队伍里。哪边人少，或者没人了就算输。

这种游戏，也没法认真考究，但怀疑是南北朝征兵制度留下的痕迹。当时征兵非常混乱，好像国民党抓壮丁式的，而家乡的先人因不愿意参加打仗，就用带有暴力性质的活动来抗拒。情形大体是这样的：

官兵头带雉鸡翎，这是抓差正规军的形象代表，手里拿着明晃晃的大刀，骑着大马，吆五喝六："闪开、闪开，边境打仗，成年人一定要服兵役，一家出一个人，哪家不出不行，哪家不出人，拉出去押到大牢"。就是花木兰家，她爹不能去，她还不是代父从军了吗？

"唉，你们这里有一个叫王魁，听说相当厉害，正好他家还没人当兵，他家在哪里，把他叫出来？就是你，你叫什么，王四？快点把你哥哥叫出来，啊！快点，晚一会儿，我砍了你的脑袋。"

偏偏这个王魁是个刚性子的人，虽然力大过人，爱抱打不平，但听说要出去打仗，并且是自己人打自己人，坚决不去，早已跳墙跑了。

王魁的兄弟王四向官兵讲，"长官，我哥没在家，真的没在家，你就是砍了我也没在家"。

"那好，你们仨是谁？嗯，是王魁的兄弟，那料想本领也不错，那你们三个跟我们走！"

这哥仨都是王魁一样心思，哪会跟这般官兵走呢？其中当哥的一声大叫："兄弟们，跑啊！"这哥几个就如脱缰野马般就要窜了。

带雉鸡翎里有一个头一见，马上大叫："围住、围住，千万不要让他们跑了，围住一个，赏白银三两！"官兵有的手拉手，有的拿着明晃晃的刀，就要拦人。

但这哥几个都力大过人，两个哥哥将身一扭，撞开了官兵紧拉着的手，身子一晃，晃过了明晃晃的刀枪，竟然跑了出去。

只剩下这小四，从小身体不好，娇生惯养，平时只是读读书、认认字，被如狼似虎的官兵拦了下来，抓了去，服了兵役。

这小四在兵营里，日日受苦，寻思被抓的经历，就编了这么一首歌谣来传唱，就这样就传了下来。

哈哈。

义 犬

乔延宾

这是一个真实的旧事。在此之前，我听到过不少义犬的故事，但那些故事都是从人们的传说，亦或是从影视剧、小说、报刊杂志上听到、看到的，但这个动人的旧事，却真实地发生在我的故乡。

60 年代初"三年困难时期"，馆陶县城内的陶北村，刘长海一家因三年自然灾害，衣食无着，逃荒到东北，他们拆掉土房的房顶，拆下梁檩与木椽、门窗卖掉，携儿带女前往邯郸上火车，过站时，检票人员看到他们带着一条土狗，便拦下他们，告诉他们，坐火车是不准带动物的，他们再三恳求，工作人员说，这是国家铁路部门的规定，任何人概莫能外。

这是一条黄色的本地土狗，刘家从小养大，十分温驯听话，久而久之，一家人与这条狗建立了深厚感情，"狗，狗，家中一口"，他们在外出逃荒之际，怎么能舍得丢弃这条忠犬呢？无奈，铁路部门有铁的规定，他们只好背起破旧的行李，含着眼泪向着狗说："你回咱老家吧。"那条黄狗也眼含热泪，懂事地一步三回头，默默地向东方慢慢走去，还不时张望着刘家一家人，直到他们通过检票口看不到身影，才独自沿着回家的路一路走去。

刘家与我的母亲沾点亲戚，母亲的外祖母家在馆陶镇的车疃村，刘家的媳妇娘家姓毛，她的父亲叫毛喜印，她的母亲清朝末年在北京的紫禁城里做饭，也是一个苦命人。刘家的长子叫刘长海，按街坊辈分我称呼他为长海叔，这位长海叔长我几岁，人非常本分厚道，小时母亲领我到刘家串门，长海叔待我非常友好，我总喜欢与他一起玩，再加上他的外祖母与我母亲的外祖母住在一个胡同里，还沾亲带故，自然就带有亲切感。至今我还记得长海叔的家，他住在陶北老村西北角一条南北走向的胡同里，街门朝西，所谓街门不过是用木棍、荆条制作的栅栏门而已，院内只有两间"就地偎"的土房，这种土房，只有架起房梁的砖柱，其余部分都是泥土垛起，屋顶是秸根向外的高粱杆覆盖，高粱杆上面抹了一层黄泥，故乡人称"高粱栅子房""就地偎"，屋内则一贫如洗，除了一盘土炕，家徒四壁。

话说刘家的那条黄狗，沿着来时的公路，一路回到老宅，这时的老宅，屋顶拆了，门窗全无，只留下土房的四壁，可它仍像主人在家时一样，寸步不离家门，白天卧在街门口警惕地注视着过往行人，到了夜晚，便绕着低矮的土院墙巡夜，日夜如此，从不懈怠。虽刮风下雨，大雪纷飞仍三年如一日，忠实地守护着没了主人的家。三年中，邻居看其可怜，便送给它一些残汤剩饭，它有时几天吃不到一点食物，饿得皮包骨头，仍拖着瘦弱的身体，日夜守护着家园，将近三年，饥饿而死。邻居发现它时，它的身体已经僵硬，仍如活着时一样，端卧在栅栏门内。

亲吻恋人就逃跑

乔延宾

在 20 世纪六七十年代，无论是男青年还是女青年，谈到爱情和婚恋，都会感到羞涩，谈到性爱，更是难以启齿。馆陶县这个地方，是齐鲁故地，受孔孟礼教影响较深，人们的封建旧礼教意识很强，所以直至 70 年代初期，男女青年的婚恋绝大部分仍是父母之命、媒妁牵线。

我下乡时一位密友小 Z，与我年龄相仿，那年刚刚 19 岁，他机灵聪慧，个子不算太高，但白净的脸庞，大大的眼睛，浓黑的眉毛，乌黑的眼珠，雪白的眼白，上衣穿一件国防绿的军装上衣，里穿一件洁白的衬衣，白色衬衣的领子翻在外边，而且白衬衣衣袖也反折在绿军衣衣袖的外边，一副时尚、精干的外表。小 Z 与我年龄相仿，又同在一个生产队里，风里雨里，锄地播种，收麦打场，挖河打堤，可以说朝夕相处，无话不谈，用当今的话说是男闺蜜。县城里的男孩子情窦比城市下乡的知青同龄人开化得早，有的少男 16 岁就娶了媳妇。小 Z 在这方面就懂得比我多。那时县京剧团成立后，上演的唯一剧目就是《红灯记》，每天生产队傍晚收了工，吃过晚饭，洗涮过后，都会换上一身干净的衣服，或聚伙聊天、啦呱，或三五友好，下河游泳，或在高架在卫运河上的七一大桥上沐浴着明月河风乘凉，而小 Z 则对京剧《红灯记》情有独钟，百看不厌，天天去看。我喜欢看英雄李玉和浑身是胆雄赳赳，为革命大义凛然的每个情节，也喜欢看柏山游击队一名队员翻着一个又一个跟头与日寇激战的精彩表演，尤其是这名能一连翻十几个跟头的演员，是从山东省聊城地区京剧团"挖"来的，他的表演常常让我由衷地赞叹，但小 Z 却对"李铁梅"情有独钟，爱屋及乌，他也对梳有一条大辫或两条小辫的女孩情有独钟，从他看《红灯记》时李铁梅一出场，他专注的眼神儿就能看得出。

以后在聊天中他三句话不离李铁梅也能看得出。那时，十八九岁的少男谈婚论嫁并不少见，但谈论性爱往往三缄其口，因此小 Z 的言行让我感到，这小子犯了相思病啦！那天是农历的八月十五，月亮分外地明，我与他在人民剧场又看《红灯记》，看到九点多，我突然发现他不见了，再三等他也没回来，散了戏我在剧场大门等他，直到看戏的人走光，剧场前的广场上月光似银，也看不到他的身影，正在纳闷，只见月光下他小跑回来且气喘吁吁，我问他干啥去啦？他神秘兮兮地告诉我，找李铁梅去了！我大惊，他向南指了指，那里是剧场南面 100 多米处的卫运河大堤，堤下面是一条丛柳带。他说，他跟一个女孩子到柳丛里谈爱情去了。我说，你真有本事！言语之间感觉得出他坠入爱河了。

两个月后的一个晚上，已是 10 点多钟，我正在自己独居的知青小屋里看《红楼梦》之《潇湘闻鬼哭》一节，书中描写，贾宝玉夜游大观园，突然听见潇湘馆里林黛玉在低低地哭泣，林黛玉早已不在人世，怎么贾宝玉还听见林黛玉在哭泣呢？我正要往下看，突然看到桌子上油灯如豆的灯火"啪"的响了一声，灯火上上下下"嗯嗯"窜了几下，火焰明，明了灭。而恰在此时，屋门"咚咚咚"急剧地敲了几下，我害怕的每根头发都几乎竖了起来！忐忑地起身，门外传来小 Z 的声音——延宾，快开门！他进得屋来，惊慌甫定地告诉我，出大事啦！原来，他傍晚与那位他心中的"李铁梅"相会，竟然亲吻了那位姑娘！事后他既悔又怕，因为在那个年代这种行为会被人看作流氓。他急切地请我帮他出主意。当时正值征兵，他说他想当兵一走了之。当兵走了，谁还会追查？我一想，也是，于是鼓励他赶紧地报名。几天后他穿上不戴领章帽徽的军装参军走了。1971 年底我结束知青生活返城。十几年后再见到小 Z，他早已从部队转业到地方成了一名企业干部，当年的那位"李铁梅"已成了他的妻子。

艾情有缘

识丁

宋辽之争于中原，彼此摆开阵势，在馆陶、临清、冠县一带，进进退退，拉锯一般。

辽国太后萧氏，好强英勇，亲自南下征战，并在馆陶古城至东五华里，建灶修屋，筑墙固城，显然是准备持久之战。

萧太后好战，不让须眉，但毕竟是一女性，歇战之隙，难免顾盼流连路边景观，尤喜野地之花草。

将士体乏厌战，但愿太后停息战争，夜赏月圆，日观花红。于是将士投其所好，纷纷遍地采摘野花野草献给太后，亦为抚慰老人家那颗孤傲的心。太后接过，欣喜若狂，闻闻看看，看看闻闻，有时二目红而潮润。

一日，天气晴好，不战心闲，太后情绪极佳，于是带领一群将士，追逐野兔。野兔失踪，太后低落，再看左右，满目皆是萧条，不说花色美景，就是禾苗也是枯萎稀疏。

太后不禁一声长叹，这都是战争惹出的祸。

众将士无不东看西看，希望能在田间找到一枝两朵红花绿叶，他们希望太后心情不再苦闷。然而，他们并没有找到一棵好看的花草。

其中一小兵，犹犹豫豫，递给太后一棵状似绿色的草。太后大喜，迫不及待地接过去，观赏一番，再闻闻。不想，眉头一皱，顿时好恼，狠狠一扔，恶声骂道，胡闹，竟敢给我臭蒿棵？来人，把他按下重打。

小兵大叫，太后，太后，那不是臭蒿棵，太后，那是艾草。

太后不听，自管带领将士打马回城。

几天之后，萧太后有些疑惑，怎么会有一股难闻而又想闻的味道在她身边挥之不去？并且日渐浓重，日渐的馋人，甚至是不能自已。又几日，她到底弄明白，这味道，就是来自那天小兵献给她的那株所谓的艾草。

太后不甘心，又派人找来附近村的人，问问艾草究竟是一种什么东西？

来人说，艾草，好东西，能医百疾。又说，可蒸可煮，可饮可食，可贴可敷，可熏可烤。又说，北三十里有一大坟，是彭祖之墓。据传，彭祖在世八百余岁，全靠艾草滋润。他喝艾叶茶，煮艾叶饭，用艾叶水洗头，用艾叶水泡脚，铺艾草褥，枕艾叶枕，闻艾叶香，赏艾草景，等等，反正他一刻也离不开艾棵艾叶。

萧太后低头不语，思忖良久，之后派人找来那个挨打的小兵，说，你是好孩子，我错怪你了。那么，你能不能再去采摘几棵艾？

小兵说，是我无意间看见的一棵，好远好远，已经记不清是什么地方了。

太后说，那能不能把那天丢掉的那棵，给我找回来？

小兵说，我可以去试试。

可是，半天工夫，小兵高兴而归，两手却空空。太后不解，问，怎么回事，没有找到吗？

小兵说，找到了，只是，几天工夫，那艾草已经长在了地上。太后，我不忍心薅掉它，宁愿你罚我。

太后说，好孩子，你做得对，它能活，那就说明以后会长很多很多。那好，你带我去那里看看可否？

萧太后去了一次，还想去二次，去了三次还要去四次。

那棵艾越长越旺盛，太后更是越看越高兴，以至于，战事都减少了。这当然是因为萧太后的心情好，并且老有一个"艾"的声音在她耳边萦萦绕绕，自然使她淡化了不少"打打杀杀"。

太后几次发现，马到了这里特别爱喝水。后来又有人说，这里的水，比别的地方甜。太后试着喝了一口，果然不错，于是下令，要在这里多挖水井，当做饮马场。此处距萧城大约三十华里，从当时军事要求的角度看，也完全合理。

一次萧太后又来观赏她喜欢的艾，又听这村里人说，很早以前这里就有艾草，听说有个叫彭的人，经常来这里采摘艾叶，说那人活了八百多岁。只是后来老是打仗，还挖沟掘壕的，给断了根脉。

那艾越繁衍越多，已经成了一大片，绿莹莹的煞是好看，简直就成了一道亮丽的风景。萧太后也学彭祖，喝艾叶茶，煮艾叶饭，用艾叶水洗头，用艾水泡脚，铺艾草褥，枕艾叶枕，闻艾叶香，赏艾草景，反正她也离不开艾棵艾叶了。

再后来，干脆又在这里建了草料场，接着又在另一个地方盖房子圈院子，要存放打仗用的军需品，如车辆、枪支，粮食什么的，按现在说法应该叫"作战后勤部"。

这里的村子，因此而叫"草厂"。只是，几个村子都想叫草厂，互相不让，没办法，只有派代表坐下来谈判。最终达成协议，按方向位置，分别为东西南北。

其中一个村是重点，也是最中心，他们村不想随大流叫中草厂，或是南草厂，想搞一个"个别"。于是说，我们村杨姓最多，就叫杨草厂吧。

其他村的人一听有道理，也就把草厂前头冠上了自己村的大姓，像范草厂、王草厂等。

据传说，单杨草厂一个村就有七十二眼井，目前被发现的已有二十多眼。但最具特色的是，该村村南有个水坑，自然长水，常年不断，经过化验，水质还好。目前，在提倡"美丽乡村"大好形势的影响下，他们村要把该水坑打造成可供游人观赏的美丽的湖泊，湖泊周围全是彭祖享受过的那种艾草，已报县委县政府同意，名字定为"彭艾湖"。

刘老钻

牛兰学

刘菊成爱惜自行车是全厂有名的，甚至在全县都小有名气。他留着一个分头，穿着非常整洁、干净的衣服。无论是上班，还是下班，他的中山装上衣口袋里总装着一把桃木小木梳和一个圆圆的小镜子。稍一有空，他就掏出木梳，对着镜子梳理自己的分头。整天他的头发都是整齐干净的，让其他的男人没少挨媳妇嘟囔。

更主要的是他对于自己自行车的痴爱，让人羡慕嫉妒恨。恐怕自行车有知，也会把别人的自行车气成一场病，不得好活。他有一辆民主德国（我们当时称为东德）制造的"猫头"老式自行车。车架上贴着品牌，上面全是字母，只是上部一个圆圈中画着一个好像猫头的图案，所以，冀南、鲁西北这一带都叫"猫头"自行车。其实，它的品牌是钻石，国内其它地方习惯上称之"东德钻石"或者叫"老钻石""大钻石"。因此，大家都把刘菊成叫成"刘老钻"。

老钻石自行车是当时世界名牌自行车，据说主要是用二战时德国剩下的炮弹材料制作的。老刘的猫头，有的说是新中国成立前的，有的说是 50 年代初从原东德进口到中国的。自行车的设计简朴大方，车架憨实沉稳，车的颜色通体乌黑，平地刹车轻便自如，陡坡刹车灵快敏捷。倒蹬刹车，可以载重。搬着轻省，骑着轻快。车上带着打气筒、修车工具、钻石摩电滚子、前大灯、小后尾灯、钻石锁一应俱全。在当时相当于现代德国制造的奔驰轿车。不知道，我们这一带从什么时候大家喜欢上老钻石的，也不知道为什么人们喜欢它，更不知道老刘是什么时候从哪儿搞到老钻石的。反正，1981 年我一参加工作，刘师傅就骑着它。记得刘师傅常说，这车子是我的命，为了得到它，我们全家一年没有吃过肉，差点老婆和我离婚。我恨不得晚上睡觉都搂着它。说着话，自己右手竖起大拇指，嘴里嗞嗞发声大笑着，显摆着，炫耀着。

"刘老钻"老刘是机修车间主任，每天骑着老钻石上班。闲暇时，喜欢把自行车摆在车间里静静地欣赏。欣赏一会儿，手就有点痒痒，于是，拿一絮棉纱轻轻地蹭一点金鸡牌黑色鞋油，就把车子擦个遍。车架、车圈、车辐条、车铃铛……反正一点不剩。不一会儿，这通体乌黑发亮的车子，就更加泛着亮光啦。在他的车上，你别想找到一丁点儿锈迹。人们说，几十年了，车子上的漆面还是老样子。每天，也不知他擦过多少回，有人说，可能超过梳头的次数。

不过，都知道老刘的车子有个规矩：除了晴天，孬天阴天下雨不骑；除了自己，家人别人一律不借。每天下班回家后，为了怕小孩玩耍，他就把自行车挂在自己睡觉屋子的西墙上，用花被单子盖起来，也防止荡土。出差期间，自行车就这样在墙上静静等待主人归来。上班期间，自行车从来不离开自己的视线。有一次，老刘骑着自行车去串亲戚，去时还是晴天，谁知道回来时半路上下起了雨，老刘于是扛起自行车，蒙上塑料布，走了十几里地。还好，自行车没有一点事儿，自己却被淋成落汤鸡，感冒了好一阵子。尽管这样，老刘一点儿也不后悔。

据说，原来老刘的自行车是不挂在屋里墙上的，因为那时自行车少，加上老钻石有一个摩电滚子能发电，小孩子们经常在家里摇后轮子，让前灯放光，摇得越快前灯越亮，结果把车子弄歪了，车把碰了块泥，只好上墙。据说，原来老刘为了显摆自行车，也是偶尔外借的，只借给工厂里体面人，有一天借给销售科长，回来时铃铛的提绳断了，从此再也不外借任何人啦。还好，在老刘的视线内，人们是可以近距离欣赏的，欣赏的人越多，老刘越高兴。有时，可以让人们轻轻地摸上一摸。他说："你看看辐条，摸起来很软，但却结实得很！"只要有人一拨拉铃铛，他的脸马上拉得很长，推车就气哄哄地走了。

其实，年轻人不大喜欢大钻石。因为，这种自行车是倒蹬刹车，轮子不能后到，一倒蹬轮就刹车停下来。年轻人呢，喜欢骑着车正骑几圈，倒蹬几圈，显得潇洒。还有，就是上车的时候里边的脚蹬拐子必须赶到前下方最好，容易上车，可是，大多的时候脚蹬拐子不是正好赶到前下方，于是，便需要右手抓着右车把向前推，左手弯下腰来摇左脚蹬拐子，摇到合适位置，然后，左手再抓住左车把子，左脚蹬上左脚蹬拐子，右腿潇洒一抬，才能骑上前行。年轻人嫌麻烦。再就是年轻人嫌破旧。但是，这也不妨害年轻人经常逗逗刘师傅。

"刘师傅！借借大钻石呗，去县城买趟电影票，给你一张！"听到这样的话，刘师傅只说："有事，有事，跑着去吧，年轻轻的"。有时，年轻人打赌请客，赌借成的几乎百分之百输掉。也有一次例外，因为厂区停电，年轻人没有活干便凑在一起打赌，还是赌借自行车，这次是"小气鬼"小毛跟"老憨"赌借不成。刘师傅看了看形势说，这次我借，你请客吧，但是，是先请客，请完客我就借。七八个年轻人一起哄，小毛只好请客，拿出8元钱买了80个包子，从车间接了点散酒请了大家一顿。这可轮着刘师傅作难了。刘师傅本来想小毛不出血的。可人家请客啦。最后只好对老憨说："我驮你去吧"。于是，刘师傅骑着"猫头"驮着"老憨"去了县城一趟。这一下，老憨成了人物，引起全厂轰动。不过，以后再用借自行车打赌的就没有了。原来，谁输谁赢全是刘师傅一句话。又有一次，退休的老厂长老王在厂区转悠，正好到机修车间，烟瘾上来了，香烟没有了，想借猫头去城里买烟。老刘是老王提拔的，两人共事从不开玩笑，于是，刘师傅说，抽我的菊花吧？老王说，你又不是不知道我只抽凤凰。那我去给你买吧？烟草局卖你吗？憋了半天刘师傅说：我背你去吧！

　　一天，大家在机修车间门口围着，正在调试土法制造的打渣机。忽然，机修车间里"嘭"的一声冒出一股浓烟，不知谁喊了一句："刘师傅，自行车！"。只见刘师傅飞也似的向车间里冲去。当刘师傅从浓烟里跑出来时，他怀里抱得却是案台上的技术革新图纸。待大火扑灭后，他的小木梳、小镜子不知去向，老钻石已经面目全非。

御猫盗宝

牛德涛

陶山大地人杰地灵，张武就出生在卫运河畔的一个小村庄，他天资聪明，任何新事物逢学必会，尤其对各种动物的叫声颇有研究。一次酒醉，他夸下海口，说自己能学鼠王叫声，召集群鼠来开会。同伴笑他酒醉不以为然，他让同伴熄灯屏气隐藏于屋内，自己到院中接连发出三阵奇怪之声，少刻，有二三百只老鼠前来聚集。此后，名声斐然。

然而，张武生不逢时，成长在清朝末年袁世凯逼迫清帝退位的年代，眼看年龄二十有三，在家一事无成，就亲赴北京城闯荡。他住在一家小旅馆，一连几天出去寻找工作都无果而归，生逢乱世人心惶惶，哪里有好工作可做？

这天夜里，想着盘缠快尽，他久久不能入睡。突然，一道白光窜入卧室，他屏气凝神仔细观察，发现是一只白猫，凭他的本事，不费吹灰之力就捉到白猫。他点灯细细观看，呵！好靓丽的一只猫，浑身白毛，无一根杂色，个头中等但颇有精神，肚子扁扁，可见已多日食不果腹。张武拿出食物，白猫狼吞虎咽，顷刻间就已吃光。他抚摸白猫脖子，突然感觉有异物，拨弄开仔细一看，原来是一根真金项圈，上面清晰的文字表明这是一只皇宫御猫。

张武突发奇想，宣统皇帝退位，皇宫内一片混乱，何不趁此有利时机驯化御猫，让它入宫盗宝呢？想干就干，张武拿出超群的驯猫本领，不几日就将盗宝本领教会御猫。

这天深夜，张武带御猫来到紫禁城外一秘密树林隐藏。然后，放出御猫，只见那御猫蹿房越脊，刹那间消失在无尽黑夜之中。天已近黎明，还不见御猫回来，难道御猫回到故地不肯回来了吗？张武正坐卧不宁，却见御猫嘴叼一件金如意，悄然来到他的身旁。就这样，御猫多次进宫盗宝，他收入颇丰。

然而，御猫多次盗宝最终引起皇宫太监的警觉，就在御猫又一次进宫盗宝时，被太监设下的夹子夹伤一只脚，仓皇逃离。张武见到受伤的御猫，又隐隐听到后面的追赶脚步声，知道事已败露，他不敢久留，连夜怀揣宝物，踏上南去湖北的路途。

张武是馆陶人，和湖北督军王占元有老亲，到达湖北见到王占元说明来意，又呈现一件皇宫宝物，王大喜，遂任命张武为营长。其后张武跟随王占元多年，直至王卸甲归田他才回归故里。张武娶妻妾三人但无子嗣，育有三女均嫁在湖北，晚年凄凄而终。

后人议论张武说，人之聪明应用在光明磊落之处，偷鸡摸狗之事难有好报应，不知各位读者看后有何感想？

附录

馆陶县历史大事略记

牛兰学

馆陶是千年古县。古属冀州地，处于龙山文化（黑陶文化）地带。大禹治水到过此地，传说彭祖活了800岁死后葬于此。春秋时代为晋国冠氏邑（今东古城），战国时定名馆陶，至今约2500年。

1. 馆陶定名。前475年战国时属赵，赵在城（今冠县东古城）西北七里陶丘侧置馆，故名"馆陶"。

2. 汉初置县。前200年左右，西汉初年始置馆陶县（或许战秦置，待考）。县治在今冠县东古城。

3. 首封公主。前179年汉文帝元年，封长女刘嫖为馆陶公主，后称馆陶长公主。金屋藏娇、主人翁等典故流传至今。

4. 再封公主。前66年，汉宣帝地节四年，封其女刘施施为馆陶公主。今有驸马渡遗址。

5. 三封公主。39年，光武帝建武十七年，封其三女刘红福为馆陶公主。今有"黄花台"（今社里堡村）和"驸马坟"遗址。

6. 水路兴起。213年，馆陶县属冀州部魏郡，曹操统一北方后开挖"白沟"，始有过馆陶水运干道。

7. 首封魏王。225年，馆陶属魏国司州阳平郡，魏文帝封五子曹霖为馆陶王。

8. 再封晋王。265年，十六国后赵时，馆陶县属阳平郡，郡治馆陶县城，晋庄王之子司马当滋封馆陶王。

9. 州郡治所。580年，北周大象二年，馆陶县城为阳平郡，毛州，馆陶县三级行政治所开始，以后长达400年。

10. 县城北迁。606 年，隋朝时，北迁四十里在北馆陶（今山东冠县北馆陶镇）置馆陶新治，属武阳郡。

11. 隋代运河。608 年隋大业四年春，隋炀帝开永济渠北道涿郡，为隋唐大运河（馆陶段今为卫运河）洛阳至北京全面水运开始。

12. 四封公主。618 年，唐高祖武德元年，李渊封十七女李萬儿为馆陶公主。

13. 千秋金鉴。643 年，唐贞观年期，魏征病逝，太宗曰：魏征死我失一镜。成语路不拾遗发生在馆陶县。

14. 宰相留诗。772 年，宋大历七年，馆陶县改为永济县，后又复称。属河北大名府。王安石、司马光曾来馆陶，留下《永济道中》等诗篇。

15. 萧城屯兵。1004 年，宋景德元年，宋辽战争，辽萧后在县城南筑萧城屯兵，此后宋辽签订"澶渊之盟"，边境进入和平时期。许多和穆桂英有关的故事流传至今，馆陶的许多村庄因此命名。

16. 明代移民。1404 年，明永乐二年，明朝大规模移民从山西洪洞县迁至馆陶县。

17. 三封鲁王。1503 年，明孝宗弘治十六年，鲁庄王之子朱常㳒封馆陶王。

18. 漕运发达。光绪三十三年（1907 年），馆陶厘卡（货物通过税）岁收税银 4.77 万两，超过了全年田赋税收银总额（3.23 万两）。

19. 馆陶八景。1667 年，康熙六年，馆陶县令郑先民咏馆陶八景诗作（陶山夕照、长堤春色、卫河秋涨、驸马古渡、黄花故台、古井甘泉、萧城晓烟、东岳晴云）。

20. 康熙夜宿。1684 年，清康熙二十四年，康熙皇帝第一次南巡夜宿丁圈清凉寺，后改为兴龙寺。

21. 小平来馆。1939 年 12 月，邓小平来馆陶县秤钩湾（今属山东）做抗日动员。

22. 日军暴行。1941 年，侵华日军在卫运河两岸制造了全世界最大的细菌战，20 余县死 40 余万人。

23. 抗击日军。1942 年 7 月，冀中警备旅在转移途中与两千余名日军激战，以牺牲 11 人、伤 70 余人的代价毙伤日伪军 630 人，胜利突围转移。史称北阳堡战役。1938 年 11 月 14 日，日军进攻聊城，馆陶县人范筑先率部抗击。次日城陷，700 多名将士大部分战死。范筑先壮烈殉国，时年 56 岁。

24. 馆陶解放。1945 年 7 月 31 日，馆陶解放。

25. 县城南迁。1955 年 3 月，县城由北馆陶（今山东冠县北馆陶）迁至南馆陶（今河北馆陶）。

26. 抗洪救灾。1963 年 8 月，卫运河决口，馆陶县取得抗洪救灾胜利。

27. 划归河北。1964 年 12 月 5 日，馆陶县由山东省聊城地区划归河北省邯郸地区。

28. 地市合并。1994 年 1 月，地市合并，馆陶县属邯郸市至今。

29. 人才辈出。建国后，馆陶县先后走出四位将军（王晓军中将、张士华少将、仲轩少将、李晓军少将），五位部长（王化云、鲁大东、焦善民、宋振明、萧寒），四位名家（雁翼、乔十光、白云乡、颜景龙）。

30. 基本县情。截止 2017 年，馆陶县共有 36.5 万人，总面积 456.3 平方公里，辖 8 个乡、镇。全县生产总值 115 亿元，全部财政收入 6.3 亿元，可支配财力 18 亿元。（牛兰学辑）

馆陶古八景

牛兰君　田青

　　馆陶是个千年古县，文化积淀深厚。西汉初年始置馆陶县，因其城西北七里有陶山，赵国置驿馆于其侧，故名馆陶。因其富尧唐之遗风，有儒家教育之余泽，深受历代帝王之青睐。先后有汉文帝刘恒、汉宣帝刘询、东汉光武帝刘秀和唐高祖李渊4个帝王的女儿被封为"馆陶公主"，有三国魏文帝、晋庄王和明鲁庄王3个帝王的儿子被封为"馆陶王"。悠久的历史文化留下了无数的逸闻和人文景观。据县志记载，馆陶历史上曾有著名的八景，许多文人墨客多写诗撰文赞誉。

　　陶山夕照。古陶山，在太阳将落的夕阳照耀下，绵延起伏，明暗相衬。山上的树木，在微风吹动下，自然地摇摆，呈现出一幅美妙的画卷，昔日不少文人墨客，触景生情，留下了许多咏陶山诗篇。清朝康熙年间馆陶知县郑先民有诗曰：兹邱闲且旷，日落见山情。赵馆烟无迹，禹书仅有名。千林归鸟下，半壁彩霞生。牧笛知何处，悠然时一声。

　　长堤春色。即汰黄旧堤，在今卫河东。由大名县随沙河蜿蜒东北，达馆陶全境，为黄河故道。登堤远望，一望无际，入春景色，煦和宜人。清朝汪一虬诗曰：依水春多丽，探奇在古堤。绿侵知柳岸，红绽人桃蹊。闪乱征帆影，参差怒马蹄。摧尊花底醉，不惜卧香泥。

　　卫河秋涨。每年夏末秋初，卫运河水涨数尺，船行如梭，矣欠乃相接，站在河堤观看，实为一胜迹。清朝郑先民诗曰：卫水河源远，秋来涨似春。帆樯高过树，波浪不惊人。处处无危岸，时时有巨鳞。谁言斯土僻？出郭即通津。

　　东岳晴云。城东古刹，远映河岳，极目碧空，烟雾缭绕。清汪一虬诗曰：云痕晴乃幻，岳色远蓬来。欲望雯间气，还宜雨后台。塔铃犹隔语，松鹤漫多猜。独坐蓬庐适，霞光射草来。

驸马古渡。即驸马渡，因汉代驸马过此而得名，清代为渡口。遗址在今县城东老街东口，七一大桥附近。清朝康熙年间馆陶县主簿王金有诗曰：驸马知何代，传闻渡在斯。沧桑眼底变，风景望中疑。鸥鸟随波处，芦花照岸时。行人经此地，吊古不胜思。

黄花故台。即"黄花台"，馆陶公主在卫运河西岸高筑黄花台，台临卫水，碧草萋萋，鲜花映日。遗址在今馆陶镇社里堡村东卫运河西岸。清朝王金诗曰：故台临水筑，遗址尚存不？碧草高低合，沧波书夜流。曾无花映日，唯有雁横秋。莫惜豪华尽，吟诗几度合。

萧城晓烟。红日期东升，站在萧城外，仰望萧城颓垣断壁，犹如浮云烟雾，联想往夕宋辽之战，足以壮人志气。清朝董上新诗曰：北塞多雄志，遗迹见旧城。都随流水去，但有野花生。晓日千林出，轻烟一望平。当年嘶马地，风雨若闻声。

古井甘泉。相传在馆陶旧县城，西街偏北有一无缝井，水涌如泉，水质甘甜。清朝郑先民诗赞云：古甃既无缝，甘泉何自盈。映天同镜朗，清渴较水清。泽润分河渎，功施半市城。鸡鸣还到夜，不断辘轳声。（牛兰君　田青辑）

馆陶赋

牛兰学

冀南平原，卫水之畔；名邑馆陶，千年古县。西邻太行，东望泰岱，足下陶山凌云蔚然；南眺大河，北连京燕，依傍运河流韵蜿蜒。呜呼！千年复千年，旧貌变新颜；叹然！沧海又沧海，桑田出巨变。试看！广袤沃野，天青地绿，共享和谐社会；水泽两岸，波碧鸟欢，同创崭新章篇。

上溯远古，北京人留下采摘足印；磁山文化，蚩尤部射出狩猎箭矢。三皇五帝，尧舜相继。禹划九州，此为冀地。周属邶卫，黄河恣意。春秋属晋，始设冠邑。三家分晋，再属赵地。陶丘兀立，赵置馆驿；馆陶两字，传至今日。秦有驰道，通达南北。汉初置县，魏洲辖治。曾为州郡，四百余年。隋代运河，百舸竞忛。宋辽交战，生灵涂炭。明代迁民，薪火相传。康乾盛世，东西陆线。抗日战争，千里烽烟。冀南战区，红色摇篮。古有八景，虎踞龙盘。曰东岳晴云，长堤春色，陶山夕照，古井甘泉；曰黄花故台，驸马古渡，卫河秋涨，萧城晓烟。

沃土撷珠，人文馆陶。大禹治水，彭祖求寿。孙庞斗智，子夏解惑。段子干木，魏侯献策。汉风唐韵四位馆陶公主，数刘嫖造就一位皇帝两位皇后，被历史学家称最贪欲十大女人；三国晋明三位馆陶封王，看曹霖面对三大河流一子曹髦，传成语典故叫皆明白司马之心。项羽过馆陶破釜沉舟；刘秀战清渊复兴东汉。唐初名相魏征，扶太宗耀贞观，曰人镜，千秋金鉴；宋时名将宗泽，携岳飞抗金兵，呼渡河，国而忘家。柳开开一代文风，王鼎鼎同事包拯。王安石发馆陶春风马上梦；司马光步鲧堤向来烟火疏。穆氏桂英，杨门女将。靖难之祸，扫碑燕王。明将王玠，抗倭荣光。耿氏如杞，不拜奸相。日寇犯我中华，细菌作战，卫河两岸霍乱流行，酿成万件惨案；抗日民族英雄，范氏筑先，裂眦北视决不南渡，誓死还我河山。邓小平做动员，开辟抗日根据地；宋任穷入敌后，迎来馆陶解放天。

典故之乡，成语串串。路不拾遗，偏信则暗。求贤若渴，以人为鉴。敬而远之，水亦覆船。金屋藏娇，不虞之变。书之笏，馆陶园；主人公，传典源。二人板舞，四股弦戏，酱瓜腌制，木偶表演；冀南皮影，馆陶腊花，张家坠书，运河遗产。抗日村名，牛郎传说；民间故事，口口相传。看脉脉人文，数千年渊源。五星红旗耀华夏，千年古县天地翻。石油部长，宋氏振明。煤炭部长，名曰肖寒。人事部长，焦氏善民。黄委主任，王氏化云。四川省长，鲁氏大东。文化大县，点点繁星。当代著名诗人，笔名雁翼。现代漆画之父，乔氏十光；人才代代出，英雄辈辈强。

古邑新韵，美哉馆陶。两条国道，交汇县城。两条高速，县域纵横。馆武省道通达南北，邯济铁路横穿西东。黄金美酒，中国首创；陶山黑陶，内外名扬。微型轴承，星火燎原；化工新城，蒸蒸日上。蛋鸡产业，全国人均第一，名中国蛋鸡之乡；金凤公司，国家龙头企业，称全国十大市场。金凤大道，行政中心高楼林立；新华大街，商业门店人流如织。滨河公园，风景有趣；公主湖区，初露风姿。校园建设，桃李满园；和谐农村，农家新居。待入夜，霓虹闪烁，华灯璀璨，构筑平安小城；看明日，街道纵横，繁花似锦，奏响创新之歌。

幸哉馆陶，以人为本，又谋科学发展新规划；伟哉馆陶，关注民生，再创和谐河北新高度。今日大变样，明朝更辉煌。心潮澎湃之，赋之永不忘。

我在小镇等着你

谢继炯 词
戚建波 曲

1=♭B 4/4、2/4
♩=59

```
6666 775  6  6· | 5 3 555  6  6· | 5666 775  6  3· |
大平原上 盛开的 鲜 花   是我真诚的 情 意。   古运河畔 飘香的 五 谷,

2 2  252  3  3· | 1 2 222  3  2· | 3366 665  2  3· |
是我 捧出的 甜 蜜。   美丽乡村的 春 风   邀你留下 快乐的 足 迹。

2 2  333  5  3· | 5556     7 22 | i  6·    6  — |
乡村 旅游的 时 尚,   带你感受  田 园的   魅 力。

3 3  3·i  3  2· | 6223  i·2  6··  5 | 6 i  155  6  3· |
心与 心的 约 定,   我在小镇 等着你。让  小 桥 流水的 风 景,

2225 6 6  5 3· | 3 3 3·i  3 2· | 6223  i·2  6··  5 |
带你走进 心旷 神怡。   心与 心的 期 待,   我在小镇 等着 你。 在

6 6 i55  6 3· | 5566  2 21 | 5 6·    6  — ‖
花 香 鸟语的 季 节,   伴你沐浴 生活的   美 丽。   DC

5 6·: 5 6· 6  — ‖ 6223  i·3  2  — | 6223  i·2  6  — |
美丽。DS美丽。   我在小镇 等着 你。   我在小镇 等着 你。

3661 5·6  3 2 5 | 6 — — — ‖
我在小镇 等着 你。等着  你。
```

运河弯弯绕陶山
（馆陶县县歌）

1=F 2/4
稍慢 赞颂、抒情地

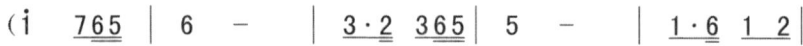

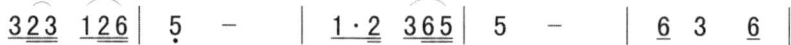

集 体 词
李爱国 曲

```
(1̇  765 │ 6  -  │ 3·2 365│ 5  -  │ 1·6 1 2│

3 6 1̇ 6 5 3 │ 2 3 3 6̇ │ 5 2123│ 1  -  │ 1  -  )│
```

```
3 2 3  1 2 6̇ │ 5  -  │ 1·2 365│ 5  -  │ 6 3  6 │
西 临  太     行，     东 望 泰   山，     有 一  座
南 达  黄     河，     北 连 京   燕，     有 一  座
```

```
5 3 2  1 6̇ │ 5 5  321│ 2  -  │ 3 6 6 532│ 3  -  │
古 老 的  陶    山。       馆 陶 啊 馆    陶，
崭 新 的  陶    山。       馆 陶 啊 馆    陶，
```

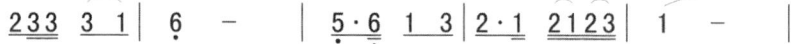

```
2 3 3  3 1 │ 6  -  │ 5·6 1 3│ 2·1 2123│ 1  -  │
古 朴 的  驿    站，     一 个 地 名 传 唱 两 千   年。
神 奇 的  驿    站，     一 个 地 名 传 唱 到 今   天。
```

```
1  -  │ 5· 5 │ 6 5  6 │ 5 6  3 │ 5  -  │
         运  河 弯  弯 绕  陶     山，
         公  路 铁  路 绕  陶     山，
```

```
5·6 5 3│ 1·6 5 3│ 2·3 2 1│ 2  -  │ 3 0 2  1 6̇ │
南 来 北 往 帆  点    点。              走 来 馆 陶
四 通 八 达 交  通    线。              水 乡 绿 城
```

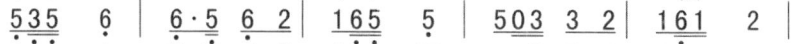

```
5 3 5  6̇ │ 6·5 6 2│ 1 6 5  5 │ 5 0 3  3 2 │ 1 6 1  2 │
公     主，  魏 徵 千 秋 金    鉴，  民 族 英 雄 范 筑   先，
陶     都，  园 区 景 区 相    连，  公 主 湖 水 起 连   漪，
```

1·6 1 2 | 3 6 5 5 | 5·6 3 2 3 5 | 2 2 3 | 2· 1 |

保家卫国 成美 谈。 人杰地又 灵， 历 史
映照醉美 幸福 脸。 今日此美 景， 明 朝

2 6 5 | 5 — | 5 5 6 | i 7 6 5 | 6 — |

留诗 篇。 啊， 古陶 山，
更灿 烂。 啊， 古陶 山，

ff

3·2 3 6 5 | 5 — | 1·6 1 2 | 3 6 i 6 5 3 | 2·3 3 2 1 |

大运 河。 大运河， 新陶 山。 新 陶
大运 河。 大运河， 新陶 山。 新 陶

2 — | i 7 6 5 | 6 — | 3·2 3 6 5 | 5 — |

山。 古陶 山， 大运 河。
山。 古陶 山， 大运 河。

1·6 1 2 | 3 6 i 6 5 3 | 2 3 3 6 | 5 2 1 2 3 | 1 — |

大运河， 新陶 山。 新 陶 山。新陶 山。
大运河， 新陶 山。 新 陶 山。新陶 山。

1 — ‖ 2· 1 | 2 3 | 3 — | 1 — |

结束句、

新 陶 山。

1 — ‖